U0858395

「新世纪海外华文女作家」丛书

〔美国〕陈瑞琳 著

去意大利

那些我最爱的地方

Approaching Italy

Landscapes My Life Yearned

海峡出版发行集团 | 鹭江出版社
THE STRAITS PUBLISHING & DISTRIBUTING GROUP | LUJIANG PUBLISHING HOUSE

2017年·厦门

图书在版编目（CIP）数据

去意大利：那些我最爱的地方/（美）陈瑞琳著.
—厦门：鹭江出版社，2017.7
（新世纪海外华文女作家丛书）
ISBN 978-7-5459-1354-5

Ⅰ. ①去… Ⅱ. ①陈… Ⅲ. ①游记—作品集—美国—现代 Ⅳ. ①I712.65

中国版本图书馆 CIP 数据核字（2017）第 146757 号

"新世纪海外华文女作家"丛书
QU YIDALI——NAXIE WO ZUIAI DE DIFANG
去意大利——那些我最爱的地方
［美国］陈瑞琳 著

出版发行：海峡出版发行集团
鹭 江 出 版 社
地　　址：厦门市湖明路 22 号　　**邮政编码**：361004
印　　刷：福建新华印刷有限责任公司
地　　址：福州市福新中路 42 号　　**联系电话**：0591—83661214
开　　本：700mm×1000mm　1/16
插　　页：2
印　　张：15.75
字　　数：218 千字
版　　次：2017 年 7 月第 1 版　　2017 年 7 月第 1 次印刷
书　　号：ISBN 978-7-5459-1354-5
定　　价：48.00 元

总序

20 世纪七八十年代之交，自台港澳文学延展出来的“海外华文文学”开始进入大陆学界的研究视野。而所谓海外华文文学，指的是在中国以外的国家和地区用汉语创作的文学。文学作品的创作者，集中于旅居海外的华人华侨群体之中。换言之，这一朵开放在异域的汉语言文学之花，实际上是移民现象的文化附着物、精神副产品。

据世界海外华人研究会（Overseas Chinese Confederation）2000 年的统计数据，海外的华人华侨有 3400 万之众，侨居于世界 140 多个国家和地区。自 20 世纪下半叶以来，华人移民的原籍、身份以及移出的动机、方式、目的都有很大的改变。新一代移民大多在国内接受过完整的教育，总体的人文素养比较好。不同于老一辈纯粹受外力逼迫而离家去国，这一代人多半是主动选择了移民的道路，携带着自幼被中华文化熏陶的印记，漂洋过海，前去追寻那起初或许连他们自己都不很明确的梦想。

然后，他们在无依无靠无基础的异域天空下，锲而不舍，磨砖成镜，用自己的天赋、学识、智慧和毅力开创新生活，打造新家园。在这个过程当中，他们对异质文化观念不断认知不断适应，对自身文化传统不断回望不断反思，同时又从不同角度对二者的优劣异同不断对比不断探求。无论是否功成名就，是否志得意满，这一代人有意识的个人奋斗经验，都因此染上了浓重的东西方文化相交错、相印证、相融合的底色。

他们当中的一些人，选择用永远的母语来表述现实生活场景当中的所见所闻所感，以腕底最贴心的汉字来描画身边的众生相，将移民的生活形态带入了华文文学的文本世界，成为这个群体的代言人。这些作者置身于跨文化围城之内的书写，通过对具体个案的艺术加工，裹挟着深入血脉的“原乡”记忆与纷繁复杂的“异乡”体验，展示出这个群体的精神气质、价值判断与文化品格，标注出自身的属于个体同时也属于时代的特殊记忆，为汉语言文学的本土样态提供了一个风情迥异的参照。

在海外华文文学创作圈里，女性作家占压倒性多数。她们的作品，很大程度上反映出海外华文文学创作的总体水平。随着国内学界对海外华文文学的认识越来越深入，投入该领域研究的学者越来越多，海外女作家们的创作实力、表现及潜能，或多或少地引起了学界的区别观照，但由于种种客观原因的限制，目前国内图书市场上的文本尚不足以体现她们整体性的创作成果与风貌。

当今世界，中华文化对全球的影响力不断扩大，海外华文文学正处在汉语言文学与国际文坛接轨的前沿。为进一步促进海外华文文学创作的繁荣，同时满足国内学界在该领域的文本需求，以《海外华文文学史》、《东南亚华文文学大系》等系列图书享誉海内外的鹭江出版社，由笪林华社长总策划，开始了“新世纪海外华文女作家”丛书的创编工作。

海外华文女作家的群体很大，丛书的海外编委在尽量考虑地域分布的前提下，以定居海外，并在新世纪这十多年来笔耕不辍的女性作者为主要选择对象，推荐她们质量比较好的作品。诸位作者的背景、经历、际遇和目前的创作状态各不相同，文风各异，经过国内专家编委和出版社的联袂推荐、审阅，最终确定了丛书的书目，力图集中展示新世纪海外华文女作家所构建的独特的文学风景。希望借由这套丛书的出版，激励海外女作家们在高涨的创作激情之外，更主动更积极地去寻求去承担她们在世界文化版图上的文学使命，同时向国内学界成序列地呈现海外女性文学现阶段的格局，以推动研究者与研究对象之间良性互动的局面。通过双向互证，双向互补，共同促进汉语言文学超越地域、超越国别、超越种族的繁荣与发展。

江　岚

2015年7月3日于鹭江出版社

睁眼看世界

那是 2012 年秋天，看无边落木，不由得想起神秘的玛雅人预言，预言认为就在这一年的 12 月 21 日，神将从天而降，也就是世界末日的意思。先生问我："最想去哪里?"我立马毫不犹豫："去意大利!"在我的意识里，总是把最想去的地方留到最后，以便让自己活着一直有个盼头。但是眼下是 2012 年，世界似乎有些不一样，谁会知道这个星球将要发生什么。

其实，按科学家的推断，地球至少应该有 100 亿年的寿命，目前地球也只存在了 46 亿年，虽然有点中年危机的早衰征兆，但还算是年轻力壮。大家都知道我们的这个地球曾经有过几次大冰川期，但每次都能重新开始，我们人类就是在第四纪冰川期诞生出来的，转得好好的地球应该不会这么快就到了末日。

这玛雅人真是有点聪明过头，自己在彻底消失之前还要预见一下人类现在生活的时代是属于预言中的"第五个太阳纪"，而之前的四个太阳纪已过。玛雅人最不该说的就是每个"太阳纪”完结之时，都会出现大灾难。于是他们记录的第五个太阳纪结束的时间竟然是 2012 年 12 月 21 日，这真把我们吓得够呛。实际上，这个日子只是一个新时代悄悄开始，玛雅人只是懒得再往下推算而已。

正如第四纪冰川期中大量动物因不适应新环境而灭绝一样，人类现在似乎也正面临着生死挑战。最近有美国专家称，人类的进化正趋于停止，而这停止进化也就是退化的开始。看看今天的人类，几乎都在与电脑相伴，正在远离大自然的原始力量。如果人类不能提高自身肌体的抵抗能力，而只满足于享受高科技带来的“免疫力”，那么，可以想象在下次冰川期来临时，已经变得如此脆弱的人类将面临怎样被毁灭的命运。

每每想到这些，我那握着鼠标的手就会开始颤抖。心里暗想：要摧毁地球人真的很容易，只要摧毁眼前的这个电脑，世界就会乱成一团。我们究竟靠着什么才能活下去？无奈与悲观之际，想到我们的腿至少没有退化，还能行走，在我看来，旅行才是生命存在的最好方式。听起来很有点及时行乐的意思，其实是应了那伟大的古诗：生年不满百……何不秉烛游！

孔子说：“父母在，不远游。”不远游，怎么知道外面的世界？我想说，不仅要远游，而且能走多远就走多远。不是我不孝，而是我相信：“离开你是为了更好地爱你！”

想当年离开中国，写下第一部《走天涯》，才知道有家的感觉真好。后来写《“蜜月”巴黎——走在地球经纬线上》，才知道世界上竟然有这么多不同的文化。等到写《家住墨西哥湾》和《他乡望月》，才最终懂得：爱在哪里家就在哪里。生命的意义，就是为了睁眼看世界，看世界文化的大融合。

此刻，月光如水，笔下写的是意大利，但是我比任何时候都思念中国以及有关中国的一切。在这地球上，我们的这个民族人口庞大，有高山、大海的守护，历史上的汉唐时期曾雄据着世界文明的巅峰。曾经的古老文明，都纷纷败落消匿，但唯独中华文化代代传承至今。何能如此？因为我们一直有海纳百川的胸襟。

但是，我们又怎能忘记，近三百年来，中华民族经历的是闭关、衰弱、受辱和奋争，我们未能走过人类历史上灿烂的“文艺复兴”，也未能完成理性时代“人”的启蒙。虽然在二十世纪已有无数的仁人志士在努力为中华民族“补课”，可惜历史的急速演变让这一文化使命至今看来依旧任重而道远。

2012年，权且说它就是一个新旧交替的时刻。于我，最大的心愿就是走进意大利，走进那梦里千回的“文艺复兴”，去感受“人”的力量，去寻找“艺术”的源泉，去见证宗教所带来的神圣。

就在开始动笔写意大利的时候，我的眼前总是浮现出一队一队、一船一船、一家一家的中国人在意大利；在威尼斯的河道里，坐在贡多拉上面的游客也几乎都是中国人。在意大利的商店里，我曾看见中国的小伙子一掷千金，为女友买奢侈品。当我问他：“你最喜欢意大利的什么？”他回答说：“当然是精品店啦！”我不禁由喜而悲，喜的是中国人有钱了，可以走向世界，悲的是有些新一代的年轻人，去了意大利，却对意大利的文化和艺术走马观花。

为此，我要把这部书，献给那些想要看世界，或者正在看世界的人们。

2013年1月于美国休斯敦

目　录

去意大利

世界真小

美国风情

故乡的云

D 去意大利

去意大利

想去意大利，已经等了很久，有点像多年暗恋的情人渴望见面。因为恋，所以担心；因为爱，所以情怯。生怕它不是我想象中的样子，生怕那个长久的梦想辜负了我。

记得第一次去欧洲，先选择了英伦，然后是巴黎、比利时、荷兰、瑞士。但其实意大利才是当年欧洲的政治、经济、文化中心。公元前51年，英武的恺撒写他的《高卢战记》，在他眼里高卢就是法国，那可是蛮荒之地。

这是2012年，真的不能再等了，听说威尼斯城已经被海水淹到膝盖了。况且这一年总感觉要发生点什么，惶惶之中文思枯竭，竟写不出好文字，生命如无源之水，急需要一场精神沐浴。我需要去看看意大利，需要它的滋润。

每次出门买票的时候，都会想到母亲。感觉我是与天上的她同行。母亲一生都梦想看世界，我身上流着她的血，我的足迹也就是她的足迹。父亲蜗居，足不出户，但他喜欢用自己的心放眼世界。如今我的眼睛也就是他的眼睛，这些年，他一直在我的文字里读外面的故事。父亲常说：

“学会旅行，而不是旅游。旅行的内涵一是看自己想看的东西，二是看那些将要发生的未知的故事！”

旅行的准备并不简单，除了买票，还要有精神上的功课，尤其是去见梦中的圣地。桌子上摆的都是与意大利有关的书，感谢德国的文友高关中寄来了他写的《意大利风土大观》，了解了意大利在欧洲的南部，国土伸向地中海，像只长皮靴，这只“长皮靴”还踢着两个“足球”：一个在靴尖滚动，这是西西里岛；另一个在远处飞舞，那是撒丁岛。人口只有五千多万，国民大多信奉天主教。作为一个传统的旅游大国，它是古罗马帝国的核心和文艺复兴运动的发源地，拥有许多令人神往的古迹名胜和稀世罕见的艺术珍品，仅列为世界文化遗产的地方就有47处，居各国之最。另外意大利三面环海，气候宜人，阳光充足，风景如画，有许多驰名世界的游览区和海滨浴场，故被人们誉为是“欧洲的天堂和花园”。俄国著名作家果戈理曾用这样的诗句赞颂意大利：“到过天堂的人不愿再回到陆地，来到意大利可能忘记其他地区。欧洲若同意大利相比，宛如阴霾的天气变成了明媚的晴日。”

不过，我对意大利的热爱是来自“文艺复兴前三杰”：但丁的《神曲》、彼特拉克的《歌集》、薄伽丘的《十日谈》。当然，想念意大利的原因主要是为了绘画和雕塑，要去看达·芬奇、米开朗琪罗和拉斐尔这“文艺复兴后三杰”。虽说18世纪以来，意大利在歌剧方面领先，有罗西尼、威尔第和普契尼这样的歌剧大师，不过，我还是打算把剧场里的享受留给今后的晚年吧。

出发前狂读了许多文友笔下的意大利，以范迁和朱琦的文字最得我心。小说家范迁在他的《托斯卡尼回旋曲》里写道：“托斯卡尼，这是古老意大利的腹部，柔软、流畅、圆润，气候温和并酒色撩人。以佛罗伦斯为中枢，几十个小城市一把扇面似地撒出去，锡亚那、圣吉米尼亚努、利沃诺、比萨、路加，方方沃土，处处胜景。东方是亚平宁山脉淡紫色的浅影，地中海就在西面两个小时的车程之处，登高戏水由君自便。奇扬第地区生产一流的佳酿，口感温和，余味醇厚。食品店里琳琅满目的各色熏制灌肠，黑猪肉火腿，上百种腌制的橄榄、蘑菇，使人满口生津。但是一个地方除了山光水色、丰富的物质，却没文化，那就等于无焰之灯、无本之木。而托斯卡尼是文艺复兴的起源之地，文脉极其深厚。这地方养育你的身体，丰富你的心灵，激荡你的灵魂。”看完这一段我顿时感觉自己口舌生津，完全是急不可待。

散文家朱琦则这样写他心爱的佛罗伦萨：“我叩访了佛罗伦萨的圣十字圣殿，在这座被誉为‘意大利先贤祠’的教堂里默默转了好几圈，逐一辨认文化巨人的坟墓。达·芬奇死后葬在了法国，但丁、米开朗琪罗、伽利略和马基亚维利等人都安息在这里。他们之中任何一个人，都可以赋予一个城市千年荣光，佛罗伦萨却拥有好多位。纵然没有达·芬奇，佛罗伦萨也让人忍不住想探究一下，究竟是什么神奇的力量，使这座城市的文化巨人可以成群结队？”佛罗伦萨啊，或者就叫你是徐志摩笔下的“翡冷翠”，想起马未都先生说：“翡冷翠应该是凄雨绵绵，小街短巷的擦肩回眸，而佛罗伦萨却应是蓝天白云，群鸽飞过的悠扬琴声。”但无论她被翻译成什么名字，只要“一夜”，甚至“一瞥”，你就会与这座城市私订终身而一生无悔。

此外，计划一场旅行，生活上的准备也很重要。有的时候一个小小细节的疏忽就会毁掉整个旅行的心情，比如要带上自己用的洗发水和护发素，否则在旅馆里的一次沐浴就会损伤了原本美丽的头发，哪里还有心情再去看照片里的倩影。还有，出门时如果行李不多，可考虑带一个小小的电锅，烧水泡茶，还能煮面条、吃青菜，因为无论到哪里，买菜都会很方便，不单单是为了省钱，晚上走累了回来吃碗面条喝碗蛋花汤真是又健康又舒心。

当然，出门前就找好一家旅馆是最最重要，首先要位置好，交通要方便，会省去很多时间。事实证明此行的意大利一路定的旅馆真是太好，记得在威尼斯的中午我们还常常回到房间休息一下，换换衣服，难怪朋友们说怎么你在威尼斯还能换那么多件衣服。

出发前还要做的事就是锻炼身体， 因为旅行要有体力， 很容易累趴下， 所以要先练跑步， 不喘气了再上路， 感觉就是上战场哦!

进入倒计时了， 提醒朋友们要多准备一些现金， 事实证明我们这次的意大利之旅最大的败笔就是现金储备出了问题， 只好做了冤大头。

就要出发了， 最后一样的准备就是心情， 不仅仅是好心情， 还要有克服各种困难的心情! 谁会知道路上会发生什么? 但时刻告诉自己: “意外就是惊喜!”

开始向亲友们告别。 临行前的最后一天我在超市门口遇见一位七十多岁的张先生， 他听说我要去罗马， 竟然晃着他满头的白发， 对我说: “在罗马一定要找个理发店， 理一个奥黛丽赫本的头发!” 说完他自己就笑了， 笑得那么年轻， 又加了一句: “最好骑上一辆摩托车!”

难忘的“罗马假日” 啊， 你影响了多少人， 如今真的来了!

在罗马的中国人

候机门上闪着“罗马” 两字， 心情暗暗激动。

这是 2012 年 10 月 8 号， 到达罗马是在一个普通的早晨。 像所有的机场一样， 我们乘坐着最便宜的大巴进城。 简直不能相信， 这摇摇晃晃转弯抹角的机场大巴就在那古罗马的废墟里穿行， 车子钻过古城墙之门， 两旁都是古建筑的残垣断壁， 前方就是斗兽场和元老院， 我的脑海在一瞬间时光倒流， 告诉自己已经踏上了古罗马的土地。

隔着玻璃的窗子， 望着帝国大道上耸入云天的松树， 我好像听到了当年的罗马三巨头： 克拉苏和庞培共同扶持恺撒的声音， 那空气里好像有马略和苏拉大战的血腥! 罗马人在讨论着要共和还是要专制， 他们向人类提出了一个最难的题目。 历史是多么诡秘和不可思议。

大巴上的旅人多数都在罗马火车站下车， 那里是罗马的交通枢纽， 汽车站、 地铁就挨在一起， 成为这个城市最重要的地标。 出发前就听人说罗马火车站的小偷特别多， 我们站在火车站的广场上， 并不见小偷的踪影。 先生的背包里只放了一件外衣， 没有任何贵重的东西， 但总是被什么人拉开了拉链，刚刚合上拉链，走着走着又被什么人拉开，我们是毫无知觉，小偷的水平真高。

事先就在网上找好了中国人开的经济家庭型旅馆，口碑相当好，地址就在火车站附近。沿着街面走了两个路口，拐进一条小街，就是小旅馆的门牌号。一幢四层的小楼，电梯小到只容两个人，需要自己用手把电梯的门拉紧。迎接我们的是一个年轻的中国女人，她的名字叫依萍。

坐下来休息才知道，女老板依萍来自安徽芜湖，当初来罗马是一无所有，她先在亲戚的餐馆打工，然后帮老乡到火车站给小旅馆拉客。依萍很聪明，人也诚恳，又是女子，很有信任感，所以拉到的客人越来越多。后来，她竟然用自己的积蓄贷款买下了火车站前的一套公寓，那时候罗马正闹经济危机，公寓大降价，等她买了之后意大利改为欧元区，房子的价格立刻涨了一倍！这就是运气，但运气并不是随便给什么人的。于是他们有了自己的小旅馆，再加上先生的帮忙，生意越做越好，如今他们俩已经拥有两个家庭旅馆了。

住在舒适的家庭旅馆里，很是为罗马的中国人骄傲。在依萍身上，看到她能吃苦、有智慧、白手起家。她特别注意向西方人学习，比如房间的干净，早餐的西式标准，绝不马虎，绝不偷工减料。只有这样，她的客人才会源源不绝。不过，说起罗马的中国人，依萍也告诉我们，就在罗马的火车站附近，也云集着很多中国人的店铺，这些店铺主要以批发服装为主，但前些日子当地的居民向罗马市政府请愿要求取缔这些中国的店铺，原因是说中国的批发商破坏了当地的人文环境。

据依萍的描述，从前的罗马火车站附近，都是些五六层的老房子，楼上是住宅，一楼的商铺都是一家家的咖啡馆、面包店、花店、理发馆、熟食店、服装店以及艺术品店等等，住在楼上的居民一下楼就可以泡泡咖啡馆或者酒吧，很方便地买到蔬菜面包香肠，就像电影《罗马假日》里的情景，生活颇为惬意。喜欢艺术的意大利人特别讲究生活的情趣，即使是服装店，店堂里也摆着艺术品以及漂亮的鲜花绿植。即使是理发馆，店里也陈设着油画及老古董。现如今，一家家以批发服装为主的中国店铺逐渐取代了楼下的咖啡馆、面包店乃至艺术品商店，住在楼上的居民们再也不能过那种下楼就能喝杯咖啡出门就能买鲜花的日子了。但是没办法，中国人能挣钱，能付更高的房租，或者干脆买下来。这些做批发生意的店铺主要是以量取胜，在店里面要尽可能多地展示商品而不再像意大利人那样在店堂里摆设鲜花或者艺术品之类额外的东西，这样的店铺对当地人来说实在是缺乏魅力，所以住在楼上的居民有条件的就搬到了别的地方，搬不走的就只有抱怨了。

依萍讲的这些故事让我又想起曾经在一些小说里所写的中国人在意大利的故事。改革开放后的高速运转，使得中国沿海的一些城市迅速发展起来，比如温州。个体经济如雨后春笋，温州人不仅向全国各地进军，也开始向欧洲大量移民。这种移民浪潮不是靠读书和留学，而是靠家族企业的滚雪球发展，于是，出现了中国制造与欧洲品牌的价格之战，以服装类最为突出，以至于在意大利的某些小城悄悄弥漫着要求赶走中国人的呼声。所以，在我心里，真希望多一些依萍这样的中国人，能在意大利为中国人赢回声誉。

夜里聊天，想到一个古罗马与中国的传说。说是在中国甘肃省的永昌县焦家庄，有一个古罗马村。澳大利亚学者戴维·哈里斯提出，焦家庄的者来寨是古骊靬城遗址，而骊靬城则是西汉安置古罗马战俘之城。有些学者研究认为，在公元前53年，克拉苏所率7个罗马军团在卡莱战役中败给安息军队时，克拉苏长子没有战死，反而率领第一军团突破安息军队防线，没有再回到罗马，但不知所终。有迹象表明他们在东移的过程中曾被匈奴收留，在后来的汉匈郅支城之战时又被汉军俘虏，最后由西汉政府安置在者来寨定居下来。连英国的《每日邮报》网站2010年11月26日也发了1条新闻，说“DNA分析显示中国骊靬村村民可能是古罗马人后裔”。随后，国内也出现了类似的新闻报道，这些文章说甘肃永昌县骊靬村民中有不少人是蓝色或灰色眼睛，大多长着棕色或黄色头发，生活习惯也和汉族截然不同，这些村民一直由于奇特的长相而受到歧视。

更有趣的是之后的《兰州晨报》记者报道：尽管不少史学家根据史料记载做出大胆推断：我省永昌县者来寨村生活的上百名白皮肤、蓝眼睛的村民是2000多年前罗马兵团的后裔，但由于史料太少，这项需生物学、遗传学、生命学、考古学等多个学科联合攻关的研究项目至今仍没有最终的权威结论。但随着“兰州大学意大利文化研究中心”的成立揭牌，关于者来寨村“罗马兵团”后裔的各种不解之谜将再次被提上学术研究议程，我们有理由相信，这项近年来国内外史学界争论的一大焦点将随着研究进程的加快越来越清晰。据了解，该中心成立后立即开展的两项学术研究之一便是“早期中国罗马兵团后裔研究”——利用兰州在中国西北的战略位置，发掘、记录和整理“丝绸之路”一带关于中国早期与罗马接触的丰富历史资源，以解开罗马兵团神秘消失之谜。

夜已深，关于罗马与中国的话题打住。地球其实就是一个村子，我们都是地球人，都是世界的公民。无论你在哪个国家，无论你属于哪个国家，重要的是能为地球做好事，为人类的发展做出自己的贡献。

好美的罗马早晨，依萍已经送来了早餐，有果汁、鸡蛋、面包。这才看清楚，她的这套公寓除了主人的大卧房，共有三家客房，最欢喜的是她家的大厨房，自己可以随便煮东西吃，锅碗瓢盆好齐全，连辣椒酱都随便我用。不过，当我看到他们一家三口只住在一间房里，已经是少年的儿子正拉着帘子坐在父母的卧室里写作业，还是很感慨中国人太节俭了，因为明白那是为了多一间房拿来租给客人的。

依萍在为我们做完早餐后赶去另一个公寓服务。她在临走前详细给我们介绍了罗马的地形，留下了一张罗马地图。哇，从地图上看，我们住的地方真是方便，走路就可到帝国大道。从旅馆的窗户向外张望，原来身旁就是罗马的第四大教堂！

我的罗马假日，就这样开始了！

我的“罗马假日”

睁大了眼睛，怎么眼前的景象与电影里的“罗马假日”好像不太一样，但这明明就是罗马，眼前就是当年奥黛丽·赫本狂奔的大道！看到罗马的大妈就在那残垣断壁下买菜回家，我知道，这是属于我的“罗马假日”。

无数有关罗马的电影给了我们错觉，其实这个历史名城并没有想象的那么大。带着地图大踏步向角斗场走去，很近，才10分钟不到。还没在现代化的街头回过神来，跟图片上一模一样、外形上如此熟悉的斗兽场就在上午的阳光下突然间呈现在眼前，那种突然简直就是猝不及防。这个斗兽场是世界的八大奇迹之一，有云“大角斗场矗立，罗马便会存在。大角斗场倒塌，罗马就会灭亡。”作家爱伦坡也曾说过“光荣属于希腊，伟大属于罗马。”站在这苍凉又恢宏的古罗马竞技场（colosseo）面前，时空完全错乱，里面的看台有四层，区分着看客的等级尊卑。据说公元79年开幕庆典时，有5000头狮子老虎等猛兽与3000名奴隶组成的角斗士血腥搏斗了100天，观者高峰时可容纳9万人，我好像能听到那山呼海啸般的欢呼声，看到那惊心动魄的人兽交战。一想到电影《角斗士》里的马克西默斯将军，竟然作为角斗士而流尽了最后一滴血，心里面又痛又悲壮。站在门口与那几位身着罗马斗士衣装的人合影，大道上忽然有两轮马车载着游客飞奔而去，看上去真的就像是再现古罗马时代的老电影。

实在不想看斗兽场的内景，害怕从地底下传来的惨烈，不想去感受那带着血腥的狂欢气息。于是，穿过君士坦丁凯旋门（Arco di Costantino），继续看一路的断壁残垣。沿途有恺撒大帝塑像，尼禄雕像，昔日的贞女院和山丘上的皇宫群，卡拉卡拉浴场的遗迹，草丛中的柱头和只留下三根柱子的维纳斯神庙……。所谓著名的元老院，其实只是一幢并不恢宏的白房子，静静地立在帝国大道的旁边，我们几乎无法想象，就是这幢白色的小房子，却掌控着罗马的命运，那可是人类最早建立的共和制度。

远处是大竞技场（Circo Massimo），曾经的最大体育场，罗马人崇尚运动，崇尚健美，也崇尚人所具有的原始力量。经过真理之口所在的圣玛利亚教堂（S. Maria in Cosmedin），这传说是罗马最好的教堂之一，但我们没有进去，因为不敢保证自己曾经或今后不说一点谎。

喜欢罗马，是因为怀念文艺复兴的罗马，渴望看到那些永恒的艺术。于是，找到一路巴士，直奔罗马城著名的波格赛博物馆（也叫博尔盖塞美术馆）。它坐落在僻静的郊外，仅有一幢建筑，环绕着一个美丽的花园。这个美术馆本来是西皮奥内·波格赛枢机大臣的别墅，他是贝尼尼的赞助者，也是著名的收藏家。1613年建成的这座巴洛克风格的别墅，后来直接改成了美术馆，陈列品也以他的收藏为中心，一楼展示雕刻，二楼展示绘画。来这里的参观者不仅要事先买好票，还要按照约定的时间进出，以保证里面的游客不会太多。

波格赛馆内所藏的绘画真正是文艺复兴时代的绝世真品，大都以圣经、希腊神话、罗马神话为题材。记得波格塞家族成员之一的卡米洛（Camillo Borghese）在1803年成为拿破仑妹妹波利娜·波拿巴的第二任丈夫，并获得了拿破仑授予的法国王子、帝国卫队总司令等头衔，但拿破仑强迫他从波格塞家族的收藏品中低价卖给法国政府344件珍品，这些价值连城的文物后来都成了罗浮宫的藏品。

在这里我看到了拉斐尔的《基督下葬》，画中表现的是基督从十字架上放下来后准备被埋葬的情景，基督手脚上的钉眼还依稀看见，右边的圣母晕倒在侍女的怀中。馆内还有巴萨诺的《最后的晚餐》，与达·芬奇不同的是这幅画中的人物都是些不修边幅、光着脚、举止很随意的渔民，画面颜色鲜艳，有一束斜射的光线穿过酒杯。还看到了科雷乔的《狄安娜》，多梅尼基诺的《女先知》，梅西那的《男人肖像》，贝尔尼尼的《年轻时的自画像》，拉斐尔的《男人肖像》，布龙奇诺的《施洗约翰》等。激动人心的时刻是看到了卡拉瓦乔的《圣母、圣子和圣安妮》《施洗约翰》等，印象最深刻的是他那幅《捧果篮的男孩》！文艺复兴时代的艺术大师真多，但怎么也忘不掉卡拉瓦乔，他那种近乎物理上精确的观察和生动，甚至充满戏剧性的明暗对照画法，对巴洛克画派的形成起到了重要的影响。当然，他虽然名声显赫，也曾经声名狼藉，画家的一生充满了冒险和刺激。

说到波格赛博物馆的镇馆之宝，应该是威尼斯画派的鼻祖提香的作品《神圣和世俗的爱》，也叫《维纳斯和新娘》。提香的作品被认为是构思大胆、气势雄伟，构图严谨、色彩丰富，充满了戏剧性的气氛和动感的人体线条。馆内提香的作品还有《为丘比特蒙住双眼的维纳斯》，丘比特很贪玩，不知自己手中的箭神力无比，总是到处乱射，他曾误射水泽仙女，让她们彼此相爱，两位仙女很生气没收了他的箭，找维纳斯来评理，维纳斯为了给儿子避祸把他的眼睛蒙了起来，丘比特的兄弟则双眼紧盯着对面水泽仙女手中攥着的箭篓，耿耿于怀。这些作品都是平生第一次相见，也只能是在罗马！

波格赛博物馆中还收藏了大量贝尼尼的雕塑作品，其中最重要的是《阿波罗和达芙尼》《攻占普罗塞尔庇那》以及自己充当模特的《大卫》，都是著名的传世之作，简直是美轮美奂，看得人只能屏住呼吸，久久不忍离去。很多游客在走出大门时感慨：只有看过了波格赛，你才知道罗马！我忽然自己瞎想，当年二战时墨索里尼赶紧投靠希特勒，恐怕是想保护这些艺术品吧！

这个美术馆的旁边是同时建造的别墅花园，园中绿树成荫，点缀着罗西尼、拜伦等伟人的雕像。在公园南部的宾丘山坡（Monter Pincio）上可以将罗马的中心城区尽收眼底。

中午时分回到了罗马中心的万神殿，之所以叫万神殿，是为了纪念亚克兴海战（屋大维打败安东尼和埃及艳后）的胜利而祭拜众神而建，是奥古斯都大帝的战将阿格利帕主持，后来被罗马皇帝哈德良（Hadrian）重建，现在是天主教堂，被立为意大利的国立教堂。站在没有柱子的大厅当中，屋顶的天窗射进来天堂的光，据说那就是“意大利的天空”。大理石的四壁都是神一样的墓碑，其中以拉斐尔的墓最引人瞩目，他死时年仅三十七岁，生前预感即将死亡时，就表达了自己想要长眠万神殿的愿望，果然梦想成真。

与神在一起，也是不想离去，其实我们每个人都是自己的神，这种信念正来自于希腊、罗马对人类精神生命的歌颂。想到此，就在万神殿前面不远处的户外餐厅坐下，头盆、正餐和饮料每人一共15欧元，秋天的阳光下、明媚的色调中，享受着主厨推荐的意大利面，这一刻，真的有感觉自己是在罗马。

歇好了前行，远望雅努斯拱门（Janus），1700年前的台伯河水就在下方流过。俯瞰恺撒大帝广场，再前方就是米开朗琪罗的作品，那闻名天下的卡比托利欧广场（Piazza del Campidoglio），据说是在保罗三世教宗的指令下重建，由米开朗琪罗亲自设计，其中的马尔库斯·奥列里乌斯骑马雕像也是为他亲自移来。从帝国广场绕道后方，就看到了母狼与孪生兄弟的青铜雕像，雕像虽不大，但意义深远，这可是罗马起源的传说之一，是人喝了狼的奶，那个故事早已成为经典。

来罗马的人一定会去西班牙广场，那古老的大台阶是巴洛克大师贝尼尼的杰作，也就是当年《罗马假日》里奥黛丽·赫本吃冰激凌的地方。如今因为有太多的游人要在这里吃冰激凌，市政府已经禁止商家再卖冰激凌了。

高高而下的西班牙台阶，是法国人1725年出资所建，是因为西班牙使馆坐落在此才得了这个西班牙台阶的名字。据说当初是打算建造一座媲美许愿池的喷泉，但是经费庞大，于是改变主意建造了美丽宏伟的大台阶。台阶上是天主圣三教堂居高临下地俯视着台阶上的芸芸众生，台阶下面就是著名的“破船喷泉”，那可是贝尼尼的父亲彼得罗·贝尼尼的作品。这广场的台阶好像不是用来走路，而像是用来观礼，上面总是坐满了游人，我也好不容易找了一处地盘，虽然没有冰激凌可吃，但依然能感受到电影里的那种闲适而浪漫的气息。听说司汤达、巴尔扎克、瓦格纳、李斯特、勃朗宁等大文豪和艺术家们都曾在这一带住过，就在西班牙台阶的右边至今还保存着济慈的家。不过，当短发的奥黛丽坐在这西班牙广场的大台阶上把冰激凌送到唇边的时候，这座台阶才注定了要成为众多影迷心中的圣地。

在我看来，罗马城的外在美除了雕塑，就是喷泉。终于看到举世闻名的许愿池（Fontana di Trevi），街头的艺人、世界各地的游人将这许愿池围得一层又一层，到处是照相机的咔嚓声，很多人高举着ipad拍照，几乎挡住了我的视线。传说投一枚铜板落水，此生要再来罗马；二枚则与爱人结合；三枚会使讨厌的人离开。我只投了一枚落水，看来还要再来罗马！

罗马的喷泉，最美的应该是在纳沃纳广场（Pizza Navana）。这个广场从北到南呈椭圆形，分布着尼普顿喷泉、四河喷泉和摩尔人喷泉，前两项都是贝尔尼尼的著名作品。“四河喷泉”立在中央，以四个寓意雕像分别代表四条河：尼罗河、恒河、多瑙河和拉普拉塔河，气势相当磅礴。广场中段的西侧有圣阿格尼斯教堂，完全是巴洛克风格装饰艺术的典范，据说是博罗米尼的作品。那个时代真是英雄辈出啊！在这个伟大的广场上，最让我羡慕的是那些每天画像的小摊主，他们天天与大师们在一起取暖。

经过共和广场，还会看到Fontana dele Nettuw，也是两个扇形大楼包裹着一个喷泉，虽然没有许愿池那么婉约动人，但另有一种气宇轩昂之感。在罗马，好像随便一回头，感觉就是一个惊艳。

好喜欢罗马的教堂，每一座都值得进去，里面充满了各式各样的传说和故事，犹如时光倒流，让人浮想联翩。宗教的神圣与艺术的浪漫，正是罗马的精神与灵魂。在教堂里，你会看见天上的神，也会看见地上的人，那是大写的人，光彩的人，幸福的人。离共和广场不远就是 Basica di Santa Maria Maggiore，有人译作圣母白雪大教堂，是西方第一座供奉圣母的教堂，据说贝尔尼尼的墓就在那里。

傍晚时才看见天使桥，华灯初放，正好就是电影《罗马假日》里的赫本与乐队周旋逃跑的时间和地点。走在桥上，两旁都是贝尔尼尼的雕塑作品，桥上有 12 尊天使塑像，虽然每一位天使手中都拿着一种耶稣受刑的刑具，但看上去舒展而优美，被称为罗马最美丽的桥。桥的尽头就是台伯河对岸的圣天使堡，这里虽然是哈德良皇帝和妻子、养子的入葬之处，但在我的记忆里却是电影里留下的那个娱乐之地。

眼前的圣天使城堡建于公元 139 年，城堡上圆下方，外围城墙则是五角星形，造型伟岸坚固，仿佛任何力量都无法摧毁。实际上在近 2000 年的岁月中城堡经历了多次的破坏和修复，与初建时已经有了很大差异。现在城堡内是一所博物馆，展示教皇寝宫、历代兵器等。这座城堡在很多艺术作品中都有出现，如电影《罗马假日》、歌剧《托斯卡》，而最近的则是惊悚小说《天使与魔鬼》。

在罗马，只要还有力气走远一些，就能看见复原的丘比特神庙，坎皮多利奥山两旁矗立着巨人大马的台阶，登上这台阶，你就会发现：是米开朗琪罗！罗马是座博物城，一抬头，就是雕塑，就是天使。无论历史怎样破败和消亡，但艺术却如此永恒。此时此刻，我终于明白了《罗马假日》为什么会选择罗马。那个《罗马假日》的导演，故意让奥黛丽·赫本展露出她那无忧无虑的微笑，又与这些沧桑的历史遗迹交叠重现，热闹而忧伤。青春与衰败，爱情与权利，瞬间与无常，真是一曲难以言说的人间交响乐。

罗马的令人惊叹是它的历史遗迹，却不是现在活在罗马城里的人。在罗马的街上有不少靠乔装古代士兵陪游客照相赚点零用钱的罗马人，有些是老人，偷闲之时脱下头盔，大滴的汗水流下来。还有人在红灯时站在车流前耍点杂技，趁着绿灯开车前迅速地向司机讨要一点散碎银两。一刹那，我甚至想到了人种的退化。不过今天的罗马，真的已经不是从前的罗马，它只是一个贫富差距非常明显的欧洲都市！

罗马是不夜城，夜晚的景致更是扑朔迷离。听说罗马的第六十四号公车是盗贼的大本营，受害者遍布全世界，但是我们来回坐了几次，感觉还不错。无论如何，在我心里，对罗马人还是充满了深深的感激，因为他们努力地保护了自己的历史。

感叹我的“罗马假日”，看到了一个群星灿烂、大师辈出的时代。在这里，中世纪的黑暗被终结，人的精神生命得以“再生”。罗马，人类以你为荣。

仰望梵蒂冈

看罗马，不能不看梵蒂冈。其实梵蒂冈不属于罗马，它是世界上最小的主权国家。

从罗马坐地铁，一眨眼就到了。一条大道缓坡走上去，红绿搭配的意大利国旗消失，换成黄白相间的小旗一路，这就意味着到了这个叫梵蒂冈的国家。

梵蒂冈在古代称为梵蒂冈山，是先知和圣人发表预言的地方之一。整个梵蒂冈包括了圣彼得大教堂、圣彼得广场、御花园和富丽的宫殿建筑群。远远就看见了圣彼得大教堂，尽管有充分的心理准备，还是被狠狠地震撼到，它如此壮观以至于让我有些头晕。

轻轻走进大教堂前面的圣彼得广场，两侧由巨大的半圆形长廊围拥，象征着圣彼得广场张开的双臂。长廊内由几百根圆柱和八十多根方石柱组成，顶上饰有教皇七世巨大的徽塑和一百四十位圣者的雕像，都是经过文艺复兴前后所有顶尖建筑艺术大师的精心雕琢。广场中央独立着方形尖顶的石碑，它是广场上最古老的标志。每个星期天的正午，无数的游客、罗马市民和世界各地的朝圣者，都聚集在这广场上，接受教皇的祝福。

最先看到的是瑞士士兵在换岗，他们的服装煞是好看，鲜艳的红黄蓝彩条制服，裤子看着很像裙子。这是教皇卫队，现名“瑞士卫队”，由100名瑞士籍罗马天主教信徒组成。其中有70名士兵，25名士官，4名军官，1名牧师，其成员身高必须是1.74米以上。梵蒂冈卫队原本成立于1506年，但那时卫队的人不分国籍，只要符合招募要求就可以入选，1527年5月6日，哈布斯堡王朝查理五世的军队血洗罗马城，教廷卫队中其他国家的人全部逃散，只有瑞士人顽强坚守，147名瑞士士兵为保卫教皇流尽最后一滴血。从此，教廷卫队只招收瑞士人，卫队的名称也由“教皇卫队”改称为“瑞士卫队”。

走进圣彼得教堂，它不仅是一座富丽堂皇值得参观的建筑圣殿，而且拥有着多达百件的艺术瑰宝，被视为无价的资产。其中最有名的三件雕刻艺术杰作：米开朗琪罗24岁时的雕塑作品；贝尔尼尼雕制的青铜华盖以及圣彼得宝座。教堂的穹顶周长71米，为罗马全城的最高点。游客可乘电梯拾级而上，登顶俯瞰罗马全城。

大教堂的门口有卫兵把守，示意图显示了对衣服长短的要求，也就是“衣冠不整，谢绝入内”，不少游客就是因为短裤而被挡在门外。教堂内真是气势恢宏，据说可以同时容纳5万人祈祷。天主教教堂与基督教教堂有些不同，它更侧重于强调拱顶、天窗、大理石、油画等。这个教堂虽不收费，但如果想登顶或者参观教堂的博物馆，就得付费。

在圣彼得大教堂内正门向右的拐角处就是米开朗琪罗24岁时雕塑名作《圣殇》（也叫《母爱》），这是米开朗基罗唯一的签名雕像。圣母玛丽亚右手紧紧搂着受难后遍体鳞伤的耶稣，左手微微摊开，垂首凝目，悲痛欲绝。圣母怀抱死去儿子的悲痛感和对上帝意旨的顺从感，在作品中被刻画得淋漓尽致，让人不能不惊叹年轻米开朗琪罗的天赋才华。

另一件艺术品就是教堂正中贝尔尼尼的青铜华盖，由4根螺旋形铜柱支撑，那扭曲的粗圆柱似的独特形状很引人注目，据说有5层楼房那么高。华盖前面的半圆形栏杆上永远点燃着99盏长明灯，而下方则是宗座祭坛和圣彼得的坟墓，高大的圣坛下埋藏着圣徒彼得的尸骨，圣坛上是彼得的铜像。只有教皇才可以在这座祭坛上，面对东升的旭日，当着朝圣者举行弥撒。

大教堂中央的大穹屋顶也是由米开朗琪罗设计，两重结构，内部很明亮。下面装饰着贝尔尼尼作的巨大的《圣彼得宝座》，这是教堂的又一件镇堂之宝。这座镀金的青铜宝座上方是沐浴在光芒里的木椅，椅背上有两个小天使，手持开启天国的钥匙和教皇三重冠。传说这把木椅是圣彼得的真正御座，后考证曾为加洛林国王泰查的宝座。

从教堂出来向北绕行，不远处就是梵蒂冈博物馆，它是世界三大艺术类博物馆之一，馆藏价值绝不逊于罗浮宫。参观这个博物馆最好事先在网上就买好了票，不会担心进不去或者排长队。

登梯上楼，一进院子就首先看见辉煌的群雕《拉奥孔》！这个曾经被著名美学家莱辛用了整整一本书来歌颂的艺术作品，如今就静静地立在这座八角形的贝尔维德雷庭院的一角。当年曾在书上看了千百遍，它如今就在我的眼前。

终于走进神往多年的西斯廷教堂，我悄悄地在一个角落里躺下来，不忍眨眼。为什么要躺下来，因为我怕脖子受伤。天顶的中央部分正是米开朗琪罗的大壁画《创世纪》，包括《上帝将光明与黑暗分开》《上帝创造日月草木》《上帝创造亚当》《上帝创造夏娃》《诺亚献祭》《诺亚醉酒》《大洪水》以及穹顶上的基督的家人和男女先知。每幅场景都围绕着巨大的、各种坐姿的裸体青年，壁画的两侧是生动的女巫、预言者和奴隶。整个画面气势磅礴，力度非凡，让观者的心都在颤抖，想想当年的米开朗琪罗用了四年半的时间独自完成这幅巨卷，从 1508 年到 1512 年，他投入了全部的生命，躺在鹰架上作画，胡须朝向天空，头颅扭向肩膀，腰身向腹部伸缩，画笔的彩色汁液滴落在他的脸上。一千六百多天的辛苦劳作使他的身体变形了，后身变短，前身变长，连眼睛也变样了，之后的他读书看字必须把书放在头顶上。要问米开朗琪罗为什么会这么辛苦，这背后其实有秘辛。话说当年的米开朗琪罗与教宗朱利斯二世的关系十分复杂，教宗欣赏他的灼灼才气，1505年邀请30岁的米开朗琪罗来到罗马，希望他为自己雕刻一座有十四尊雕像的墓碑。付了定金之后米开朗琪罗却取消了合约，但他已经用定金买了一座庄园，无法偿还，甚至还逃离了梵蒂冈。朱利斯二世派人把他抓回来，给他的惩罚就是要他在西斯廷教堂6000平方尺的天花板上作画！米开朗琪罗虽然答应了，但是没有遵循教皇要他画《新约》的旨意，而是采用了《旧约》的故事。每次教皇要看，他都想法子不让，直到全部完工。他是躺着画完了300个圣经人物，这部巨大的作品可以说让他痛苦却又让他流芳百世。看了这个壁画，不能不说，这个世界有一个米开朗琪罗，人类已足以骄傲！

在梵蒂冈博物馆中，最值得看的艺术除了群雕《拉奥孔》和米开朗基罗的大壁画《创世纪》，下一个就是拉斐尔画室，里面珍藏着他著名的壁画《雅典学院》。在这幅巨型的壁画中，拉斐尔把不同时代的精英人物汇聚一堂，其中包括哲学、科学、数学、文学、艺术等各个领域的人物。如以手指天的《理想国》的作者柏拉图；身着蓝色长袍、以手指地、似乎强调现实世界才是根本的亚里士多德；一身橄榄色衣衫的苏格拉底和其脸孔极像米开朗琪罗的赫拉克利特；还有拉斐尔自己以及荷马、维吉尔和但丁等。真是让人顶礼膜拜，在拉斐尔看来，历史显然是英雄所创造。

走出梵蒂冈，让我对拉斐尔时代的教皇有了新的认识，他们是真正的人文主义者，对发掘古典文学和哲学、促进艺术的发展怀有着极大的兴趣和热忱。应该说，正是在伟大的教皇促进下，才有了拉斐尔们，并带来了人类精神的复兴而不是文化的毁灭。

人类呼唤天才，但天才人物的出现，必须要有时代的条件！

梦中的佛罗伦萨

多少次梦中想你！念你！——佛罗伦萨！

说起佛罗伦萨，它可是一座伟大的文化之城，这里是意大利文艺复兴最早的发祥地，也是意大利歌剧的诞生地，仅此两项殊荣就足够让它名垂青史。创作《神曲》的伟大诗人但丁就出生在佛罗伦萨；还有从小随父亲在佛罗伦萨长大的薄伽丘，后来写出了举世闻名的《十日谈》。想象一下吧，就在1506年，达·芬奇、米开朗琪罗和拉斐尔三人，曾经相聚于佛罗伦萨共商文艺复兴的大业。更令人起敬的是佛罗伦萨当年的行政长官美第奇(Medici)，不仅出重金资助后来创作《蒙娜丽莎》的达·芬奇，还亲自给13岁的米开朗琪罗挑选雕塑老师，特别提携艺术巨匠多纳泰罗，特意关照科学家伽利略。流芳百世的美第奇家族，以其巨大的财富资助和保护了艺术的发展，成就了文艺复兴的崛起，也释放出佛罗伦萨的光芒。

去佛罗伦萨的火车定在早上9:45。在罗马火车站，我们小心地去找列车进站的号码和月台。因为不熟悉而东张西望，却有一个意大利男人走过来帮忙，告诉我们去佛罗伦萨的等车地点，我们正要感谢，他伸出手来：5个欧元！原来他不是免费帮忙的，是有偿的指路服务，这跟美国的社会风气不大一样，不过给钱还是很乐意的。

意大利的火车非常舒适，专门有放大行李的地方，很像中国的动车。走出火车站，根本不用找出租，走路就到了我们定在繁华街段的小旅馆。

佛罗伦萨比起罗马显得更小，人口只有38万。从我们的小旅馆出来，所有的美丽景点都在不远处，真是恍若梦中！我一再问自己：这是佛罗伦萨吗？

从小街出发，先去最近的百花大教堂。沿途的一排小商铺，简直迷死人，拐角上有一个卖皮带的小铺，竟然还有专门为女士准备的那种软皮的腰带，各种颜色，真是漂亮极了。还有各样的丝巾，虽然不需要，但总让我的心痒痒。转头看到一条幽深的小街，说那里面是但丁的家。回头再去看他老人家吧，反正他是不会搬走了。

圣母百花大教堂坐落在杜奥莫广场上，佛罗伦萨市政府的市徽上的鸢尾花图案就是以这个教堂为象征的。圣母百花大教堂始建于13世纪，能容纳3万人，其突出的大圆顶采用了文艺复兴时期的建筑结构，教堂内富丽辉煌，其中，圆顶内侧的壁画是美术史家兼画家瓦萨利（Vasari）的名作“最后的审判”。

第一眼看见百花大教堂，既惊艳又神圣！一般教堂的外壁都是白色或单色的，以示庄重，但圣母百花大教堂的外壁是由白色、绿色和粉红色的大理石砌成，色彩非常鲜艳，极为少见。那淡绿色的大理石装饰让我一下子就想起了徐志摩先生为什么要把佛罗伦萨翻译成“翡冷翠”！

进了教堂，前面有一座受洗专用的礼堂，东边的一道门是通往天国的“天国之门”。圣经里说凡人都有罪，谁敢说自己从没做过坏事，就可以走这个门，可没人敢这么说，所以这个门也关了1000多年，只是门上的铜雕让教徒和游客们摸得光亮。仰头看教堂内部巨大的穹窿顶部，瓦萨利所绘的湿壁画“最后的审判”就在冷冷地俯瞰众生。

出了圣母百花大教堂，沿着一条细石子路，就走到了在无数画页上看到过的“阿诺河”，那阿诺河上有一座古怪的老桥，叫维奇奥桥，已经有

700多年的历史。桥上都是老式的房子（很像“廊桥”），层层叠叠，颜色也各异，很像是画家的设计。上了桥，才发现都是金银首饰店，看着那些意大利人精工制造的首饰，仿佛回到了14世纪。意大利有幅名画叫“但丁与贝特丽丝邂逅”，画的就是一男一女在桥上偶遇，油画上的桥就是这座老桥。让我感到无比快乐的是在桥头买到了又好看又好吃的西西里三色冰激凌。

过了阿诺河，就是著名的皮蒂宫古堡和博物馆。来佛罗伦萨的人，因为河那边已经如此丰盛，很多人就错过了河的这边，其实非常遗憾。皮蒂宫（Palazzo Pitti）是一座规模宏大的文艺复兴时期的宫殿，1458年建造时原是一位佛罗伦萨银行家卢卡·皮蒂的住所，1549年，这个宫殿由美第奇家族购下，并作为托斯卡纳大公的主要住所，之后通过了世代的积累，皮蒂宫逐渐储藏了大量的绘画、珠宝和贵重的财宝。到了18世纪晚期，皮蒂宫被当作了拿破仑·波拿巴的权利中心，后来统一后的新意大利皇室也曾在此短暂居住。1919年，维托里奥·埃马努埃莱三世把宫殿和藏品一起捐献给意大利人民，现在作为佛罗伦萨最大的美术馆对公众开放。另外，在皮蒂宫的旁边是波波利花园，非常壮观，装点着雕塑群的庭院，完全是皇家的气派。

在皮蒂宫旁边的山坡上，就是米开朗琪罗广场。站在这个广场上，就能俯瞰到整个的佛罗伦萨，所有的房子，都是橘红色的屋顶，奶白黄的墙，各色的窗子点缀其间，高低错落成梦一样的画面。

这是佛罗伦萨的又一个早晨，先去找但丁的家。但丁当然不在，我从楼下找到楼上，却有人在他家的门口表演，表演的正是他的作品，我们虽听不懂意大利语，但也激动得鼓掌。但丁是“中世纪的最后一位诗人”，也是“新时代的最初一位诗人”，他是人类不屈精神的象征，也是佛罗伦萨、意大利乃至全人类的骄傲。

当然，在佛罗伦萨，抬头可见的不仅仅有但丁、达·芬奇和米开朗琪罗，还有“人文主义之父”的彼特拉克、“欧洲绘画之父”的乔托、“现代科学之父”的伽利略和“现代政治理论之父”的马基雅维利，还有写实主义与复兴雕刻的奠基者多纳太罗、第一位掌握透视法的画家马萨乔、写下第一部完整建筑理论著作的阿尔伯蒂和意大利肖像画的先驱波提切利，还有那些生活在这时期的也足以称作天才的各路文艺复兴人物。他们的身影，不只是珍藏在博物馆里，几乎在佛罗伦萨的老城区的广场和街头随处可见。

走进了西尼奥列广场，佛罗伦萨的灵魂之地！整个广场都是石雕和铜像，米开朗琪罗的复制“大卫像”特别引人注目。这里就是一个露天的雕塑博物馆。广场旁边有一条小街，那里就是天下闻名的乌非兹美术馆(UFFIZI GALLERY)。

乌非兹美术馆并不大，但是里面有波提切利的《春》和《维纳斯的诞生》。多年只是在画册上见过，如今就真真切切地在自己的眼前。那女性的柔美舒展，足以使每一个来自地球各个角落的参观者为之倾倒！在这个馆里，还收藏着欧洲文艺复兴时期其他各画派代表人物的代表作品，包括达·芬奇、米开朗琪罗、拉斐尔、丁托列托、伦勃朗、鲁本斯、凡·代克等。

佛罗伦萨的另一个著名的美术博物馆就是学院美术馆，这所学院是世界上第一所美术学院，也是世界美术的最高学府，被称为世界美术学院之母。它的骄傲就是收藏着米开朗琪罗的大理石人体雕塑《大卫》，有一个民间的说法是只有看到了大卫的屁股，才能触摸到真正的意大利！

远远就看见了真的“大卫”，他高高地立在展览厅的中心，两倍于真人，通体洁白，米开朗琪罗一生的最伟大就是让“大卫”“走出石头”。我们先从正面看赤身裸体的大卫，他是那样健美，从容不迫，神态自信而放松，又感觉随时可以爆发。再转到他的背后，看到了他的屁股，真的有一种想“触摸”的感觉。曾有文章里这样写到：如果说看完佛罗伦萨要一年，读懂佛罗伦萨要一生，但“触摸”佛罗伦萨只需要“大卫”转身的一瞬。

其实，很多人也许不知道，米开朗琪罗六岁丧母，父亲只是小职员，要抚养五个儿子，家境十分清苦。但米开朗琪罗的幸运是他生长在佛罗伦萨，他的才华可以在沃土中成长。他爱石头，那又冷又硬的石头在他手上温暖又柔软，原本70顿重的大理石，因为体积瘦长，已经躺在佛罗伦萨40年无人问津，但是米开朗琪罗用了两年半的时间完成了“大卫”。他说：“大卫被困在那块大理石里面，我只是把他解放出来而已！”

走出博物馆，艺术的丰盛让人完全没有饥饿感。但为了庆祝，回到了旅馆门口的小街，找到了我喜欢的日本小面馆。天空开始下起小雨，所有的景物都忽然像油画，我们自己也像画中之人，享受着东京寿司和水煮牛肉。旁边桌子上是一个来自中国大陆的少妇带着一个6岁的儿子，她告诉我们：“从小让孩子看看大师的作品！”

雨夜的佛罗伦萨更是浓得化不开，满城的雕像，满城的艺术，整个城市都是美术馆。随处可见的街道、广场、庭园、空地上都矗立着各式各样的巨大雕塑，有些是单独的塑像，有些是规模宏大的雕塑群，或张开双翼的躯体，或冒出喷泉的嘴巴和颅顶，或裸体男女相拥，或圣母怀抱圣婴。在雕塑之外，还有数不清的建筑艺术，从拱顶、圆柱、石阶到蓝天背景上的乔托钟楼，佛罗伦萨，到处闪射着它千古不灭的光芒。

在佛罗伦萨，感觉看到的人也与别处很不一样。有黑衣男子，有白头巾的修女，有肃穆的神父，有美丽的时装女郎。在这座城里，无论男人和女人都非常优美。意大利的男人穿衣服很精致，有些女性化，外套或衬衣都掐腰，脖子上多有围巾；女性的服饰更是美不胜收，但都是为瘦小的女人而备。街上弥漫着提拉米苏甜甜的味道，还有比萨饼的香气，完全是一个梦一样的城市。

到了佛罗伦萨的最后一晚，又想起徐志摩当年写的《翡冷翠的一夜》，感觉自己是在与但丁、达·芬奇、米开朗琪罗、拉斐尔、鲁本斯、提香住在一个城市里，心中有万千的不舍。当夜真的做了两个梦，一个是远在美国东部上学的儿子来报喜，另一个梦就是我在米开朗琪罗广场的山坡上怎么也下不去。醒来后不禁哑笑：哪里是我下不去？分明就是我赖着不想走！

古城依旧

几乎去过意大利的人，都要夸赞那个并不怎么名扬天下的小城，它就是 Siena!

记得出发前正好看了一集“锵锵三人行”节目，说的正是意大利，三个人一致推荐到了意大利不能不看 Siena，中文译作西耶纳，盛赞这是中古时代保留得最完美的城市。

选择了坐火车去西耶纳，因为想多看看意大利乡村的风景。火车启动，窗外是起伏的田野山脉，时不时在小山坡上就会出现一个家族的古堡。还没看够，竟然就到了。火车上因为人少，差点下错站。后来知道很多人嫌坐火车之后还要再倒汽车，不如直接坐巴士更快捷；也有人自己开车，或者坐飞机。下了火车，我们因为买巴士票没有零钱，又耽误了一个时辰。

西耶纳位于南托斯卡纳地区，建在阿尔西亚和阿尔瑟河河谷之间的基安蒂山三座小山的交汇处，那是公元前 29 年。这个小城在历史上曾经是意大利贸易、金融和艺术的中心，现为西耶纳省的首府。作为意大利最完美的中世纪城镇，Siena 在绘画语言里即为赭黄色的意思，如今正好成了这座中世纪古城的主色调。

进了西耶纳，还没等兴奋，困难就来了。我们要先去找订好的旅馆，但是路上却没人听得懂英语，问当地人都摇头，游客更不知道。摸索着前行，终于碰到一个年轻的当地人，懂英语，路也特别熟，一路指引我们，终于到了旅馆楼下。抬头一看，哇，这是一幢中世纪800年前的房子，叫Alizzardo's Family Bulding，楼梯都是古老的大理石，房间里的家具看上去都像是古董。住在这样的房间里，感觉自己好像回到了中世纪，完全不是住酒店的那种感觉。最高兴的是，这里就是西耶纳的心脏地段，它就在贝壳广场的旁边！

正要为自己的旅馆欢呼，问题又来了。旅馆的主人叫圣安娜，是个典型的意大利中年妇女，喜欢讲话，待人非常热情。但是，她在与我们订旅馆的通信中从来没有说明过一定要付现金，她竟然不收信用卡！而我们根本不会带那么多现金在身上。于是，在西耶纳的第一个旅游项目就是找地方换钱，要命的是这一天是星期天，银行都不开门！

女房东比我们还着急，帮忙去找楼下的餐馆换钱，但因为附近的餐馆不够大，都没有刷卡机。我们只好来到了贝壳广场上，找了一家比较大的餐馆，在外面用餐，还可以看风景。跟老板说好了，除了吃饭，再多划200欧元，老板拿20%，即40欧元。那顿饭点的是一盘肉、一盘通心粉，一杯水要3.5欧元，六根芦笋6欧元，座位还要每人再收6欧元，加上小费！但高兴的是我们不用为房东的现金发愁了，终于舒了一口气，开始能够欣赏这座古城。

眼前的这个巨大的贝壳广场，从14世纪起就是西耶纳的政治、文化艺术中心，是西耶纳的灵魂所在。其独特的贝壳造型堪称建筑史上的杰作。从高处俯瞰，这个广场呈巨大的扇形，共由九个部分组成，分别代表西耶纳政府的九个成员。广场的中心是三座山的山脊交界处，四周是宫殿组成的圆弧，有一座美丽的喷泉立在正中央。贝壳广场经常举办各种活动，也是游客们晒太阳的好地方。夏季时这里有很多的音乐会，在广场上露天演出，据说曾有几万人在这露天大剧场上齐声大合唱。

都说西耶纳的美是穿越时光的美，因为这座城市从中世纪至今在外观上几乎没什么改变，但在骨子里却融合了现代艺术的精神。老城区在1995年被联合国教科文组织列为世界文化遗产。这座老城的格局非常奇特，上坡与下坡，回头就是别有洞天。街道是绕着圈圈走，很容易回到原点。文友范迁曾如此描写："西耶纳的城市布局使人想起莎士比亚笔下中世纪小国寡民，闭关自守的格局，周围六道城门，烽火相望，各自扼守一方。城中一方扇形广场，四周钟塔楼厦环绕，是市民举行庆典或赛马斗牛之处，届时马蹄得得，万头攒动，欢声雷动。城内小巷纵横，坡道起伏。楼宇相接，天空一线。在广场转角有农夫摆摊，装在木箱里的番茄鲜红，紫苏碧绿。"真是妙笔!

好喜欢夜里在西耶纳的老城散步，小街旁到处是小餐馆，就三两张桌子。我们还发现了一家上海餐厅，里面卖小馄饨、生煎包之类，这让我想起在佛罗伦萨的火车站，第一眼看见的就是京都大酒楼。中餐真是太厉害，遍布在世界各地。

怎么也没想到，西耶纳的第一夜竟然睡不好，原因是意大利人喜欢在晚上喧闹。他们在楼下拼命讲话，我们听不懂，但需要一直听下去。还好，他们没有高兴得唱起来，否则就更惨了。

时间宝贵，一早又来到了贝壳广场，排队走进正中央教堂的艺术博物馆。这个主教座堂在13世纪初完成，之后的这个贝壳广场就成为世俗生活的重要中心。教堂里面除了古老的壁画，还有很多现代的展览，其中的一个时装设计展，让人很难忘。意大利真不愧是时装艺术的先锋。

位于大教堂右侧的歌剧博物馆是另一个值得参观的景点。馆内收藏着西耶纳画派创始人杜乔（Duccio）在14世纪所创作的一幅宗教装饰画，体现了拜占庭艺术和哥特式抒情风格的完美结合。沿着狭窄的螺旋状楼梯登上博物馆的露台，整个西耶纳城的景致便一下呈现在你的面前。我在想象着每年在这里举行赛马的盛况，这可是西耶纳最有名的运动，最有趣的解释是这里的人担心太执着于人文艺术会让人类远离兽性，所以他们通过赛马来保存人类所应该具有的原始力量。

之后去看西耶纳最著名的百花大教堂，据说这个教堂与佛罗伦萨的百花大教堂可以媲美。教堂位于古城最高处，完全是黑白的大理石相间而成，高雅又神圣。教堂的正面体现了两个时代的建筑风格：下半部的三个大门属于罗马式风格，而上半部却是哥特式风格。教堂门口就立着狼孩吃奶的雕塑，这故事来自于罗马的起源。不过，我的感觉是，西耶纳的雕塑似乎保留着早期的粗犷感，而米开朗琪罗的艺术则更为细腻和精致。

毫不夸张地说，西耶纳的百花大教堂是我在意大利看过最美的教堂，其精美绝伦应该说超过了佛罗伦萨的百花大教堂。主要是这个教堂的整个地面是由 56 块大理石镶嵌的画所铺成，美得让人不能呼吸。我简直无法想象，艺术家们是怎样去切割那些大理石，那些细细的线条，对比的颜色，抽象而具体，可谓浑然天成。

在西耶纳，流传着这样的故事，当年的百花大教堂请米开朗琪罗来这里准备做 15 件雕塑作品，但是他只创作了 2 个雕塑，就决定离开奔赴佛罗伦萨，因为他要在那里完成他一生中最伟大的作品《大卫》。在这个教堂右侧的礼拜堂内有两个贝尔尼尼的作品，一个是玛丽亚，一个是耶稣，令人陶醉。教堂内目前保存下来最多的是 GIOVANNI 的作品，他生活在公元 1200 年前后。为了这个心爱的教堂，我第一次买了蜡烛，点上，轻轻放在祭坛上，怀念那个伟大的时代。西耶纳，你不愧是中世纪与佛罗伦萨势均力敌的城市。

就在西耶纳百花大教堂的旁边，有一个当年留下来的极其宏伟的残垣断壁，很高，可以从楼梯上去。最令人惊叹的时刻来临，我们站在了那高高的断壁上，眼前正是意大利中部的田园风光，就如同画家们笔下的托斯卡纳的美丽乡村。此时此刻，我才觉得自己真的站在了意大利，也开始理解为什么意大利人总是怀旧的，怀念着过去的辉煌，怀念着过去的田园生活。

西耶纳的美是一点一点地向你展现， 起初是古香古色， 然后就是辉煌壮丽。 街上飘起了小雨， 天色也暗了， 就去逛路边的那些服装店。 意大利的服装真是样样都好， 据说都来自米兰的设计师。 真巧， 这里竟然有我的尺码， 简直是奇迹， 不由分说买下两件， 总是一个纪念!

西耶纳虽小， 但我们还看到一所大学。 这个西耶纳大学成立于 1240 年， 其著名的法律和医学系随之成立， 也是意大利大学中最重要的科系。西耶纳的艺术水准在整个十三世纪至十四世纪时可以与佛罗伦萨媲美， 中世纪后期的重要画家杜奇欧（Duccio di Buoninsegna）就是西耶纳人， 他的足迹遍布整个意大利半岛。

西耶纳的最后一晚因为太累了， 夜里竟睡得死香， 楼下怎样闹翻天，完全听不见， 不仅没听见意大利人的夜生活， 也没听见叫早的闹铃声。

待醒来急匆匆赶去巴士站准备登火车， 戏剧性的一幕发生了： 火车站罢工! 我们事先买好的火车票只好废掉， 去找长途汽车站。 我的感慨是一路上的旅人都非常安静祥和， 处之泰然习以为常， 好像这没什么大惊小怪， 工人吗要罢工一定是有他们的原因， 不能怪谁。

坐长途汽车的好处是沿途又看了很多意大利的小镇， 包括著名的圣吉安诺。 坏处是车速很慢， 费了不少时间。 听说欧洲经常罢工， 这回真给赶上了。 我们在心里谢天谢地， 罢工只是这一段火车线， 要是全意大利的火车罢工， 我们可就回不来了。

水城威尼斯

去威尼斯的火车正风驰电掣，车厢里有各色人等，空气中有那种零食点心的甜香。

欧洲的火车一般都不拥挤，座位宽敞，很舒适，也很容易就看清楚车厢里的人。然后就发现在走道旁边的座位上有一个年轻的中国女子，一问果然是来自中国大陆。她的脸上画着比较浓的妆，坐近了能闻到那种廉价香水的味道，有点呛人。我们聊起来，知道她是来自温州，几年前带了15万人民币来到意大利，但一直打拼得很辛苦。刚开始时为亲友打工，后来自己开个小店，但因为不会英语，哪儿也不敢去。这次是在威尼斯发现了朋友，才想出门去看看。说到温州人在欧洲的境遇，她感叹道："其实这里的亲友都各自独立，很难互相帮忙，因为每个人都不容易！"

威尼斯到了，走出火车站，迎面就横着一条河。这里只是威尼斯的外围，进到威尼斯里面，需要乘船，船票不贵，每人7元。真的是水城啊，只有"船"这一种交通工具。不过下了船，威尼斯的路很好走，谁都知道圣马可广场。还好，我们进威尼斯的白天，海水并没有淹上来，远远就听到威尼斯的钟声， 想起海明威的小说《丧钟为谁而鸣》， 那钟声不是响几下就停， 而是一直响个不停， 感觉是警钟在长鸣， 心慌慌的。先生笑说：“那是威尼斯在欢迎我们呢！”

在威尼斯， 沿路看见很多的中国人， 感觉非常有钱的样子。 这些来自中国的豪客让我忽然想起火车上的那个备受煎熬的温州女子， 到底是出国好还是不出国好？ 这种对比让我不禁要感叹命运。 不过， 面对这么多的中国游客， 所有的旅游景点却都是日文的解说。 我在想， 中文的解说一定会很快来临。

我们住的小旅馆就在圣马可广场的旁边， 是一座很幽静的小二层楼，很有艺术感， 一问原来这儿就是一位音乐家的老房子， 里面的陈设简洁但很美， 尤其是床头上的雕饰， 优雅极了。 由此想到威尼斯这座城， 人们只是在尽量地维修， 维护它原来的样子， 而不是根据眼下的需要去重建。

晚上， 只要出门走几百米， 就到了圣马可广场， 水城的夜景真是迤逦多姿。 站在威尼斯的水边， 随便找一条街走进去， 都是美不胜收。 那河水竟是翡翠的绿， 水里有淡淡的来自大海的味道。 随意坐在河边， 喝一杯咖啡， 或者要一杯酒， 桌上放一把花生， 看着河里来来往往的贡布拉， 也不知是我们看他们， 还是他们看我们。 很多贡布拉做得特别豪华，上面坐着一群一群、 一家一家的中国人， 问了一下价格， 他们说：“每人才 80 欧元！”

很喜欢威尼斯的街道， 没有汽车的声音， 只有水声， 随时可叫船家，小船还可停在酒店的门口， 非常方便， 当然最多的人还是爱走路， 因为可以随时购物。 威尼斯人喜欢吃海鲜， 沿街有很多的海鲜餐馆， 连比萨饼上也放鱼。 说到比萨饼， 我最喜欢威尼斯的那种薄皮的夹心比萨， 在美国吃不到。 这里买面包竟然是要称的， 看上去香喷喷。 不过， 在威尼斯， 我还是想吃中餐， 一家叫“海城酒家” 的馆子就在圣马可广场的附近， 里面很干净， 菜也不错， 就是量少， 虾仁炒蛋只看见两个虾， 一小碗米饭也要两欧元， 我刚想对服务生抱怨， 老板娘跑过来向我介绍墙上的照片，说：“你看朗朗、周杰伦都夸我们的菜好吃呢！”我立马闭了嘴。

吃饱喝足，不用管时间，也不管路线，只管随意地走。威尼斯的街，走着走着，忽然就不见了人影，这时候有一对少年男女笑着走来，告诉你前边没路了。于是掉头回来，再拐入另一条小巷，穿过去，你又看见热闹的小河小桥、小街小巷、小铺小店，脚步又欢快起来。

威尼斯是一座缩小的水城，感觉什么都是近距离。两边的墙壁近在咫尺，窗口的绿藤垂到眼帘，餐馆的香味扑入鼻端。但威尼斯又是远距离的，被历史岁月拉开的距离。那厚实的砖头已剥落成粉，坚硬的石板走出了凹槽，就连桥上的大理石栏杆，因为长年累月被人们不经意地抚摸，如今也凹陷了下去。

不经意间，竟然走到了威尼斯的旧货市场，都是珠宝和古董。旁边就是菜市场，路口上有卖水果杯，一杯切好的水果才一元钱。就是喜欢路边的小摊小贩，买了两条围巾，说是意大利设计的。之后遇见一个卖包的小贩，却一直跟着我，从35元，一直降到20，我都没理他，知道他身上的东西都是假货。在水边的码头上有许多便宜的小商店，大多是中国人开的，里面塞满了、挂满了廉价的日用商品，看上去很像中国小县城里的杂货铺，跟威尼斯的整体气韵很不和谐。我心里就有莫名的难过，对比人家意大利人的商店，就是一个眼镜店，也是美得让人情不自禁地停住脚步。

夜晚的威尼斯比白天更美，大队的游客散去，剩下我们这些住在城里的背包客。有人去听歌剧，有人在喝酒，更多的人在逛那种五光十色的玻璃品商店。威尼斯人的玻璃艺术举世闻名，旁边的Mestre岛就是专门研究和生产玻璃的商品。来威尼斯的人，最喜欢买玻璃作品，再买一幅美丽的面具，这两样已成为威尼斯旅游的礼品特色。

但怎么也没想到，当夜的威尼斯开始涨潮了，而且是威尼斯一年中最大的涨潮日。眼前的景象忽然如大敌当前，可怜的商家们在努力地堵截着海水的进入，而威尼斯人自家用的小船已经无法划进他们设在后院里的门洞。

在这个威尼斯涨潮的夜晚，我就站在圣马可广场上海明威曾经喝醉酒的地方，看着海水从脚底升起，然后慢慢地淹过了整个圣马可广场。此刻的空气里完全没有了喜悦的气息，尽管我看到舞台上的乐师们还在镇静地演奏着音乐，那一刻，我顿时感觉到这已经不是古老的威尼斯，而是一艘人类的沉船，一艘正在慢慢沉下去的城市之船。我们这些船上的人，也只能学那些乐师，面色神圣，怀抱着自己最喜爱的乐器，直到生命的最后一天。

美丽的威尼斯正在下沉，听说这里每年都要经历 60 多场海水的淹没，1966 年的那次最可怕，谁也没办法将这座城市挽救。看着那些圣马可广场上没有路走的人们，看着那些临时搭建的人造桥，看着淹在水中的教堂，深切地感受着地球在变暖，海水在上升，还将有多少历史的名城最终将被海水淹没？今天是威尼斯，明天又会是谁呢？广场上的钟声又在敲响：醒醒吧，人类！

清晨起来，再次来到圣马可广场，登上钟楼远望，虽然风大、雨大，但美丽的威尼斯还是清晰如故。远处的大游轮正停泊在港口上，从世界各地来的游客正在涌进这座将要下沉的城市。低头看圣马可广场上的人在买那种套在脚上的雨靴，或者干脆就挽起裤脚，很多男人背着女人，或背着孩子，涉水而过，不像是旅游，倒像是逃难了。因为中午 11 点是涨潮的最高水位，而圣马可广场偏偏又是威尼斯的最低处，简直就是水漫金山。不过，广场上有事先准备好的桌子，连接起来，可以当作临时的浮桥。我的心也在下沉，没人能救得了这个广场，威尼斯的人也只有挣扎着生存下去，活一天算一天，他们知道有一天，这个神圣的广场一定会完全沉入水中。

涉水走进广场旁边的教堂参观马克墓，竟然还要买门票，让我觉得那个坐在门口收钱的人就像是莎士比亚所写的威尼斯商人。这个教堂是公元 829 年威尼斯商人们为了将圣马可运回威尼斯所建造的，整个教堂采用拜占庭式建筑风格，结合了东西方建筑精华，内部装饰了很多拜占庭风格的马赛克装饰画，所以被誉为是中世纪欧洲最大的教堂，同时也是集拜占庭式建筑、伊斯兰式建筑和文艺复兴式各种风格于一体的综合建筑艺术的杰作。

圣马可大教堂因为埋葬了耶稣门徒圣马可而得名。圣马可是圣经《马可福音》的作者，被威尼斯人奉为护城神，其坐骑是狮子，当威尼斯摆脱了拜占庭的控制，成为一个城市共和国后，元老院决定立圣马可为城市的新守护神，以代替狄奥多尔，所以威尼斯今天的城徽是一只巨大的狮子抱着福音书。

大教堂内除了圣马克墓，最值得看的，还有那 4 匹闻名遐迩的古代鎏金铜马。这几匹马的躯体与真马一般高大，神形毕具，惟妙惟肖。它们是 1204 年威尼斯执政官丹多洛参加十字军东征，从君士坦丁堡掠夺而归的大批“战利品”中的著名文物。但是它们也曾先后被拿破仑和奥匈帝国皇帝弗郎茨一世掠走。1979 年起，这 4 匹古代鎏金铜马，曾历时 3 年，在世界各地进行巡回展览，1982 年迎回威尼斯，如今被罩上玻璃罩，安放在教堂入口处，供人欣赏。

参观圣马可广场，一定会走进大教堂旁边的总督宫。这是一座哥特式建筑，往昔为政府机关与法院，也是威尼斯总督的住处，南面是威尼斯潟湖，西面为圣马可广场，北面即为圣马可教堂。道奇宫里面的大厅最多可容纳 2000 人开会，据说当年能够被道奇先生请来这里开会是非常的荣耀。总督宫通过叹息桥连接到监狱，让死刑犯从叹息桥的窗口最后再望一眼外面美丽的世界。

今天的道奇宫实际上是威尼斯最大的一座博物馆，可以欣赏到丁托列托和委罗内塞描绘的威尼斯风情。里面最大的画是“天堂”，1700 平方尺，是世界上最大的油画，耶稣被 500 门徒环绕着，非常壮观。但最让我震惊的是一幅富商与少女的画，那是一个美貌的少女，正蔑视地看着一个威尼斯的富商，那富商的手伸在她面前，里面是一把诱惑的金币。

一个城市的美除了建筑，一定要有艺术。于是叫了船家去看威尼斯水边的古根汉姆美术馆。那个美术馆收藏的作品很现代，因为古根汉姆据说是非常支持活着的艺术家，例如毕加索、达利等。这个美术馆后面临水，前面是花园，屋内是绘画艺术，外面则是雕塑的精品，一路看完，威尼斯的灵魂开始呈现。

星期天的早上我们正好在威尼斯，赶上了盛大的弥撒仪式，那是我平生第一次看到如此壮观的宗教盛况，一排一排的神职人员，穿着长袍，走过来，庄严而隆重。唱诗班的歌声如同天籁，感觉自己好像也与上帝在一起。

威尼斯虽然下沉，风景依旧叹息桥。威尼斯人还是在心平气和地过日子，面对这个迅速被改变、被损坏的世界，个人甚至一座城市，都只能是面对和接受。我在想，也许是威尼斯人每天仰望着教堂的尖顶，倾听着钟声，他们对天敬畏，对神敬畏，他们或许相信这是神的安排，神的旨意，所以即便是付出了代价，他们也甘于承受。因为，神的想法，我们并无从知道。

再见了，威尼斯！这哪里是说再见，分明是伤感的告别！

在遗憾中告别

走进意大利， 需要的不仅仅是时间， 还要有体力。 告别威尼斯的时候， 已经感到疲惫。 这一路走来， 一次次被历史与艺术的浪潮淹没， 几乎难以承受。 所以， 不再去看米兰大教堂， 决定坐火车回罗马。

感谢威尼斯的好天气， 先坐慢船到火车站， 所幸意大利的火车这次没有罢工， 登车南下， 环视车厢， 竟然听到各种的语言， 非常有趣。

此行意大利， 因为体力和时间的限制， 不能去意大利的南部， 错过了庞贝、 苏莲托、 比萨斜塔和米兰， 真是相当遗憾。

早就听朋友说那不勒斯小城带给他的惊喜和震撼， 那里有大量的中国商店， 大幅的中文广告牌。 从那不勒斯去庞贝很近， 南部的意大利人更热情善良， 到处有人来帮忙。 可惜现今的庞贝古城只开放了三分之一， 其余还被掩埋于地下。 最触目惊心的展厅也关闭， 看不到那些真人般大小的古庞贝居民的遗体空洞石膏。 据说火山灰迅速把人体裹上后， 高温和窒息使人很快死亡， 所以那些人尚来不及反应就已经死去， 然后人就慢慢融化， 直至成为一个空洞， 再把这些空洞合拢浇铸石膏。 当年参与发掘庞贝城的历史学家瓦尼奥说：“那是多么令人惊骇的景象啊！ 许多人在睡梦中死去，也有人在家门口死去，他们高举手臂张口喘着大气；不少人家面包仍在烤炉上，狗还拴在门边的链子上；奴隶们还带着绳索；图书馆架上摆放着草纸做成的书卷，墙上还贴着选举标语，涂写着爱情的词句……”这些景象，展示的是数万的生灵突然被活生生地毁灭！

小时候听过一首歌《重归苏莲托》，所以一直盼望着去探望这座小镇。听说小镇到处是青草花香和海水的气息，罗马和庞贝的那种沉重感一扫而空。其实苏莲托是沿海的山城，一面贴山，一面是万丈悬崖直入地中海。这个小镇高低错落，沿途蜿蜒曲折，白色的地中海式建筑依山而立，很多都建在俯视地中海的悬崖上。春天时鲜花盛开，点缀着阳光下的地中海蓝。

我们的火车很快就回到了罗马，熟门熟路，楼下超市买了新鲜的蔬菜，好好地美餐了一顿。真是奇妙，早上还在威尼斯，下午就又走在帝国大道上。

第二天早上坐上了去机场的早班巴士，每人才四欧元。车子晃悠悠地再次穿过古罗马城墙的城门洞，真的要告别了，感觉不是在告别罗马，而是在告别“文艺复兴”。

罗马，真的不是一天建成的。纵观人类的历史，一直在追寻人的尊严和自由。那场起源于14世纪的意大利，随之扩散到整个西方的“文艺复兴”，可以说是影响到欧洲乃至世界的一次人文主义的思想解放运动，它击碎了由来已久的精神奴役枷锁，释放了个性自由和个人创造力。

回望中国，近五百年来却不曾有过真正的“文艺复兴”，至多有过“文艺复兴”的尝试，而且也是浅尝辄止。在中国现代历史上，规模最大的、影响最深的思想文化运动就是发生在上个世纪初的“新文化运动”。虽然在观念上提倡了“德先生”和“赛先生”，批判了数千年的君主专制社会，推动了人性的解放，引进了民主科学等现代概念，初步普及了自由、平等、人格独立的观念。但是这一场“启蒙运动”的声音还是太微弱了，关于人的尊严和价值并未能真正地确立。

而西方的文艺复兴运动，却唤醒了人们内心深处对人性的尊重和对自由的渴望，之后的启蒙运动则向世人描述了一个怎么才能够尊重人性和保障自由的制度框架图景。

古老的中国一直都需要一场文艺复兴，都说20世纪80年代的中国文坛曾经迎来了一场“思想启蒙”，但那也是短暂的星星之火。

法国著名思想家帕斯卡说过：“人只不过是一根苇草，是自然界最脆弱的东西。但他是一根能思想的苇草。……我们的全部尊严就在于思想。”伟大的“文艺复兴”告诉我们：只有思想，才是一个民族进步的灵魂。

有一个声音在告诉我，中国的“文艺复兴”就要来临!

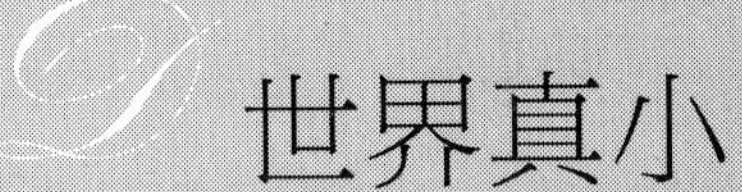

世界真小

英伦秋行

1999年10月22日的黄昏六点，当我登上休斯敦的波音777航班时，端详着手中紧握的机票，心中依旧怀疑英伦之行已成真。我抑制不住内心的兴奋，悄悄地向机舱四周张望。飞机里男人端庄肃穆，女人从头到脚一丝不苟，欧洲人的风范尽在其中。好像我们夫妇是飞机上仅有的中国人，略略感到别人异样的目光。

我在漫想中感觉到飞机的腾空，八个小时的飞行竟是从黑暗飞向黎明。我没有睡意，看满舱的老头、老太太昏昏入睡。都说欧洲老人多。有趣的是这飞往欧洲的飞机上，空中小姐也都变成了空中老头！吃过彬彬有礼的空中老伯伯送来的晚餐、早餐和一杯咖啡后，我们的波音777正式进入了伦敦上空。时间是当地的早晨九点，而我的手表则指向休斯敦的午夜三时。下飞机的一刹那，感觉似真似幻，原来欧洲并不遥远。记忆中漫长的积淀忽然就在眼前变成了现实，心里顿然升起几分惆怅，那感觉就像等待了几度春秋的梦中情人，一朝见面，便会失去了从前想象中的万种风情。

出海关的队伍不算长，我们因持中国护照而多加了几句盘问：无非是要待多久，看望何人等等。我兴奋的触觉里一直在寻找踏入欧洲的第一印象，Gatewick机场处处散发出一种潮湿阴冷的气息，也告诉我：伦敦正细雨蒙蒙！焦急守候在机场大厅里，两个小时过去了，我打了电话了才知道原本约好来接我们的女友竟走错了机场。她不辞辛苦，天还没亮就从苏格兰的哥拉斯克乘飞机一路奔来，没想到却一头扎进与我们对角线相望的黑斯欧机场，为了节省时辰，她让我们自己先乘巴士前往中转大站Victoria相会。对交通全无所知的我们就这样茫茫然、一脸紧张地拖包带箱踏进了盼望许久的伦敦怀里。

早在来伦敦之前，就听朋友讲伦敦最可怕的就是交通：各家的巴士路线；不同的火车名称；还有那里三层外三层永远搞不清楚的红线、绿线地铁。其实，在我的感觉里，英国是工业革命的发源地，蒸汽机、发动机多一些应是正常，搞不清楚多张嘴巴勤问就是。殊不知，出了机场的我们，站在寒风中的Coach车站，站牌上写明了Victoria的目的地，可等了一个小时也不见巴士的踪影。最令人不解的是伦敦个个是一问三不知，连执勤的工作人员也不知道这巴士何时才到，伦敦交通界信息不灵之状可见一斑，由此让我想起前两天伦敦地铁相撞的惨剧。为了缓解我脸上的忧虑，丈夫给我讲他的英国朋友的真实故事：那一晚在哥拉斯克上学的朋友来伦敦倒车去Bath城探小妹，买了火车票却等不到火车。天已见黑，才发现这一趟火车已经取消。由于车站上卖票人员的误导，他们有责任承担后果，所以破例地让这小姑娘在候车室里过了一夜。听完故事，我哑然，心情平和许多。巴士终于等到。一路的郊外风光洗去我一夜的征尘。终于在Victoria大站见到我们相约的女友，欢欣胜过了抱憾。这才知道原来仅飞机场在伦敦就有好多家，稍不留神走错，来回就是大半天，还要破费几十英镑的车资。

与英国的朋友相会，剩下的就是指望她带我们去订好的旅馆。谁知道她竟也一头雾水。赶紧去问人，却是三种回答，我们只好窜上窜下地在地铁里辛苦奔波。终于接近了目的地，大雨竟瓢泼起来，方向总是搞错，更是忘记过马路时要首先看左边的车道， 三个人躲在门廊里面面相觑， 女友一脸无辜：“别说我不熟悉伦敦， 就是我们学校苏格兰同学到了伦敦也是乡下人进城！” 我先生安慰她：“今天是伦敦给我们一个下马威， 明天你放心， 我们一定会征服这伦敦的交通！” 说着雨小了， 前方就看见朋友为我们预定的 Oliver Hotel， 欧式的建筑风格， 典雅地傍立在大街旁， 条件相当不错， 我和先生大喜过望， 多谢女友汗马功劳。 付过八十五英镑， 冲进去赶紧甩下被雨水浸湿的行装。

吃过晚饭， 学伦敦人带上雨伞， 出门散步， 去就近的海德公园， 顺路欣赏伦敦街头的夜景。 繁华的街道上有许多与美国相同的名店， 让人感到似曾相识； 路边的小餐馆里个个是桌光杯亮， 刀叉整齐， 可以看出英国人对吃饭形式的讲究。 听我们的朋友讲， 英国人吃的花样并不多， 但要拿出绅士的气派来， 服务生要亲自为客人铺好餐巾在腿上， 而就餐的人刀叉要换几道才过瘾。 海德公园太大， 一时走不到底， 马克思的墓更毫无影踪， 天色又晚， 我们呼吸着伦敦特有的暖湿空气折回旅馆。 不用说， 这将是一个香甜入梦的欧洲夜晚， 因为我已经二十个小时没有合眼了。

雨中剑桥

一觉醒来，他们呼我去吃旅馆里的英式早餐。我还以为是从前在美国住店的习惯，点心、面包拿上就走。冲进去才发现气氛不对，每个人都是衣冠楚楚地坐在桌前，服务员穿梭其间，又是咖啡又是果汁。我们赶紧调整心态，找了一张靠窗的圆桌坐下，准备享用这伦敦的第一个良辰美景。我们要了咖啡、菜、热水、果汁，慢慢地啜着，主食是吐司，有果酱，有黄油，出国这么多年，还是第一次如此优哉地吃一顿早餐，好久没有喝茶了，早忘了周作人文中写到的品茶的趣味。大雨过后的伦敦首先给了我们一个松弛的欧洲节奏，一壶茶喝下，竟放松了一天的神经。

按照我们的计划，伦敦的第一个旅行日是要献给魂牵梦萦的剑桥大学。早餐后走去最近的地铁站。一路上发现英国人脸色相当严峻，猜想大概是因为少见阳光的缘故。地铁站其实很近，如果方向正确的话。我家先生一向精于研究，三下五除二就把交通状况掌握在股掌之中，我们两位女士只管跟着上车就是。待坐定去剑桥的火车，才发现这车厢里就我们三人，仿佛是我们的专列。一小时十分钟的车程非常舒适，真是久违了这种坐火车的感受，可惜美国人好像不喜欢蒸汽机，嫌麻烦，讲效率，要自驱车，真是失去了许多安然眺望的美韵。

火车停在剑桥站时我心中一颤，不知道当年徐志摩诗里倾心描绘的“康桥”是否犹如往日的娇媚？走进剑桥的街道，天上正飘着迷离的细雨，幽亮的砖石路带我们来到一片清雅的商业区，一个个美丽的小画廊正陈设着剑桥人脱俗的审美情调。记得也曾走进过哈佛的商业区，那一番燥热的喧闹与剑桥的氛围完全不同，我们不敢留恋，加快脚步去寻找梦过千回的那一汪荡漾的河水。首先让我们撞到的就是剑桥鼎鼎大名的国王学院，那恢宏的建筑令人惊叹，高耸入云的教室大厅里正传出全英国久负盛名的童声合唱队的美妙旋律。跨过国王学院的大门，一片绿茵茵的草地迎面扑来，草地的尽头便是我千呼万唤的“康河”！登桥远望，原来剑桥的一个个学院都是傍依着这条婀娜多姿的河水，而河上的一座座风姿绰约的小桥才是剑桥最美丽的风景！踏着黄灿灿松软的秋叶，循着那一座座小桥漫步。因为有雨，河里划桨的船并不多，微凉的风里我在想“再别康桥”时，怎么会舍得“不带走一片云彩”？

到了剑桥才知道，所谓的剑桥大学实际上是由许多个学院构成，而每个学院都是一个独立的综合学府，上剑桥念书还要看你是不是申请的剑桥名府！我们循路跨进一所名曰“Trinity”的独立学院，大雨中躲进一座教堂式的大饭厅里，里面正有人演讲。原来此学院由亨利八世拨款建造，再端详墙上悬挂的一幅幅名人画像，蓦然间竟发现举世皆知的牛顿先生从前就在这里执教，这一发现，让我一下子从粗糙的木条凳上肃立起来，负责门户的老绅士不无自豪地告诉我：“这家学院的学生与教授的比例基本是一比一，所以你才会看不到那种上大课的教室！”话落，我们三人一齐赞叹。剑桥呵剑桥，愈走近你，才愈发知道你曾如此荣耀！难怪“二战”时希特勒也不忍扔炸弹给你呢！

再乘火车返回到伦敦，天色并不太晚，上了地铁又赶去看泰晤士河上的塔桥夜景。远远就看见灯火里辉煌无比的“桥上之塔”，好像在演绎着无数个“魂断蓝桥”的故事。我们奔下桥头，侧望那历史名河中的一个断头，英伦啊，你曾演绎出多少沧桑的美丽!

踏着月色星光，我们三人如同放逐的野鹿，兴致勃勃地穿梭于伦敦地铁站之间。气喘吁吁地登上一个站口，问检票员:“大本钟在哪里?”那人脱口:“走出去，抬头!”我们登上楼梯，举头一看，果然就是那响彻了几个世纪的伦敦大本钟!用摄像机拉近，大本钟正指向晚上九点，屏住呼吸，就听见钟声悠扬响起，回荡在伦敦上空，提醒着你:这，就是伦敦的历史!

温莎情韵

第二天一早醒来，是伦敦难得的一个艳阳天，朋友笑称是我们把德州的阳光终于带来。这一天的计划是去看女王伦敦郊外的家——温莎古堡。我喜欢“温莎”这个名字是因为有爱德华八世的故事，这个郑重向英国人民宣布不要江山要爱情的王子，在我看来虽不是英国皇室的自豪，却是普天下男人的骄傲！我们的小火车停靠在典雅明净的温莎车站，原以为温莎古堡建筑在绿荫深处的山坡上，不料刚转过热闹的街角，迎面就撞上古堡青砖砌成的高墙。走近才知道原来女王平日回家的路并不是这一条，古堡的后面才有一条皇家花园的大道。

温莎古堡无疑是非常壮观，而且是现今依旧有人在居住的古堡，可惜的是我们只能参观女王接待客人的部分，女王自己的起居室并不对游人开放。走过镶金镀银的一个个大厅，感觉并不奢华，古旧的气息里隐藏着显赫。英国至今仍然崇尚贵族，贵族子弟从小受特殊的教育，他们要先学历史，要精通人文艺术，然后才是所谓的实用专业。女友告诉我们：她的学校有一位贵族子弟，有一天突然诚恳地跑来向她们这一群总是嬉笑无间的中国人请教：“你们是不是专门学过如何让自己快乐？”大家哑然，这才发现“快乐”是人生多么宝贵的一课！你看查尔斯王子那张脸，哪一点儿有快乐的影子？不过听说现在英国民众已相当地理解他做王子的苦衷，他在卡米拉的怀抱里找到理解和安抚也是情有可原，只是苦了黛妃，让她满世界找不到真正可靠的爱情最后竟命丧黄泉。原以为看过皇家的奢华舒适会让我们这些平民百姓开眼，结果却是让人无限感叹和充满悲怜，不知道天下的男人在看到女王招手致意时会不会为她身后的丈夫默默致哀？

在温莎城的小河畔吃过野餐，我们又坐上了回伦敦的小火车。车上看见英国人个个端坐，手拿桃色小报读得津津有味，更加明白英国人咀嚼名人隐私的精神需要，也就知道“狗仔队”何以要穷追不舍。曾有一个预言说英国的皇室到黛妃儿子这一代将不复存在，若果真，那英国人岂不失去了最重要的一个“精神文化享受”？

回到伦敦的地铁，手持当天通行票的我们不忍归巢，又开始到处穿梭。这一晚上最想探访的是女王官邸——白金汉宫。

踏进白金汉宫广场已是夕阳余晖时。白金汉宫虽然没有想象得那么巍峨，但两扇大铁门上镶挂的金色皇家图饰却颇具威严。通常的白金汉宫并不许游人参观，只是在每年的 8 月到 10 月特别的日子里因为女王度假才会破例。因为已是黄昏，欣赏不到每天早晨的换岗表演，只好坐在广场中央的巨型雕塑下领会大英帝国民族所追求的理念。听人说广场附近的唐宁街只是一条有人站岗的小巷，无甚风景，便决定沿着白金汉宫正对的那一条灯火通明的迎宾大道走向它的尽头，这一走竟意外地让我们走进了伦敦著名的纪念广场。

所谓纪念广场，是因为中间耸立着一个高大的英雄纪念碑，广场的侧面就是大英艺术馆，游人如织的喷泉是几尊雄狮的雕像。我们在广场上遇到了一群街头卖艺的中国画家，浓浓的东北口音让人听到了不敢相信这是在异国他乡，不用说，他们在英国活得相当不易，在这样的夜色里还要提防警察的突查。

大英博物馆

10月26日在我们旅行计划中是停留在伦敦的最后一天，也是唯一的能够拥有黄金白天游览市区的完整日子。当然，要把这一天奉献给心仪已久的大英博物馆。

一天早，在大英博物馆之前，我们先奔去了鼎鼎大名的圣保罗大教堂一睹尊容。尽管巍然庄严的圣保罗大教堂被挤压在狭窄的交叉街道之间。但是它那古朴的浑圆建筑依旧放射出灼人的光芒。走进大厅，翘首仰望，一阵目眩，典雅绝伦的大理石雕刻让人惊叹不已，再一想到这里曾举行过黛妃的世纪婚礼，脚下似乎也踩上了那飘飘欲仙的红地毯。这让我想起席慕蓉在诗里曾歌颂“五月欧洲的阳光”，因为在这特别的阳光里，她选择了欧洲教堂的钟声完成了自己一生一世的心愿。

找到大英博物馆竟是在一条背街的小巷子里，那平淡无奇的建筑与它享有盛名实在是有差距。又因为正在扩建，满目瓦砾，唯有走进大厅，才发现进入了宝山。原以为英国人掠取的只是当年愚弱中国的艺术瑰宝，待走到古埃及、古罗马的展厅，才知道大英帝国胃口有多么贪婪，我们完全被震呆了，那硕大无比的巨型雕像简直就是古埃及的再现，这根本就是走在古埃及的历史长河之中！ 还有那一群群精妙绝伦的罗马时代的雕塑， 其“收藏” 可谓叹为观止。 就不知道今天的英国人走在从别国窃来的无价之宝之间会做何感想？

我们去的那日正赶上博物馆举行来自中国的“龙” 主题艺术展， 据说规模空前， 英国人花了很大气力， 可是票价不菲。 总想去看看当年马克思在此读书磨脚的所在， 经打听才知道这里还有一个毗邻的大英图书馆，因当晚要赶飞机赴苏格兰首府， 所以只好忍痛割爱， 匆匆打道回府， 留下了许多遗憾。

飞往苏格兰

从伦敦飞往哥拉斯克城也需要一个小时的工夫，一瓶果汁喝完，飞机就着陆了。一下飞机，就感受到苏格兰特有的强劲的风，难怪连空中小姐的脸都吹得红扑扑地如冬天里的苹果。哥拉斯克机场井然有序，寒风中我们钻进一辆出租车，直抵市中心的那一片兀然高耸的公寓大楼。

一路上，女友告诉我们：她常常夜里很晚回公寓，并不觉得有危险。尤其是半夜餐馆打工回来，有时风雨交加，无法打伞，但她依旧是唱着歌，踩着步点，穿过一条条无人的街道。几年不见，从前的一个娇小姐如今竟是磨炼得如此旷达，真让人感叹造化的力量。到了公寓，女友为我们煮了一锅她早已先包好的冻饺子，一盘中国大白菜下肚，夜里睡下，听到窗外是如雷的风声，大楼似在风中摇晃，伴风而眠更觉察到屋内的温暖。

清晨的哥拉斯克并不冷冽，我们漫步到市区的中心车站，准备乘火车去苏格兰的名城爱丁堡。从哥拉斯克乘火车去爱丁堡的车票只需要六英磅，一路横贯苏格兰至东海仅几十公里而已。走出爱丁堡车站，发现我们就踩在城市的中央，眼前正是那著名的王子大街。呈现在我们面前的爱丁堡古城是如诗如画的全景：紧靠在王子大街身旁是一条绿色与秋叶镶嵌的幽谷，对岸是一排错落有致的古建筑群，一直通向城市尽头的悬崖，那崖上正矗立着天下闻名的爱丁堡古堡！在我的记忆里，还从来没有一个城市像爱丁堡这样尽展自己的风姿，让游人能够放眼这座风情城市：远处是巍峨的古堡和纪念碑，近处是绿茵芳草，身边是热闹的大街名店，一切就这样轻易地收入眼底！再登上古堡，更看见大西洋的碧波，勇敢的苏格兰人曾为这座美丽的城市血战，虽然无数将士捐躯，但虽败犹荣。

站在高高的山坡上，看那王子大街伸向远方，听那小火车从幽谷中穿过，大海因风而汹涌，古堡因风而沧桑，大朵的无名花在斑驳的教堂脚下开放，金黄的秋叶在翠绿的草地上飘唱……爱丁堡，真不愧为苏格兰高地上的一颗迷人的明珠。

漫游苏格兰高地

经过两晚的休整，我们决定租辆车开始苏格兰高地的漫游，那里有神秘的尼斯湖，有变幻无穷的奇岛风光。

小心地把车开出哥拉斯克城，我的司机先生渐渐习惯了那左边行车的交通规则，我们车上的三位小姐也大大地松了一口气，其中一位是我们特邀的台湾小姐兼导游莎利娜。除了我，那两位小姐在苏格兰待这么久，竟也是第一次乘车向高地进发，大家情绪都格外激昂。听她俩讲，只要出了城，一路上都是看不尽的美景。果不其然，才上路没多久，就看见一汪清丽的湖水在山脚下，好一个度假胜地，地图上标明是“Loch Lomoud”。“Loch”在英国就是“Lake”的意思，女作家李黎曾把这个湖译作“罗莽湖”，竟有一首著名的苏格兰民谣就是歌颂的这个湖，而最早翻译那美丽歌词的却是从未来过这苏格兰山坡的张爱玲。驱车向前，沿途真是风光连绵，宛若画卷。悄然把车开进一座河边的古堡，才知道几乎所有的古堡都建在风景胜地，或有山，或有河，或有湖相伴。这一座名曰“印威亚里”的古堡虽早已废弃，但我们看到那后庭的花园里依旧芳菲迷人。

那一晚，我们停宿在一个海港小镇——奥本，找到一家驰名的水边餐厅吃了一顿海鲜，头盘叫了淡菜和牛胃，主菜是鲑鱼和小羊肉，又要了一瓶粉红色的白葡萄酒，跟两位学酒店管理的小姐认真地体会了一番吃的艺术。更让我们惊喜意外的是，被称为“B and B”的英式家庭旅馆竟让人如此惬意。

所谓的“B and B”是指提供“Bed”和“Breakfast”，而这种家庭式旅馆的经营完全是专业水准，房间布置得相当典雅舒适，卫生条件也是无可挑剔。最让人感觉良好的是主人清晨精心制作的丰盛早餐，而客人喜欢吃什么还可以在临睡前写在桌头的小菜单上。那一晚睡得相当好，让我们一改多年来出门就意味着奔波劳顿的印象，而早餐桌上的熏鱼和炒蛋让我们忍不住夸奖主人的手艺，那老兄乐得满脸是牙，我们则觉得这一晚上花掉的几十英镑真是值了。

驱车继续北上，一路峰回路转，远山秋色斑斓，湖边白屋点点，真是令人赏心悦目。沿途看过许多古堡，但最美还是苏格兰高地特有的湖光山色。

正午时分，我们停车在一个湖边风景小镇——Fort William，一条石子商业街留住无数游人的脚步，每一家店推门进去都要逛个大半个时辰，让我最钟情的是那苏格兰羊毛织成的方格子大披巾，每个条纹都是一个家族的神圣标记，只可惜分量太重，携带不便，几番回头还是作罢。

就在那一天的黄昏，我们拜访了著名的爱尔兰朵娜古堡，这里曾拍过一部叫《勇敢的心》的电影，如今的废墟上似乎还隐隐传来刀光剑影。暮色中穿过一座大桥，前方就是苏格兰北部立在大西洋中享有盛名的斯开岛。

走进斯开岛，才知道这个岛北边是一片火山高原，南边则是石灰岩的悬崖，它的著名则是因为岛上保存了百年前的茅屋农舍的古老风貌。其实，斯开岛的迷人在于它的变化无穷，雨中的山石更加奇崛，风中传来悠悠的风笛声，黑面的山羊在草地上凝视，优雅的村落仿若远离尘世的桃园……更难忘的是，那一大早在旅馆里享用的燕麦粥和香肠。

尼斯湖畔

告别斯开岛，我们的目标直指天下闻名的尼斯湖。早就听说为了捕捉那只惊动天下的“大水怪”，尼斯湖里已布满了探测器。然而，当我们第一眼看见这举世名湖时，却毫无惊喜，它完全是一副平常的风貌。在它蜿蜒绵长的湖边行驶，我们看到了一座镶在水滨的美丽古堡。在湖的尽头，我们遇到了一个仙境般的小镇：远处的滑雪场凭空泻下绿色，枫树点缀着美丽的人家，一条精致的商业小街不过百米，山脚下的草地上年轻苏格兰小伙正踢着足球。我在一家店里买了一个瓷制的小水怪作纪念，算是与尼斯湖作别。

那一天的傍晚时分，车子开进了尼斯湖之北的大城 Inverness，抢在天黑之前参观了一个大名鼎鼎的花格布纺织厂。本还想去寻觅一处古战场的遗迹，看天色已晚，返回哥拉斯克的路途亦相当遥远，遂决定在宿店之前再赶一段南行崎岖的山路。竟未料到，刚出了 Inverness 城，竟是满天彩霞，更奇妙的是一个完整的七色大彩虹就展现在我们的眼前！大家高喊着在高速公路旁停下车，追望着那醉人的晚霞。这突如其来的吉兆仿佛是苏格兰高地送给我们临别前最壮观的大自然厚礼。

漫游苏格兰高地的最后一晚是宿在一个叫 Perth 的城里， 那一家“B and B” 布置得大红大绿。 临睡前与女友畅谈旅居海外的收获， 她讲最欣慰的是能坦然面对人生， 不再浮躁， 更学会调整自己， 让每一天充满快乐！ 她的话让我震撼， 感觉一个女人的成熟正来自这种心境的飞越。

南　归

第二天一早，我们一路驱车跨长桥，过大河，直抵苏格兰最古老的学府重地——圣安德路斯，车还未到，我们的导游小姐莎利娜就一再提醒：这是今天的旅游重点，一定不会让大家失望！果不其然，刚看见那一座进城的圆拱门，典雅古朴的学院气派就迎面扑来。这里不仅是苏格兰最古老的学府，还是教会的中心，被称为苏格兰的心脏。被岁月磨亮的石子街踩上去清脆而厚实，红叶爬满墙头的建筑庄严而活泼，沿着一条临海的小径，我们走到一座古堡的废墟，莲子状的野花在崖畔的风声里昂首开放，诉说着从前那如歌如泣的故事。当我们再走进一个高耸入云的教堂遗址时，才更体会到这座城市几百年前曾经拥有的辉煌。

在圣安德路斯的植物园里小憩后，我们继续南归的行程。路上竟看到了电影《勇敢的心》里歌颂的民族英雄威廉姆斯的巨型纪念碑，最后的一个黄昏里，我们站在了斯特灵城著名的皇家大古堡前，天上在飘着细雨，苏格兰的夜色似乎比高地要来得早，拐进一家快餐店安顿，然后一路杀回了万家灯火的哥拉斯克。

当晚，又坐在了大高楼上的公寓里享用女友为我们烹制的排骨面，忽然觉得这次英伦之行，竟如此顺畅。晚饭后送莎利娜回住所，两位小姐责怪哥拉斯克城最无特色，而我却看到夜幕里的大街上欧式建筑比比皆是。无论如何，欧洲就欧洲，每一块砖石都浸泡着历史的风雨，都会让你心旌摇动。

翌日，回伦敦的飞机是早班六点，我们的朋友凌晨即起，一袭长裙风衣，庄重地为我们送行。游荡了这许多日，忽然看见这小飞机上赶去伦敦的上班族，才感悟为生计的奔忙才是生活最真实的基础。

波音 777 穿过雨雾直冲云天，我俯身遥看孤悬在欧陆之边的英伦三岛。别了，英伦！但是欧洲，我们还要再来！

寻找雨果

从纽约飞巴黎，算是小绕地球半周。原本是夜半的星空忽然出现一道霞光，超长的飞行竟省去了黎明前的黑暗。云朵散去，已是欧洲大陆的清晨。

乘着古老的小火车驶进巴黎，我的心境完全是一个“外省人”的兴奋。窗外风景如梭，司汤达《红与黑》中那英俊的小伙子于连曾为了铺就征服巴黎的路付出了生命和爱情，福楼拜尔笔下的包法利夫人正为着自己“巴黎梦”的破碎在鲁昂的村庄里伤心地饮泣。这通向巴黎的路，曾经承载过多少历史的沉浮，就是巴尔扎克、雨果，也把自己心爱的人物推向了这条沉醉与幻灭之路。那个可望而不可即的巴黎，香榭丽舍的浮华笙歌，是多少“外省人”胸中永远的痛。此刻，我感觉自己也仿佛是那漫漫长途上的“外省人”，越过了生命里多少的藩篱，终于走近了梦想中的巴黎。

天空亦如十八世纪的蓝，风里面依旧浮游着那说不清、道不明的香。伏在窗上遥望秋光里的巴黎，竟是满目灰色的衰败，巴黎就好像一个衰老的贵妇，脖颈里衬的依旧是上好的绸缎，那丝丝缕缕的灰白发间还是插着永不褪色的玉簪。

其实，只是在眨眼之间，那载不动许多愁的塞纳河就在眼前了。都说伦敦的泰晤士河是寒风黯然，纽约的哈德逊河则空荡无幽，开罗的尼罗河总是泥沙不清，罗马的泰伯河竟是废墟里的浊浪，而眼前的这条缓缓舒展的塞纳河，真的就是波澜不惊，永远诗意地蜿蜒向前。据说在巴黎，每二十个人当中就会有一个靠画画、靠音乐、靠演戏或靠写作过活的人。

漫游在巴黎的街巷，最深层的记忆却是那飘着胡须在风雨中永远疾走的伟大雨果。我仿佛看见那1885年，法国人以英雄之礼盛葬83岁的雨果，凯旋门下，送行者竟达八十万之众。

巴黎的黄昏，街上忽然斜风细雨。随意走进路边的一个玻璃窗环绕的小馆，学着巴黎人的样子享受一顿生蚝海鲜的大餐。儒雅的侍者将白葡萄酒用白布巾细心地包了，栽放进冰盆里，再端来高脚盘上堆砌得色泽鲜亮的各式虾贝蜗牛，桌面上是配好的各样佐餐的酱汁。正吃出好味道，目光怡然地摇向窗外，忽然一个惊呆，那街口的牌子上竟赫然地写着“维克多·雨果”，一问，果然门前的这条小街就通向雨果在巴黎的家。

雨果家真的不远，就在一处街心花园的角上。那是一排有拱形门廊的石壁房子，古旧却结实，雨果住的是其中一个拐角上的吉祥六号。因为天色已晚，故居闭锁，我们所能看到的只是那个小小的刻着雨果名字的木牌。站在空荡冷寂的门廊里，清秋的寒风拂面，细雨喑哑无声，我心里涌出无法言说的怅然。怀想自己少年时捧读雨果的《九三年》《悲惨世界》，感叹那个时代的雨果出身贵族豪门，却动情描写下层社会，他的激怀壮烈比起巴尔扎克的还债度日完全是两重境界。如今，跨过了多少人世间的万水千山，真的就走到了雨果的门前。多么想敲一下门，轻轻地问一声：“雨果，你在家吗？”

夜暮降下来，我却不忍离去，就静静地在那阴沉沉的长廊里张望徘徊，努力想象着当年那个冷峻的雨果如何夹着书稿从这里匆匆出入。这个1802年出生在法国东部的将军之子，牵着母亲笃信宗教的温暖之手，一步步地走近巴黎，走向十九世纪法国文坛的峰顶。就是在这阴冷幽深的长廊里，富足的雨果看见了皇室的丑恶，更看见了下层劳工的苦难。眼前的潮湿抑郁，正吻合着雨果当年无尽的忧患和愤激。

那个夜晚，巴黎一直飘着蒙蒙的细雨，地上浸润着亮亮的水色，仿佛尽是雨果生前的斑驳旧影。我在想，雨果也会有属于他自己的快乐时光，春日暖阳的午后，他或许到这附近的某个酒馆，约那个同时代的将军之女、同样喜欢用文字来讴歌自由的乔治·桑姑娘来喝上一杯。正想着，就真的在隔邻的不远处发现了一个年代久远的咖啡馆。馆子距雨果的家仅有百米，小得只能容纳一对情侣，但门外设有两张小桌，供路人歇息。刚刚坐下，身旁的一位慈祥的长者，会讲英文，看我来探访雨果，很有些感动。他问我知道多少雨果的作品，惭愧的是我当年读的都是中文译本，法文的书名竟说不出。老人却兴奋地如数家珍，仿佛雨果是他多年的旧友。我们一起回忆那“九三年”巴黎的风暴，怀想“冉·阿让”的“悲惨世界”，最后说到“钟楼怪人”加西莫多，大家亲昵地拍肩而笑。

邂逅雨果的家，挥别那位守候着雨果的街头老人，我觉得自己才真正走进了巴黎，回到了久别的精神原乡。其实，巴黎就是献给人类最壮烈也是最深远的一个梦，她的万种风情，绝不是华丽的皇宫和名胜，而是这座城市真正的灵魂——熔铸在文学艺术里对自由理想的执着。徜徉在巴黎的土地，我的感动是看见今天的巴黎人依旧那么爱读书。早晨的地铁车厢里，无论年老年少，地道的巴黎人总是个个手中有书，汲取着文字里的给养，寄托着自己的精神梦想。巴黎人从来没有忘记，文化才是这座城市真正的骄傲。这让我又想起了雨果，想起了文学留给巴黎的真正尊严。

神秘之都

离开巴黎北上，目标本是阿姆斯特丹，布鲁塞尔只是途经。幸得我先生公司的一位同事正来自比利时，临行前他力荐我们一定要从火车上下来，到布鲁塞尔市区中心的广场一看，必有惊心的震撼。这小伙子儿时便随着父母常驻非洲、印度等地，四方游历，可谓见多识广，绝非井蛙之辈，他的一番好意则给了我们经停布鲁塞尔的信心。

清晨的巴黎火车站，车来人往。我们手上的欧洲通票虽说方便，却只包括了法国、德国、意大利、瑞士、西班牙五国，除此之外的各国都要另外加算，尤其是去荷兰的方向属特快专列，还要再加一笔快车费。

七时三十五分，开往布鲁塞尔的列车准时启动，刚刚一眨眼，别说是巴黎消失在风中，就是法国也已逼近了边界。我们的早餐还没细细嚼完，列车竟预告：前方即到达比利时境内。

布鲁塞尔是比利时国的首都。小小的比利时虽说是夹在法国与荷兰之间的弹丸之地，可布鲁塞尔却被称为是欧洲之都，天下皆知的北约组织的总部就落在这里。带着对这座神秘城市陌生的探寻，我们走出了布鲁塞尔的中心火车站，看看表才九点。微凉温湿的地中海式的秋风习习拂面，快步穿过一座古老的大教堂，前面就是最著名的布鲁塞尔大广场。

不到欧洲，不明白古典建筑的美妙，但如果不到布鲁塞尔，就看不见世界上最恢宏的露天建筑的博物馆。当我站在布鲁塞尔大广场中央的时候，竟有好半天激动得失语。广场的四侧全是高耸云天的石刻建筑，个个是雕梁画栋，举目仰望，那弯弯的拱门上悬着优雅的回廊，扇面的玻璃窗间镶着饱满的雕塑，每一根柱子都是艺术的创造，每一个屋顶都是建筑史上的绝响。那感觉是不提防走进了欧洲最完美的建筑宫殿。

为了欣赏那高耸云天的巴洛克雕饰的白色尖塔，我不得不仰坐在红砖铺就的地面上，在阳光的微曛下倾听那历史深处的回响。

广场的中央如今是一个花市，熙来熙往的人似乎已不记得从前曾经有过的辉煌。其实，真正的布鲁塞尔人明白，与其留不住那石雕的缝隙里所隐藏的神秘往事，不如就在每年的盛夏八月，为这广场铺上鲜花织成的举世无双的芬芳的地毯，让世界知道这里才是欧洲活的心藏，它还在有力地跳动。我凝望着花草染成的道道彩光，眼睛里似有一束浪漫的虹霓，更溶进了一股无声的感动。广场的华灯柱上悬着一盆盆灿开的小花，在微风里轻轻地摇曳低语，又像是喃喃地哼一曲古老的歌。

说来也是诧异，这比利时王国距法兰西仅仅一步之遥，并不像美利坚与墨西哥那般隔着南部的荒漠。但她却似乎已成为欧陆深处一个沉默的世界，一个被历史遗忘的世界。难道比利时真的就从未有过辈出的人杰？还是欧洲文化的长河根本就忽略了比利时人创造的篇章？可是，当你走进布鲁塞尔，只要看一眼那巍峨的宫殿环绕的广场，哪一处不比巴黎的遗迹更耀眼呢？

当午的阳光渐暖，这个城市让我迷恋，像是不期然钟情于陌生人的那种心跳。有一个遥远的传说，描述战争的年代，这座城市即将毁于密布的炸药，是一个顽皮的小男童急中生智用自己的尿熄灭了那导火索的火焰，拯救了无数的生命，也留下了这座美丽的城市。这撩人的故事神奇得让人将信将疑，但在街头小店的明信片架上，都赫然地印着那铜塑。

为了感受那一份惊心动魄，我们信步走进了一条小巷，在一个交叉的路口，蓦然转头，街角的铁栏杆内正立着一处年久的雕像，正是那个浑身黑亮的小男孩！而且还有一汪他射出的池水。

布鲁塞尔的正街如北京长安街一般的宽阔，电车如梭，歌剧院门前的石雕任凭着风雨的吹打。蓦然间，在醒目的当街一角，凸现出一座装饰华丽的两层小楼，上面竟挂着五个遒劲的汉字：中国娱乐城！好家伙，中国人已经把国宝搬进了这欧陆内地的布鲁塞尔，而且占据着都市的要冲。再往前走，就看见联手服务的中餐馆、东方超级市场，明白了，这里应该就是布鲁塞尔的中国城！心里面既亲切又感叹，感叹自己的炎黄同胞足迹正遍布五洲四海，而且是一代更比一代强。看看如今的新移民，海外创业多么气宇轩昂，干脆就把中国城建在人家的心脏上！未能走进那富丽堂皇的“娱乐城”里去，亦不知道“中国式”的娱乐是卡拉 OK 还是麻将桌，但相信“美食”的享用绝对是惊艳。只是并未见门前车水马龙，怕是时辰尚早。

漫步在布鲁塞尔，人群是如此安祥，没有巴黎人的躁动与匆忙。路过一条小街，脚下忽然冒出玻璃顶罩住的地下洞穴，定神一看，才知道那原是一座古时村落的遗址。无暇来探究布鲁塞尔的历史，所以也无从想象这里古人生存的情形。我的疑惑却是今天的布鲁塞尔人为何就把人行道建在这样的古迹之上？是为了与历史朝夕相处？还是省去了孩子们上博物馆的时间？无论何种想象，此刻的感觉是走在新鲜的阳光里，历史的痕迹就踩在脚下，如此亲密而且清晰可见，使活在它上面的人能随时叹古惜今。这座城市真是有些奇妙，总要给你意想不到的惊喜。

重新回到布鲁塞尔大广场，留恋那艳阳下高耸云天的辉煌。忽然看见广场的中央临时搭起一座舞台，雄浑的音乐从黑色的音箱里喷薄而出，直冲云霄。问了人才知道，这一天竟是个特别的节日，广场上将要举行盛大的音乐会。舞台上已升起彩色的帷幕，有两个青壮的男女正在绸条上练习着翻滚，还有一群活泼的少女在等待着表演青春霹雳舞。我们不能等到晚间，心中为这偶然的幸遇感到些微遗憾。其实，想想这也并非偶然，像这样壮丽的广场应该天天举办音乐会才真正对得住。温和的布鲁塞尔人生命里喜欢柔美的鲜花，更喜欢波澜的音乐！这劫后余生的城市，向往的是人间永远的庆贺，还有热闹里浸润的平和。

喝完一杯香浓的咖啡，买一个夹着生鱼片的法式三明治，再悠然走进路边的小商店里去。布鲁塞尔最有名的是她的针织挂毯，深绿的底子，上面织着各种图案。就有一幅小牧童骑在牛背上吹笛的画面煞是好看，价钱在五百美金左右，店里说可以刷信用卡，而且外国人免税，可问题仍是那毯子分量太重，邮寄又太贵，想来想去，只好忍痛放弃。摸摸口袋，我们事先只换了九百块的比利时法郎（大约五十元换一美元），必须用掉，于是，两百五十元买了一个随街可见的那种悬在玻璃上的蕾丝网绣的立体彩线花篮。布鲁塞尔人真是喜欢那白色棉纱抽丝的绣品，洁白里透出温柔典雅，铺挂出一片生活的清醇和生命的悠闲。在熙攘的商业走廊里，我们走到一位中国人的小摊位前，上面全是各样的仿木工艺小品，其中就有一个挂盘上雕着那小英雄男孩，三百五十元买下，算是这个城市最象征的纪念。再除去车站里存包的费用，加上午餐，兜里还剩下一百元，就地里买了四张明信片，刚好全部花完。

计划中的旅程是要在黄昏前的五点赶到荷兰的名城阿姆斯特丹，只好打住。短短的五个小时，有多少震惊，多少欢喜，又有多少的迷疑！布鲁塞尔车站，轨上的火车竟比站台上的人多。放眼望去，竟看不见任何一个工作人员的身影。又让人不解了：真是为了节省人力，还是这里的旅客个个都无师自通？火车平均每三分钟开走一列，停站的时间更只有一分钟！无人可问，也无暇判断，上不上由你！我们完全陷入了迷茫，站牌上明明写着是去阿姆斯特丹，可风驰电掣的火车走马灯式地穿梭，究竟哪一列才是我们的目标？斗胆登上去一列，想到车上一定有乘务员可问，哪料想这火车上空荡荡根本就没有乘客！火车已经开出，我们还不知道自己真正的方向。忽然就见前面仓皇跑来一人，刚要惊喜发问，谁知那老兄也是热锅蚂蚁，语言又不通，比比画画还想让我们指点迷津。没办法，到了下一个站口，我们三位旅客赶紧下了这无人车。又窜了几个来回，终于打听到：刚才的车根本不是去阿姆斯特丹，应该是下一列！

终于要告别布鲁塞尔了！临行时还有如此的惊险与慌乱，这欧洲之都大概是怪我们离去得太早，牵着我们要再回头好好地望她。

爱上阿姆斯特丹

窗外闪过流动的风景，这是从布鲁塞尔北上荷兰的列车。少年的时候，教地理的母亲就给我讲荷兰的故事。说那里原是大海，“荷兰”的意思原就是指空心的水淹地。勇敢的荷兰人填海造田，与海水抢地，先后建造了无数的堤岸、水坝、闸门和抽水站，其工程之浩大仅次于中国的长城。正是那无数美丽风车的旋转，才有了今天的阿姆斯特丹。

窗外已出现海堤和水田，空气中有沁鼻的芬芳。历史已如浮云般远去，留下的依旧是洒满血汗的土地。我极目向前方远眺，盼望着第一眼能看见彩色的田野上有郁金香。真的就涌来了大片的花田，待列车走近才发现那地里种的则是高冠的紫金英。想想荷兰人惜土如命，不忍种庄稼，刚好土质里适合用来种花。据说还是在1559年，有个聪明的荷兰人从土耳其引进了第一颗球茎花蕾，经过了几百年的悉心培育，才有了今天这世界上最鲜泽的郁金香。只可惜我们来的不是春天，想象中那千里花海的景色将会是何等的壮观!

阿姆斯特丹，到了!

住在“少女安娜的小屋”旁

走出阿姆斯特丹的火车站，一派车水马龙。放眼望去，一座座典雅建筑满目皆是，红男绿女的街道更是充满了骚动的风情。蓦然，竟看见站前的广场上有一支来自蒙古的乐队正在演奏马头琴，那悠长的、奔放的东方式曲调让这欧陆边陲的西方人睁大了惊奇沉醉的眼睛。

我们不能在街上留恋，先要找到一家当晚栖身的酒店。这一路漫游，只有在阿姆斯特丹没有事先预定住宿，何况又听人说在这红男绿女的浪漫之都找住的好地方还要凭相当的运气。

展开地图，左手的一片就是举世闻名的红灯区。转身向右走去，沿途已看见一排排气宇非凡的酒店大门，我们因为只住一晚，价钱并不在乎，便一家一家地进去打问，竟真的都是满员。继续向街巷的深处走去，忽然眼睛里放光，原来是走进了阿姆斯特丹最美丽的风景：人工的小运河从雕栏玉砌的桥下蜿蜒而过，靠着河畔齐齐地停泊着一排排水上人家，河的岸上则是一幢幢紧紧相邻风格又相异的彩砖小楼，各家的阳台上都垂着婀娜多姿的藤蔓。那桥头上还有青铜的塑像，桥面上斜倚着绿色自行车，远处的夕阳正散射着亮光，我们的感觉是走进了阿姆斯特丹温暖湿润的血脉。

继续前行，俨然走进了水乡的泽国，每一条街道都傍着一条小河，那水不同于苏州城的凝浊，而是清亮鲜活地流淌着；也不同于威尼斯，交通并不靠水中的古船。聪明的阿姆斯特丹人让自己生活在绿波的水上，却又享受着现代文明的节奏。就在这样一条如诗如画的河畔上，我们找到了一家四星级的酒店，也只剩下一间小小的双人床华屋，每晚的价钱仅收两百三十五元，算是沿途最便宜的一家。喜出望外地跟随着侍者的导引住下，房间虽小却连咖啡壶、冰箱都有了。匆匆打点好行装，赶紧下楼出门。在大厅里忽然想起要问一下那举世闻名的少女安娜躲藏纳粹的小屋，年轻英俊的经理挥手一指：出了门右转，就在百米开外的大教堂之邻。真真想不到，众里寻她千百度，那“屋”竟在身旁不远处！

从河畔走过去，著名的王子运河街角上的牌子赫然在目。一座不起眼的棕色砖瓦砌成的三层小楼镶在整齐排列的楼宇中，绿漆的大门紧紧关闭着，上面钉着一个小小的牌子：“FRANK ANNE”。不注意的人一定会漠然地走过，然而这普通的263号就是少女安娜写下她不朽日记的小屋。

参观的大门是开在旁边的一栋，走进去才发现里面回廊曲折非常深远。卖票的小姐告诉我们：离闭馆只剩下最后半小时，你们要马不停蹄。

其实，很多年前我就读过旧书摊上《少女安娜日记》的中译本，知道在那旋转书架背后的密室里，小小安娜和另外的七个人一起度过了“二战”结束前最黑暗的两年时光。现在真正走进书架背后的小楼梯，却发现原来上面的秘密阁楼竟是相当地宽敞，虽说是几家人分居，但卫生的设备都很齐全，并不是我从前想象中的阴暗潮湿。当然，安娜的父亲早先在德国是名望富商，家居的条件相当好，所以当他隐藏妻小的时候定也会考虑得颇为周全。

从录影带上我们看到，1944年的阿姆斯特丹，头戴钢盔的德国士兵遍布全城，在安娜躲藏的小楼前，就有晃动的纳粹岗哨，我心中一惊：那士兵站的地方几分钟前我正举起摄像机逍遥地瞭望！小姑娘安娜的痛苦并不是衣食的温饱，而是身为小小犹太人的悲哀，还有一个花朵般的孩子对自由的深情渴望。让人痛惜的是小安娜已经从收音机里听到了美军反攻的消息，她知道黎明就要到来。可是，就在那一年的八月四日，安娜全家遭人告密，被送往不同的纳粹集中营，结果，小安娜在1945年的4月30日染伤寒症死亡，那年她刚刚十六岁。之后不到两个月，德军即向盟军投降。

走在如今有些空荡的阁楼上，安娜洗脸刷牙的池子依在，上面雾尘朦胧的小镜子不知映衬过多少次安娜的忧容。安娜在痛苦中写下的不朽日记已经被译作了世界各地的语言，成为数百万犹太人惨遭屠杀的见证。战争的恐怖与残酷交织着一个孩子的纯真和善良，半个多世纪一直搅动着千万读者的心。我久久伫立在安娜美丽的笑容前，想象着这是一个多么敏感、又多么善解人意的小女孩，加上她受过良好的教育，由此建构了自己表达情怀的语言能力。其实，在她那个少女的年龄，日记本就是诱人的密友，早熟的女孩多么需要用文字来倾诉。于是，多愁的安娜原是在写给自己的心，却最终写进了历史。

走出安娜的小楼，华灯初上，河水依旧在欢快地泛着波光，街角的酒馆里人们仍在举杯畅饮，打着口哨的男人疾步向红灯区走去，快餐店的小铺挂着刚熏好的滴油的香肠。

霓虹灯里的微醺之夜

如果说游阿姆斯特丹是在翻读一部色彩斑斓的书，那灯火里的夜晚就是书中最精彩高潮的篇章。纵横的霓虹街是这座城市的骨干，迷离的运河则是她丰腴的血脉，于是我们先去了码头买水上夜游的船票。

上船的时间排在九点，尚有一小时的节余，在桥头的快餐棚买了些炸牛肉和面包，配着一盘生菜沙拉，就地解决了晚餐。肚子一饱，精神振奋起来，沿着码头正对面的主街阔步前行。

九点整，我们登上了玻璃顶的豪华游艇。收票人说他们犯了一个小错误，这班船应是两个小时的游程，却卖给了我们一个小时的价钱。我自然高兴沾了点儿光。这游艇是相当奢华，每一个桌上都放着红白两样的葡萄酒，还有干果、乳酪的盘点，最浪漫的是桌子的中央燃着一柱摇曳的烛光，周围的世界立即温柔起来。船行途中，有一位英俊的小伙子作解说，他告诉我们，阿姆斯特丹是世界上最漂亮的水都，而这位于运河两岸黄金地带上的房子简直就是天价。他笑着说市民们最羡慕市长，因为只有他能住着不花钱的房子。我们问他是不是住在水上的船里会便宜些，他说那是玩情调的豪门之举，租河的价钱至少在十万美金以上。正说着，前方出现一片海市蜃楼般的魔幻灯火，原来那是阿姆斯特丹城最著名的大酒店，克林顿、迈克杰可逊、麦当娜等人物都曾在此处下榻，据说套房一晚的价钱要上万美元。再往前行，就看见装点得流光溢彩的古老吊桥，那桥是当年的先驱者创造的遗迹，如今已成为怀古思幽的一道风景。

游艇穿梭在交错的河道当中，我们竟看见一处立在水上的挂着大红灯笼的中餐馆，据说那是此城最豪华的餐馆，一次可容纳八百人同时用餐。中餐馆开到这样的境地，真让人扬眉吐气。船行的转弯处，又看见一艘巨大的船形建筑在蓝色的光里神秘耀眼，原来那是阿姆斯特丹市包罗万象的科技博物馆。再就看见气势恢宏的当年称霸海上的荷兰战船，那船头上的雕像绚丽威武，显然是后来人的仿制。

海天茫茫，星月闪烁。真正是不走运河，看不到阿姆斯特丹如何傲立水上；不行夜船，不知道阿姆斯特丹原是这样恣意地展露自己旖旎的风华。

花魂与凡·高

阿姆斯特丹的这一夜的细雨让人睡得并不踏实，四星酒店里软绵绵的弹簧床颤巍巍地如在水上漂浮。天色大亮，懒懒爬起，第一件事是须先奔火车站定好今晚去慕尼黑的卧票。

阿姆斯特丹特绝，人家是条条大道通罗马，它是条条小路通火车站。可万万没想到，本以为几分钟就能解决的事竟弄得我们当场乱了阵脚，原来是正赶上德国一年一度盛大的啤酒节，去慕尼黑的席位几个月前就已定完，我们虽有欧洲的通票当晚也无法登车。柜台里那位盯着电脑查看的女职员头也不抬地问我们："想想，换去别的地方吧？"这下可没了主意，不能就这样过"德门"而不入，但也只好放弃，先一天抵达瑞士。

有趣的收获是那一早等待取票，坐在身旁的是一位就住在阿姆斯特丹郊外的中年女人，格外地热情健谈。她眉飞色舞地告诉我们："这城里的房子太贵，住不起，但阿姆斯特丹人却个个活得开心，工资并不高，可政府福利好，尤其是看病不要钱。"说到对美国人的印象，她鼻子一歪："那也叫生活？进屋空调，商店空调，上车空调！虽说钱挣得多些，可活得太累、太紧张！"我们忙笑着点头称是，感叹她对自己故土的爱溢于言表。多亏她的指点，建议我们买一种最方便的市内交通联票，然后开始出击这最后一天的游览。

第一站是乘有轨电车到了市内最著名的露天花市，看那一排排水珠里的郁金香，一团团灿黄的向日葵，一把把五色的菊花，一朵朵红透的玫瑰，还有无数的我根本叫不出名字的仙草。这是我一生所看到的养得最优雅的花草，简直就是一朵朵花神，精灵般炫目耀眼。因为是要销给当地的居民，花的价格相当便宜，让我这爱花如命的人摩拳擦掌地难以割舍。最后，也只能是买了几支随身可带的木雕小郁金香算是纪念。其实，阿姆斯特丹的花百分之八十是销往国外，真正庞大的花市拍卖场则立在郊外，据说要占地相当于九十个足球场，那儿被称作是全世界最大的花卉交易场，有五千多花农共同管理。可惜路远我们不能去，也就未能欣赏到那如火如荼的拍卖盛况。

看到荷兰人爱花如神，便想起凡·高一生所醉心的色彩。年少的时候就开始迷恋凡·高的画，为他和高更那一代辛酸孤苦的故事唏嘘。后来，嫁的丈夫竟是一个更彻底的凡·高迷，两个人千差万别，但就是有一样都是最爱。再后来发展成他买墨临摹大师的笔法，以至于我们的家如今挂满了"凡·高"的画作，朋友们见了都叫我当心别让他的精神出了什么差错。这次欧陆漫游听说了阿姆斯特丹有世界上独家的凡·高博物馆，那是无论如何也要走一遭。

凡·高博物馆就坐落在市区的中央，很醒目的一幢建筑。博物馆的大多作品来自于凡·高的弟弟西奥的收藏。凡·高一生孤苦不堪，未能婚娶，更无子嗣，为了艺术鞠躬尽瘁，但是上帝却赐给他一个爱他、信他的弟弟。这是目前世界上收藏凡·高作品最全的艺术博物馆，虽说全球各地的博物馆都在万金渴求凡·高的画作，但毕竟财力有限，无法形成规模，所以，当我们走进艺术馆时就看见大大的通告：不许照相更不许录影。

平生第一次看见如此众多的凡·高作品，仿佛在享受一场视觉盛宴。很多油画是第一次看到，很多熟悉的作品是终于站在原作面前，心里只感觉热流滚滚。我怎么也不能相信，三十七岁的凡·高一生竟只卖出去一幅作品！更让人惊异的是：如此之大天才却是在二十七岁时才开始学画！在他那个崇尚古典的时代，谁会接收他所创造的斑斓色彩？谁会理解他内心波动的曲线？谁又会明白他在用先驱者的目光描绘一个冲破传统的世界！这个出生在荷兰南部乡下的汉子，用了十年的生命苦苦追寻，作画不息，然不被社会承认，贫困潦倒，甚至三餐难继，靠亲人的救济为生。我静静地站在两幅风格相似的画作前，一幅的签名是凡·高，另一幅则是高更。那是一个凄苦的日子，高更来看凡·高，凡·高兴奋地要为他的到来作一幅画，表达他对这个世界真正色彩的渴望。高更也激动起来，两位大师同时举笔，创作了这两幅传世之作。我的眼睛有些湿润，每当我想象到历史的巨人在一起灵魂对视的时候，就抑制不住内心的激动。凡·高毕竟还有一个同时代的朋友高更，他的灵魂并不是彻底的孤独。当时的他们虽然执着于孤芳不群，但并没有想到从此开启了二十世纪画坛巨变的源流。

所有的人都知道凡·高所画的向日葵，那几乎已成为优美与阳光的象征。然而我则更喜欢他笔下的夜幕小镇，蓝色的天幕下金黄的房子，色彩是那样地眩目。我终于明白，这么多年迷恋凡·高的画，就是被他那喷溢出的非凡人的想象力所震撼，他的透明，他的强烈，大自然磅礴的生机在他的画布上呐喊滚动，汇合成色彩的急湍，原来人类的心都在渴望着光的旋涡!

从凡·高博物馆出来，又走去一箭之远的荷兰的国家艺术馆。可心里还沉浸在凡·高的色彩里，那纵横交错的大展厅无论如何辉煌，我们的目光都不再留恋。在返回的街巷上，竟买到一个用凡·高的画做成的魔方，翻来折去，竟能变出凡·高的十多幅画来。阿姆斯特丹，给了我们今生的满足。

最后的时刻，走进了一条琳琅满目的商业街，先为友人们买下四双阿姆斯特丹独有的彩色小木头鞋，上面画着荷兰的风车。然后在农贸的集市上买只烧鸡，还有面包和水果，待上火车后作夜宵的晚餐。

细雨蒙蒙，最后再回首阿姆斯特丹，小桥流水，巷道弯弯，真羡慕这里的人代代与水相依。每一家小店都给你小小艺术馆的惊喜，这里的人生来就懂得美的滋养。阿姆斯特丹，书上说你是人间的奇迹，历史说你是战争创伤的见证，我眼中的你却是艺术的天堂。

走进阿尔卑斯山

想不到，前往瑞士的飞机就这么快就降落在了苏伊士机场。登上火车，阿尔卑斯山已经在望。

喜欢瑞士的火车，线路密布，通向各个地方，即便是住在大山里的湖边，也有轮渡与火车对接，其交通方便真堪称世界第一。让我最吃惊的是旅客们竟拿火车到站来对表，不会差一分。整个瑞士，俨然就是一个山水大公园，到处是火车站，绝无排队检票一说，月台完全任旅客自由进出，只需提前两分钟到站即可，如果下来换乘，也不会超过三分钟。

火车抵达小镇萨尔甘斯已是晚上九点，这站名是拗口的德语发音。来接站的是女友的先生，身材高大，笑容可掬，竟然讲一口流利的中国话，他说这是必需的。路上才知道我的那位女友成了太极拳老师，正在给瑞士人上课呢，我还听说她在学中医，不久就要开诊所了。

窗外浓黑一片，车子穿过乡间小路，忽然间出现一座白色的两层小楼，这便是他们的家。从楼梯上跑下来的一对活泼的儿女，儿子高高的鼻子，女儿深色的大眼睛，让我乐不可支的是他们都讲一口地道陕西口音的汉语。客厅里挂着一个大大的毛笔字“爱”，门廊上还悬着两个大红的灯笼。我笑问女友:“感情把中国搬到瑞士来了?”她说:“可不?等一下请你们吃陕西的羊肉泡馍，还有油泼辣子!”

那一晚睡得好踏实，主要是静，连鸟儿都不曾相扰。晨光中推开门户，青青的草地圈着农舍，田园里弥漫着透心的安详。很久没有与自然这样地贴近，青山就在眼前，深深地呼吸，仿佛已吸进雾气里松针的清香。女友家的门廊上立着原木的根雕，刀斧粗犷，正与这山中的氛围相融。我细细端详那木栏里的青草地，高低起伏并未修剪，一问女友，原来她从不用机器剪草，而是牵来邻家的羊啃上一番!这样的自然生活，又是让我大惊。

早饭时我们都纷纷往面包上抹油泼辣子，叫那黄油奶酪见鬼。饭后女友要带我登山，去领略一下阿尔卑斯山的苍翠，顺便也享受一下他们建在山腰间的小木屋。

山路并不陡，系着铃铛的牛群循声跑近我们身边睁大了眼睛，放牛的山民亲切地打着招呼。我们这才知道，瑞士政府为了保护原始的生态环境，特别奖励山民放牛，所以这里牛倌的收入相当好，过着无忧无虑逍遥自在的日子。

登到一处高度，女友让我们回头远望，介绍说:对面的山峰过去就是奥地利，那山下白白的一条带子就是莱茵河的源头。还说沿着那河走上十分钟的车程就能到一个世界上最小的国家，只有几十户人家，那大公国的国王就好比村长，只是他住在一个大城堡里。

说话间，前方就看见一座古朴的木屋建筑立在空旷的山坡上，女友说那是孩子的爷爷留在山上的家，我不禁心潮澎湃，平生最期待的就是有这样一幢在大山深处远离尘世的小屋，如今真的就在眼前。

女友的先生打开了陈年红酒，烘烤的香肠翻着螺纹的花。远远的一队牛嗅着鼻子跑将过来，齐齐地一排站在绳栏的外面翘首。雨滴开始落下来，我们在小木屋里煮咖啡。一位放牛郎敲门进来，带来一包脆甜的饼干。他知道我们要下山，看看雨又不停，便开来了他的奔驰吉普车要送我们一程。到了山下，雨竟停了，洗礼过的小镇愈发清新。山中的黄昏早早就暗了，外面有稀沥沥的小雨。女友要为我烧一顿地道的中国饭，她变戏法似地从地下室里拿出了鱼虾海鲜。她还告诉我，她是这小镇的居民，所以有权力建议当地的超市进中国菜，结果是第一次进了一堆茄子却苦于只有她一个人买，因为没有人拥护，所以被取消。

对酒当歌，不是何以解忧，而是我不愿离开。瑞士啊瑞士，你保留着最优雅纯净的自然，也创造着世界上最精美华贵的人间。阿尔卑斯山，你就是那世外桃源。

洛矶山漫游散记

我们全都傻了，以为自己进了童话的世界，眼前的翠湖倒映着雪山，静如处子，恍然就有凌波的仙子飞来。所有的人都情不自禁地张大了嘴，凝视着这大自然调配的颜色，面对环绕的青峰，让人感动得半晌说不出话来，恨不得把这奇景永远镌刻在脑海之中。

——题记

西雅图序曲

今年的美南之夏来得特别早，刚进六月，明晃晃的太阳就耀得人睁不开眼。很想北上，沐浴一番青山绿水，就定了加拿大，恰好有旅行团，既省了预先的地图考察，又可以轻松地携子同行。

飞机从云层里降在蒙蒙的雨中，西雅图的国际机场熙熙攘攘更有些晦暗。我们一群从休士顿来的游客正围着一个身穿米色工作西装的男人，这位先生是我们的落地导游，他手里正高高举着“黄金假期”的牌子。

接我们的大巴士终于启动，窗外却是细雨霏霏。我默然安慰自己：能在这七月的盛夏逃离南部热浪滚滚的红尘，换一目新鲜的山水，就是留给岁月的几分欢喜。车子行进在西雅图的绿荫丛林之中，说起来这个城市还跟我真有缘，它曾是我第一次入境美国的首站。蓦然又想起大文豪梁实秋先生早先就住在这滨城里的一棵大槐树下，眼前的风物忽然有了几分文化的亲切。还有，这座城市雄踞着天下闻名的微软公司，听说比尔·盖茨屋后的湖畔人造沙滩远远就能望到，可惜我们的车子为了避开交通的拥挤竟绕过了美丽的华盛顿湖的浮桥。途经水边的农夫市场，鲜花满街盛开，嘈杂的叫卖声中似乎夹杂着钢琴的弹奏。当天我们参观的重点是太空针塔下的音乐喷泉，然后是著名的运河水闸。音乐喷泉煞是壮观，孩子们在巨高的水雾里雀跃，交响的旋律百尺方圆内雄浑回荡。到了运河水闸，远处吊桥升降，近处船只从深谷浮上湖面，俨然是一派人定胜天的壮丽景象。尤其在雨中惊看那勇敢的鲑鱼逆流而上，去寻找自己的产卵之地，此“龙门”盛况，不由唤起心中无限感慨。

抵达加拿大海关已近黄昏，远远望见那鲜红的枫叶旗在空中飞舞，越境的心情便有些激荡。这大概是世界上最和平友好的国境，看不到重兵把守，美加两国自由地来往感觉就是邻里乡亲的自家门户。我们努力地把所有随身携带的点心水果全部塞进肚里，以免于车上的任何检查，大巴士浩浩荡荡地驶入一个新的国家。

花岛探奇

第一眼望见加拿大的国土，就给人辽阔雄浑的感染，水草鲜绿，远山含黛，仿佛是一曲世外桃源的牧歌。这个 1867 年才独立的国家，洋溢着年轻的鲜亮和未能尽情开垦的散漫。车子驶进一座靠近温哥华的小城，沿街竟全然是琳琅满目的汉字招牌，漂亮整洁，感觉像是小香港的再现。据说这座城市的华人比例竟高达百分之五十以上，是新开发的温哥华卫星城。那街景却是我见过的海外中国城中最精巧雅致的。晚餐是选在一家装潢华丽的大型自助餐，饭后我们还高歌一曲卡拉OK，恍若是回到了自己的祖国。

加国的著名风景地首先是温哥华岛，导游告诉大家第二天的行程必须在凌晨四时起床。虽听说参加旅行团犹如行军打仗，一向喜欢自由式漫游的我们，这次是早有了紧张的心理准备，可黎明即起，还是吓得我们惊呼叫苦，得到的解释是为了赶上卑斯省赴维多利亚的第一班大游轮。

那一日真是好辛苦，东方鱼肚白时我们已乘上了卑斯省的白色大渡轮。晨风一吹，精神顿爽，开始欣赏海峡两岸的美妙风光。其实温哥华岛就在温哥华城的对面，算是隔海相望，可要绕到海崖那边的维多利亚城，就必须经过一个长长的海峡。听说这海峡竟能与中国的三峡、巴拿马的运河齐名，岸上时而是峭壁悬崖的苍翠，时而又是小沙洲的恬静，曲折转弯处，忽然就变成辽阔的海天。最美妙的是这渡轮的巨大和全能的设施，所有的大巴士及车辆都停放在底层，几路排开，甚是壮观。楼上有大餐厅、娱乐室，再往上就是观海的甲板。可惜我实在困倦，卧在移动风景的窗前，竟做了黄粱一梦，醒来时先生笑我错过了世界上最迷人的风景，原来海峡已逼近了尾声。

登上温哥华岛的第一个惊喜是看见省府维多利亚城耸立的“天下为公”的汉字牌楼，这里曾是华人先驱者最早在加拿大开拓的地方。放眼望去，英式建筑的省议会大厦雄踞在码头岸上，前面耸立着印第安人的图腾木柱，彩色的鲜花在草地间盛开，白色的马车带着芬芳而过，我恍惚置身在欧洲的深陆，六月的阳光也仿佛是地中海的温柔。

这温哥华岛上举世闻名的是布查特花园，那个挖水泥发家的大亨将它改作了规模宏大的山水花园，丘陵起伏，亭台楼阁，幽谷喷泉，睡莲荡漾，更有趣的是花园内曲径通幽，一个转换，就从参天的古木进到玫瑰园的喷香，又从日本情调的小桥流水变成了意大利式的雕梁画栋。在这无边的花海漫步，感觉自己也变作了仙女，只差手中提个花篮。

翠湖如梦

最向往那雪山、翠湖的仙境，我们的行程开始向洛矶山脉的腹地进发。沿途是苍翠雄浑的峰峦起伏，山脚下皆是碧绿的湖水，就见挺拔的松柏倒映在清波无痕的湖面之中，心情便随着风景的流动遐想。加国的中西部原是这样的一片圣土，没有任何污染的蓝天上飘着奇妙无穷的白云，透明的空气里浸润着大自然特有的清爽。加拿大的工商重地原是在东部，几乎是由百分之五的人口税收来支撑着百分之九十五的全民福利，难怪我们看见的小城个个是整洁悠闲，也难怪魁北克那边的商人闹着要独立。

车子进入哥伦比亚山脉，首先看见的是 1883 年才完成的“罗杰险道”，蜿蜒的铁路线在山谷中穿梭，头顶的电视片正为我们再现着当年冬天封山炸雪的盛况。随后即进入哈喝国家公园，一座被水流切开的巨石天然桥把我们引向电影《日瓦戈医生》的悠远镜头，那丛林碧水间远眺的史蒂夫山，演绎的竟是苏俄风云里的故事。这片神奇的土地，在湍急的弓河瀑布，曾拍摄过玛莉莲·梦露主演的《大江东去》，在雪山之巅，拍摄的是施瓦辛格主演的《巅峰战士》，在那美丽的希望小镇，就是电影《第一滴血》战火纷飞的所在。

最激动人心的时刻终于来临，说是仙境木兰湖到了。停车环顾，并不见湖，倒像是走进了小森林。大家探寻着往前走，然后开始攀登一座小石山。我家小儿一路冲锋，急不可待地想要看见那湖。等我们到了小山顶，转头一望，所有的人都呆住了，眼前幻化出的是一个童话般的世界：高耸的尖柱十峰环绕着一个翡翠绿的湖，湖面如镜，静得让人不敢呼吸。湖畔齐齐地长着挺拔的雪松，阳光下倒映在水上，水边还有参差的小沙洲，浮着几根苍老的枯木，完全是一幅深山藏娇的美姿。我们坐在小山丘上，透过松枝，看雪山与白云共舞，听青山与松林交歌，天是那样蓝，水是那般绿，倒影是如此清晰，就是画家的涂抹，也不能创造得这么鲜丽洁净。因为站得高，那千年积淀的熔岩湖水在阳光下才显得更加翠绿，而湖中山的倒影、云的漂浮、天的湛蓝、松的叠影，层层深邃，俨然又是一个水中的世界。我家先生平生酷爱山水，尤爱色彩，站在这千姿百态的冰积湖前，双目痴望，不愿眨眼，几乎是在一遍一遍地读着这风景，恨不得能永远刻印在心底。这无疑是我们平生中看到的极品山水，山如雕，水如画，微风佛面，是松的清香，阳光让人沉醉微醺，我当时的感觉是以为到了天堂。

惟一的遗憾是时间太短，刚刚在沉醉中，就被吆喝着赶快上车起程，根本来不及在湖畔徜徉，只好步步回头，不舍离去，这大概就是旅行团最鲜明的特色！继续前行，半小时后，又抵达名气更旺的路易斯湖，这次略略慷慨有了一小时的时间，除了赶紧留影外，终于能够沿湖边漫步。路易斯湖比木兰湖更宽阔，雪山的巍姿却不如木兰湖。我们站在这世界上被誉为最漂亮的湖畔，看那碧绿如玉的湖水，千年的雪山倒映，几艘小船轻轻地划向时光的隧道，远山在阳光下涂上了蓝色的光，给人以神秘的呼唤。而脚下的石头上小松鼠在津津有味地吃着蒲公英的花茎，像是守卫在湖畔的小卫士吹着一个长长的号角。草地上开着灿黄的野花，一丛丛一簇簇蔓延着，身旁不远处是密密的森林，风里面有阳光松子的温香，那一幅明丽地画面给人深深的感动，感觉人类是多么依恋自然。惟一的不和谐是在这湖畔的咫尺之内竟耸立着一个巨大的五星级现代宾馆，窗临湖水，霸气十足，也许住店的人有惬意的满足，而我却宁愿这里留着一个无人的古城堡的废墟。不过，也真有不少人就是喜欢这大宾馆的，放着湖光山色不看，下了车就径直冲进宾馆里看珠宝。还听说有一位朋友，坐飞机长途跋涉来此，冲进宾馆吃了顿午餐，美丽的湖边一步也没去，说隔着窗看看湖水也很美，尤其是那顿午餐非常好吃，可见真是人各有志。

雪色冰川

游洛矶山脉，仙湖自是一绝，但更绝的还在冰川。虽说这地球上留有好几处冰川，但都远在天边，而且也不为游人开发。在北美大地，能够欣赏冰川的只有两处，一是在阿拉斯加，游人大多是乘直升机前往，另一处就坐落在加拿大的洛矶山脉，也就是正耸立在我们的面前。远望冰川，那是怎样的气势，高达两千多米的冰河由天边奔腾而泻，带着万年时光的咏叹在阳光下凝固，雪色冰原沉默在浩浩荡荡之中，大自然的巍峨千古让人类顿觉出自己的渺小短暂。

我们乘坐着巨轮的雪车，开始向两千多米高的阿塔巴斯卡冰河进发。平生第一次置身在万年冰河之中，豪情激荡，捧一掬造化的冰水，时间仿佛凝固。我们的四岁小儿最为兴奋，他平生第一次踏上雪山，在车上就央求爸爸给他堆个小雪人，结果一下车，小手立刻去抓雪，才知道这白色的世界是冰而不是雪，那“雪”竟硬得像石头一样。从未见过银色世界的他激动得踉跄奔跑，脚底不时地落入正在阳光下融解的冰河小溪，鞋子里浸满了冰水。那一日，阳光特别温暖，据说这样的好天气实难得，这多年来，真要感谢偏心的天公对我们的每次出游都非常照顾。此时此刻，脚踩冰河，看周围的群山变小，借着冰川的永恒，忽然觉得人世间的一切纷扰是那样遥远和渺小，身心仿佛经历了一番洗礼。听说就在一个星期前，有朋友登上这冰川，结果却是阴云密布再加大风，游客们冻得只有躲进车里，感觉到的却是高处不胜寒。

云天览胜

然而，欣赏洛矶山脉的壮阔还远远没有结束，另一个高潮是乘坐高山缆车，登上杰士伯国家公园的威士勒山顶。去往杰士伯的路上如草原般地苍翠，清晨的水草似能闻到雾气的清香。我们的巴士在冲锋中突然停下来，车上的人在惊叫，原来是前方有几只麋鹿在路畔徜徉，那鹿的样子很漂亮，头上有高昂的鹿角，煞是英姿。不久，车上人又在惊呼，原来前方又出现了熊，那熊距离远些，看不真切，但庞大的黑色身躯是熊无疑。之后还看见了狼，因为跑得快，所以有些人的目光就没有跟上。杰士伯小镇是一个欧洲风格的美丽小城，古朴整洁又热闹繁华，骄傲地座落在云雾的山下，可惜我们时间不够，只是从城中走马观花。

又是一个阳光透射的晴朗天，缆车站坐落在一座高高的山丘上，小小花园布置着树根切成的座椅，情趣盎然。那缆车每次可容纳 30 人，平稳地向山顶滑翔，兴奋的小儿可惜个子太小，只好抱他起来看陆地渐渐远去。因为山峰太高，缆车在半腰有一个转折的支点，再望上，就见山石峥嵘，云雾开始缭绕。缆车一路飞越，约十几分钟后到达终点，以为这就到了山顶，往前一看，还有长长的山路伸向云雾，等待着旅人去攀登。我们抖擞精神，给小儿掖好衣帽，开始行进。忽然，一阵浓雾飘来，白茫茫一片，三米之外就什么也看不清，雾气浸在脸上，感觉清冷的湿润，一时间身在云雾之中，不识庐山真面目。也只是一会儿的工夫，云雾便飘散远去，山峦清晰起来，缕缕的阳光就像电影里的慢镜头一样照亮了一个个绵延起伏的山峰。我不忍背对这奇妙的景色攀登，遂拉着小儿坐在一块大石头上，静静地鸟瞰远方的群峰巍姿、雪岭峥嵘。在这海拔数千英尺的高山之巅，我的手底竟抚摸到匍匐在石间的一丛碎碎的紫花，正在悄悄地开放，因为怕风，小花伏在地上，像一块绒绒的花毯，我的心感觉到温暖，这山上虽有冰雪，但消融之后依旧有花的色彩。

先生平生爱山，执意要登上山顶，还要把儿子架在肩头同行。我喜欢这山中小坐，便目送他们向云雾深处走去。眼前的风景在飞速地流动，忽然云雾又从脸上飘过，忽然又云开雾散，仿佛拉开一座舞台的帷幕，远处的峰峦如海市蜃楼般出现在眼前。阳光则像一个聚焦灯，在一个神秘大师的指挥下，一步步解说着这洛矶山脉的秘不可言。再遥望脚下的杰士伯小镇，静静地镶在翠湖之畔，感觉自己是从月桂树下俯瞰人间。目光近处，冬雪仍在泛着青光，忽然抬头，那空中楼阁式的缆车站在云雾中时隐时现，既像一座山中古庙，又像是“白云生处的人家”。此情此景，我更想起父亲小时候教给我们的那句诗：“行到水穷处，坐看云起时”，那平生向往的豁达美妙的境界不就在眼前吗？

孩子架在他父亲的肩头，从云雾深处走来，那空气清冽入肺。我们三人一起牵着手走在山脊上，感觉是在经历一场“天浴”，生命中所有的沉重都在这清冽神秘的云雾中洗涤得无影无踪。那一刻，我们恍忽都成了山的孩子，面对千山万壑，想要雀跃，想要撒欢，想要高歌，想要膜拜。

田园都市的交响

走出山脉，心里有恋恋的不舍。回头再望那洛矶山脉的第一高峰罗勃逊山，巍峨雄姿如同一座圣山。停车徜徉在奥卡那肯湖畔，眼前是苹果园的芬芳，香飘四季。那农场的主人让我们乘上他自家的游览拖车，座椅竟铺了稻草，小路旁的树上结满了鲜红的樱桃果，举手可摘，感觉就像伊甸园里的风光。再驱车登高，进入葡萄庄园的领地。凭栏远眺，山河壮丽，绿色尽染，感觉人间是如此温暖。葡萄园主请大家品尝一杯昂贵的冰葡萄酒，那甘甜沁入心肺，有人借酒兴弹起了钢琴曲。加拿大，你是这样神奇的地方，雄浑又充满温柔，除了雪山静默，翠湖藏娇，更谱写着一曲曲人文气息的芳草牧歌。

告别加拿大的尾声是在西部的名城温哥华。从仙山归来，踏进滚滚红尘。温哥华曾被誉为是人间的天堂，不仅四季如春，更展现壮丽的人文建筑的景观。我们的车子穿过繁华喧闹的主街，古老的蒸汽钟正在长鸣，身旁即是开往阿拉斯加的游轮码头；那百年的伊顿老店现已更张换主，城区内的中山公园看过去庭院深深。我们站在史丹利公园红雪松木雕成的高大图腾柱下，远望着狮子桥，温哥华正在海天山湖的怀抱之中，犹如一个大自然最偏心的宠儿。

人的一生有许多缘，同车畅游也是一种缘。旅行团分手在即，大家竟分外的珍惜。尤其是来自美东纽约的、加州旧金山的朋友，此生怕不会再相见，就是同在休士顿的侨胞，也未必还能聚首。最让我们感动则是那位西雅图的导游先生，他跟我们一程，竟演绎出一番不寻常的故事来。

情在人间

游览江山，在我看来，“人”也是一道难得的“风景”。虽说生活中的人多是平凡无奇，可如果一旦将目光凝聚，就立即会发现一个精彩的生命故事。那一日，在雨雾中的西雅图机场，我的目光落在一位面色黝黑的中年男子脸上，他既不高大也不算英俊，甚至表情里还有些落落寡合的阴郁。他，就是将一路陪同我们穿行洛矶山脉的导游先生。

没有任何热烈的欢迎辞，我们一行也只好收敛了自己内心的兴高采烈，跟着导游先生手上默默高举的“黄金假期”的牌子，鱼贯地坐入了大巴士。窗外一直是细雨霏霏，我的心里禁不住有几分失落，想这一程名山圣水，竟然碰到如此一位上了点儿年纪又了无激情的导游。

正在思忖，导游先生开始发声，想不到他的音色却是金属般的洪亮：“敝姓杜，台南人，是大诗人杜甫的本家。”他先幽了自己一默，这让我忽然有了一丝感动：他生在台湾的南部，却能傲称华夏的诗圣杜甫为自己的本家！

行程开始，才发现这位先生原是一个非常恪尽职守的导游。他在车前挂起一张自绘的加国地图，那地图旧得翻了毛边，但上面的红蓝笔墨却是杜导多年用心的记号。只需寥寥数语，他就把一个年轻的加拿大指点在我们的面前。我的敬佩更是在过海关，其他的旅游巴士都在通体上下检查，而我们的杜导只消五分钟就从边卡搞定回朝，他说这过关的诀窍就在于回答官员提问时要果断地说：“NO”！我们都笑了，他依旧是那一脸的严峻。

洛矶山脉是一曲辽阔雄浑的牧歌，我们的巴士多在峻岭下穿行。路程有些漫长，除了欣赏与风景有关的影片外，还是颇感寂寥。这个时候，万想不到，这位杜导竟给大家说起评书来。从《三国》到《西游记》，说得是丝丝入扣，他甚至还强调哪些章回的细节是常被研究家忽略的，一席话说得我这中文系出身的人好不叹服。他的声音在扩音器里格外地韵味有致，人也感觉高大起来。最绝的是他从不笑，倒教一车人大乐不已。

人真是不能貌相，杜导若不开口，看上去平头黑脸，哪里知道他的内心竟蕴藏着如此博大深厚的文化世界。原来杜先生从小就酷爱古典文学，这些年带团出行的夜晚更常常温习，于是才会这样熟烂于心。他背诵岳飞的《满江红》，字正腔圆，那一份气势和感情真是不逊古人。在他的这番感染下，我们这些来自海峡两岸的游客也纷纷地携手登台献艺，念诗讲笑话，大摆中国文化之龙门，到后来全车人竟同声唱起了早先的京剧电影《梁山伯与祝英台》，一路上竟只觉得时光太短。加国之行，雪山翠湖、冰原巍岭，江山如此多娇，途中的人，更是个个可爱。眼看归期就到，车上的电视节目里正播放着台湾最流行的综艺节目“找人”。大家正欣赏到感怀处，沉默良久的杜导忽然站起来，神色肃穆，他告诉我们此生他的心底就深深埋藏着一个“找人”的心愿，而他一直在等待着阿拉丁的神灯。原来，当年他在台南省立商职学校念书时，曾有一位姓夏的国文老师，才华横溢，尤其对他格外关爱，给了他做人的信心并影响了他一生对中国文化的爱。可那岁月是白色恐怖，心爱的老师忽然失踪。几年后，两人曾邂逅在街头，老师已憔悴不堪，显然受迫害至深，夏老师暗示他不能讲话，有人跟踪监视，从此一别再音信渺然。杜导说，那时年幼，不懂师恩重于泰山，如今渴望一报恩泽，却不知老师身在何方！他此生最大的一个心愿就是能重新见到这位江西南昌籍的夏老师，并愿供奉恩师天年。他把目光转向我们，流溢出恳求：你们中能执笔的，请帮我在这茫茫人间投下一枚期待的铜版。如果夏老师他还活在世上，就一定能听得到我的呼唤！

这个时候，我已完全忘却了自己第一眼看见的那个杜导，面前站立的是一个泪光闪烁的至情至性的汉子。人生苦旅，生命悲歌，然而，落地的麦子不死，当年在台南播种的夏老师，如今的我们还在这北美的边陲收获。人说大雁留痕，岁月有情，白发如霜的夏老师，您是否真能听得到这来自麦田深处的呼唤？

别了，加拿大，这北美版图上神奇的土地；别了，我们的杜导，心底里注满涌动的甘泉。挥手祝福，生命如歌，经过的事、见过的人，都已成为记忆的财富，变成了永恒。走过千山万水，最感叹的还是情满人间。

如歌的行板

炎炎的六月，想去看一道北国的风景，那风景里还有我想见的友人。“山”中有“仙”，才是出游的完美境界。

旅行，是生命的一种节奏，像音乐，也像图画。音乐里是多年积淀的情感在陌生的他乡顿然奏响，图画上则是背着行囊的旅人在物我融汇的慨叹中翩然起舞。

爱上“加西”，又想去“加东”，而加拿大的文化重地正在东部，这对我便有挡不住的诱惑。更有近年来每每读到精彩纷呈的新移民小说，描绘的竟多是那斑驳陆离的加东世界。女作家张翎的系列长篇，把个多伦多写得苦涩缠绵且雨雪交加，那《望月》里来自上海的金家姐妹，《交错的彼岸》里身世凄迷的温州姑娘，《尘世交响曲》中苦涩的咖啡馆，《陪读爹娘》里意想不到的爱情花絮，所有的故事都发生在这加东湖畔喧嚣的大都会里。最近又读到一部风尘女魂断大瀑布的《茶花泪》，更把加东世界写得惊心动魄。多伦多，你这被新移民的身躯暖得滚烫的土地，究竟有着怎样的魔力，惹得这么多的男女演绎出如此斑斓沧桑的故事？

约会张翎

从休士顿直飞多伦多只要两个多小时，比本土的纽约还近。跨过海关，浑然不觉已进入另一国度。作为加拿大东部的工业重镇，多伦多的密集感觉里完全不同于西海岸的山水空灵。高速路上，开车的友人向我们描绘说："如今的多伦多，飞机上走下来的大多是国内来的新移民，路上碰见同胞一问，上个星期刚到！猜猜看，多伦多现在有多少华人？四十万！"他的话把我逗乐，尤其是他说的"多伦多"发音就像"多人多"，这让我蓦然想起文友张翎新写的一个喜剧叫《新移民服务站的二十四小时》，里面的人物就是初来乍到，弄出许多啼笑皆非的故事。

张翎，是我近年来心仪的小说家，她久居多伦多，一支纤婉的笔，最爱写大洋彼岸风云交错的女性故事。虽说神交已久，却未曾谋面，这次来多伦多，第一个想见的人就是她。张翎的家坐落在高速路旁一个僻静的小区，紧邻着一个鸟语花香的翠谷，听她说，穿过那一片绿色，就是她上班的诊所。我立在她家门前的小街上，北国夏日特有的凉风从高大的枫树间吹过，空气里有花的芬芳。她的房内满是绿色，透着充满生机的温暖。我驻足在她写作的书房，那窗外正是绿荫的后花园，抬眼即是一抹蓝天，幽秘的私人世界与遥远的天际遐想正构成她创作的无限空间。

张翎很懂我，她要让多伦多先给我一个惊喜。于是，请先生驾车，带我们去看她小说里最常出现的安大略湖。去湖边的路崎岖多折，穿过一片绿荫的丘陵，张翎叫我们看，眼前豁然柳暗花明。一悬崖下，漫向天际的水波呈现在眼前，石砌的小路旁，安大略湖安祥地伸展。

张翎怕天色晚，催我们再去看多伦多大学的校园。多大曾是她当年就读英国文学的母校，老狄更斯的原著曾让她倍感痛苦。张翎戏说："读懂了英国文学，天下就再没有读不懂的英语。”转眼间，我们就穿行在古老的建筑群中，那沉重的砖墙似乎很有些秘不可宣的故事。

我们的晚餐选在中国城当街的一家广东餐馆，龙虾烧得相当地道，我的目光落在那年轻服务生的脸上，她努力微笑的表情多像十年前穿梭在油烟里的自己。餐后，张翎要我们见识一下北美最具规模的中国城。走在士巴丹拿街熙攘的人群中，我感觉恍然回到中国，那干净明亮的龙城购物中心俨然就是香港的沙田，街道上彩衣招扬的店铺又好像是在中国的广州或沿海的任何一座繁华的城镇，大道两旁竟有推瓜果车的小贩，墙根下还有邻里的大妈在卖自家种的农家小菜。但是，这儿毕竟是异域的加拿大，数十万的中国人正在这北美边陲的他乡寻求着新生活的梦想。

这些年走过五湖四海的中国城，就感觉这多伦多的中国人世界似乎饱含着更多的现代沧桑。它是如此之大，宽阔而纵横交错，完全没有异国他乡偏居一隅的局促和拘谨，颇有“龙的传人”的凛然气概。它既没有边界的划地为牢，也没有牌楼的孤芳自赏，而是与其他族裔的社区相通相连，且融合得自然无痕，给人一种开放世界的胸怀。在多伦多，不仅是中国人阔步建设自己的中国城，沿街走下去，希腊人有自己的“希腊街”，意大利人建立着他们的“意大利小区”。令人感叹的是，如此众多的民族文化竟能和谐共存共荣，多伦多则是世界上犯罪率极低的城市，而加拿大又是一个废除了死刑的国家。

执手相别，这多伦多的第一天已是浓得化不开。张翎说我们所看的还只是移民闯天下的冰山一角，若再多走几座加东的名城，就更能体验民族文化的真正伟大。应了她的激励，翌日晨起，我们便跟了当地的旅行团，离了多伦多北行。

水光山色

走出多伦多，正叹息无山无海，导游却是把我们先带进了烟波浩渺的千岛湖。乘着敞篷的大客船，恍若走进童话中星罗棋布的水乡泽国。天女散花般的小岛上风光各异，那岸上立的古堡不知隐藏着多少金钱与爱情的故事。水天悠悠，只感觉红尘如梦。

浴过千岛湖的水色，抖擞向东，就到了加国的首都渥太华城。走进渥太华，眼前一条碧绿的河水深情地蜿蜒在市区的中央，河岸上立的就是气势恢宏的国会大厦。那高耸庄严的国会大厦，典型的英式建筑，绿色的尖顶，中间镶一座入云的高塔，塔上是举城可望的“大笨钟”，俨然就是伦敦泰晤士河畔的景观。

行旅匆匆，告别渥太华的当晚我们就宿在蒙特利尔了。这里已进入加拿大的法语区，走进城里，不光是满街的法语路牌，连那路旁的灯红酒绿还有那精致的时尚店铺都俨然是传承了巴黎的格调。再看看路上的行人，漂亮的法裔女人轻盈地踩着步点，男人们则是一丝不苟。

蒙特利尔最让人动心的是那耸立在市区中央的圣母大教堂，刚一踏进中心广场，我便一下惊呆，感觉就是在巴黎圣母院面前，不仅里面的豪华庄严可与巴黎圣母院媲美，连那教堂外面广场上卖花的小摊都似曾相识。我不由得深深感叹：蒙特利尔的法国人俨然是把自己的故乡完全地移植在了这加拿大的土地上。

计划中北行的最后一站是魁北克。暮色中的城区比我想象得要小，竟然只有一条主街，由高向低，中间还有一砖砌的古老城门，城门内赫然立着罗斯福和丘吉尔的雕像，忽然明白魁北克原是一处军事重地。

魁北克的老城靠近河畔，一路旧砖的店铺热闹地排过去，将到水畔，是那座建造得恢宏壮观的古堡大酒店。这座酒店可以说是魁北克的骄傲标志，住在高处，推窗望去，河水波光粼粼，码头上的游船人影清晰可辨。最奇妙的是还能俯瞰古堡近处彩色飞檐的风光，恍恍然是在画中。法国人喜欢画，所以在古堡的下面就有一条“画街”，一个个彩色的小棚内尽是职业的、非职业的画家在为游人画像或出卖自己的画作，更将一条青砖红瓦的小街妆点得色彩斑斓。

魁北克的晚间更热闹，人们纷纷涌去高地上的饮食城，那里有一整条街的酒吧和法式餐厅。轻松的人群喜欢坐在马路边、露天的棚子下，伴着街市的喧哗，慢慢地饮一杯葡萄酒，佐餐的哪怕是一条面包，这种温暖的气象就像是法国南部地中海畔的某个小镇。

从魁北克折回的路上，看窗外的风物在阳光下闪过，心里滚过感慨万千。我忽然有些模糊了以往的观念中“故乡”与“他乡”的外延和内涵，在加东，眼前呈现的分明是“他乡”里的“故乡”！我更想到一水相邻的美加两国，虽说一路走来都是移民的血汗，但纵览美国的城市，从东到西，从南到北，几乎都熔铸在一个模子里，而不像加拿大，城市的建设竟然能够保留着民族文化的浓彩重抹。

再回多伦多，这一晚是住在久别重逢的大学同窗的家中。那一晚，细雨霏霏，他们的凉台正邻着一家意大利餐馆的后院，树木参天，雨声中但见人影晃动，飘来阵阵酒香与歌声。原来这里就是多伦多的意大利小区，老同学笑谈刚来时见街上挂着许多卖“鱼”的招牌灯，后来才明白那图案是意大利的地图。这里的意大利人继承着他们传统的生活方式，夜夜美酒，在这遥远的北国，竟也创造出一种属于自己的文化家园。

细雨从叶子上落下，正打在杯中香醇的菊花茶里，我蓦然一惊：中国人在海外，所努力的除了缔造新生活的梦想，不也在倾心传承着自己民族文化的精髓，谱写着移民的歌里最动人的篇章！

加勒比海的阳光

记得那是一个早春的二月，休斯敦春天的开始。街边树上的白花灿然如雪，间缀些篱笆墙内桃花的粉艳。我们的欢喜则是那历经八年磨难的小小“绿卡”终于寄到了手中。东风无语，苦涩的心有了滋润。先生说：“庆祝一下吧？”向来喜欢远游的我立即举手呼应，刚满四岁的小儿也举起他心爱的书，昂首道：“妈咪，Trveling by Ship!”

是啊，二月正是孩子的生日，心中多年的梦想就是带着孩子一起去踏遍万水千山。现在，小儿终于四岁了，能够跟着我们越洋旅行了。又听说盖尔维斯顿的海边正有一条名曰“庆祝号”的豪华大游轮就要出发，目标指向我们心仪已久的加勒比海。于是，拨一通旅行社的电话，报上自家的信用卡号码，一次碧海蓝天的航行就这样开始了。

二月二十二日，是个星期四，全家人整装前往盖尔维斯顿海滩。一路的风驰电掣，度假的感觉真好。这杨花柳絮的二月，刚过了十五的元宵节，又是花好月圆的情人节。开车的先生回头笑曰：“今年你的情人节免了，可我送给你一张惊喜的船票！”一听“船票”，我便禁不住想乐，早先有首风靡的歌叫《涛声依旧》，里面最脍炙人口的歌词就是“这一张旧船票是否还能登上你的客船？” 现如今又有一部《花样年华》的电影，据说时下里的年轻人最流行的话就是那男主人公的一声探问：“如果多一张船票，你是否跟我走？”

巍峨壮观的跨海大桥就在前方，眨眼间已到了遥望墨西哥海湾的港口岸边。穿过斑驳的老城，一眼便望见如一座冰山般庞然屹立的“庆祝号”大游轮。码头的蓝衣脚夫为大家卸好了行李，因为要出国，登船便如登机一般程序严密，过安全检察，出示护照证件等，小孩子还要特别在手腕上套上一个以防丢失的彩色胶带。刚刚踏进通向船舱的甬道，忽然一道闪光，原来是船上的摄影师已开始为大家拍照全家福。

甬道的尽头是一座临时的天桥，直抵游轮腹部的心脏，海风顿感强劲，吹得衣衫抖起来。脚下就看见运行李的车在忙碌，又望见高高的船舷上机械师在作最后的检修。

海上娱乐城

踏进游轮，迎面是一个环形的大厅，绛红的沙发配着柔美的灯光，这儿是游轮的信息服务中心，有专门的人日夜为游客随时解答疑难。

“庆祝号” 已不是首航，算是身经百战，而且据说服务最好。从电梯上到六层，通向房间的长长夹道完全是大酒店的气派，两边的壁画上是想象中远古海洋里鱼尾人吹号角的舞蹈，忽然就勾起我对人类起源海洋之谜的联想。待我们走近船头的舱位，两件熟悉的行李正在门口迎候着主人的到来。

当初为了省钱，买票时要的是内舱，打开门，却有意外的惊喜：橘黄的窗帘垂在假设的框子里，一点不觉外面是黑暗的世界；特设的儿童床垫就蹲在地上，正为了孩子夜里翻身的安全；电视、电话一应俱全，卫生间虽小，可那满壁悬挂的雪白浴巾就足以让人溢着通体的舒畅。游轮上想得极周到，墙上装有随时叫服务生的按钮，甚至桌子上连放钥匙的插孔都有了。

孩子在雀跃着，拉我们去看船上的花花世界。正要出门游历，听见广播里要大家穿好救生衣，到甲板上学习遇难的救生演习。大概是因为看过电影《泰坦尼克》里的惊心场面，再加上这本身就是船上的娱乐节目，所以每个人都认真地穿好了救生衣，乖乖地站在指定的地点。

“庆祝”号大游轮，上下共有十来层，客人住的舱房主要坐落在四、五、六、七层，加起来约有数百间。每一层的两边又各分内舱、外舱。实际上，客人们真正睡在舱房的时间并不多，船上活动频繁，又要享受甲板上的碧海蓝天，待需要进入梦乡，哪里还顾上去看小窗户外的那一片海浪。不过，在船的最高层，却是有一排特别的贵宾房，带着面海的凉台，足不出户，就能独家享受海天一色的辽阔。

游轮上特别将两个豪华大餐厅安置在居中的第八层，餐厅的两旁即是明闪闪的珠宝店、美容院和精致的礼品店，正满足餐前饭后女客们的欲望。如果上船时忘了拿晚礼服或游泳衣之类，就可当场买一件，价钱当然不能细想。不过，船上也有大减价的手表、宝石和工艺品，另外船上还每天安排有家私、古董及绘画作品的拍卖，并负责包装邮寄，东西好坏是次要，却给船上的人平添了许多艺术欣赏的乐趣。

由商店前行，就到了大歌剧院。舞台上的帷幕耀眼，下面的红丝绒座椅呈半圆式地排列着，而且面前都安放着一个放酒水的小茶几，那感觉比在正规歌剧院里的肃穆又多了几分悠然自得的闲逸。这个演出大厅除了安排晚间精彩的专业表演之外，也是船上开会聚众的主要场所。

在四个晚间的航行中，真正大型的专业表演有两场。一场是安排在上船后酒足饭饱的第二夜，表演的是百老汇的经典歌舞剧。演员并不多，但节奏紧密，幕景穿插得相当巧妙，遂显得舞台上的气势喧闹壮观。我对百老汇风格的歌舞这些年才渐渐习惯起来，它不像意大利歌剧的咏叹调那么深情高雅，用的是通俗唱法，听起来轻松热闹，尤其是那载歌载舞，动作幽默整齐，实在是非常符合美国民情的最佳舞台娱乐。表演中印象深刻的是那一幕《西贡小姐》，美丽的越南女子在枪林弹雨里惊跑，终于还是与年轻的美军演出了缠绵爱情的一幕。另一场大型的重头戏演出是在临别游轮的前夜，这一晚的歌舞则完全换成了欢快的拉斯维加斯赌城秀的风格，盛装的舞娘列队激情歌唱，造型中有玛丽莲·梦露的白裙吊肩装，也有麦当娜的碎花短裙，个个大腿修长，妩媚多姿。虽说这船上的表演不如赌城的场面宏大，但小小的一队人马竟也能变幻出如此丰富的一台节目，足见美国职业演员所要具备的十八般武艺。

大歌剧院没有一晚是闲的，其中的一夜是安排船上的孩子们表演。那些孩子先在船上的歌厅报名，然后配了专门的老师教踢踏健身青春舞，所以个个跳得有模有样，家长们在下面乐得鼓掌。还有一晚的节目是邀请“天才”游客上台表现，主持人话音刚落，就真有几个自我感觉好的汉子抢先奔上台去，其中有度假的飞机驾驶员，也有携着新娘度蜜月的新郎。他们的表现虽都称不上“天才”，但主持人的妙语连珠，实在让人开怀。

要说我们中国人最懂得“笑一笑十年少”，可平日里的形象总是严肃有余。这方面，美国人则显得无拘无束，而且喜欢制造快乐的机会。有一早，船上通知各家的代表去聆听下船须知，我家先生一去就是半晌，午时才归，问他怎会这么久，平日不苟言笑的他脸上竟溢满了笑意，说真正地讲事情其实只有十分钟，余下的是那主持人给大家讲笑话。看他沉醉的表情，就请分享两则笑话给我，他就现卖说：主持人拿大家开心，先是说有位老太太在房内打急救电话，问她发生什么，她说自己找不到出去的门，因为室内的两个门一个是通向厕所，另一个上面挂着“请勿打扰”！另一个笑话是说船上的餐厅服务生碰见一个怪客，非要点半份菜，反正是免费用餐，服务生就建议他吃一半好了，可那怪客死活不肯，服务生只好进厨房忿忿然跟大师傅喊：“有个蠢男人非要点半个菜不可”，话音刚落回头，发现那怪客就站在身后，于是赶紧换口：“另外的那半份留给这位尊敬的先生！” 我不禁为那服务生的机智莞尔，故事也许是编的，但的确有笑的余韵。

碧水翠梦游

要说这游轮上最热闹的地方还是位于第八层的赌场。游轮刚驶进公海，赌场里就立马坐满了幻想发财的人，开始一试身手，自然是输多赢少，两天下来，原先兴冲冲的人潮便渐渐地有些稀落，可见不少人都赔进了银子，囊中已开始羞涩。不过，我也亲眼看见有一老妇人如痴如醉地接了满罐的钱币。

赌场的一侧，是风情浪漫的一条小街。一条真正的铁轨从墙上的壁画里伸出来，然后在铁轨上真的就卧有一节绿色的车厢，上面却是专门供应日本寿司卷的吧台，常有赌累了的人或是像我这样厌了西餐的人去光顾。说起来我对卖弄花色的日本食物并无好感，但有一种点着黑色鱼子酱的寿司味道就是鲜得让人留恋。我的小儿则独独爱吃那薄薄的紫菜，吧台的大师傅就每次给他厚厚的一叠，这竟意外地成了孩子在船上最欢喜的零嘴。

顺着铁轨前行，右手是唱卡拉 OK 的歌舞厅，我正看见里面多情的男子站在池子的中央给自己的太太献歌。铁轨的另一面，是一排隔窗望海的欧式桌椅，摆成巴黎街头的路边长廊，还特别悬着玻璃罩的彩灯。靠窗的沙发极柔软，陷在里面看海上流动的波云，手上再读一本泰戈尔或冰心早年的诗，那感觉温暖如歌。

继续前行，在船的尾端，是一个宽大华丽又浪漫风趣的大娱乐厅，名曰“空中之岛”。里面的地毯是一朵一朵翻卷的彩云，踩在上面有腾云驾雾般的飘飘然，一色的水红沙发，手边的茶几也专门切割成云朵状，亮晶晶的桌面上是酡红的晚霞。这个“空中之岛” 是给孩子们做游戏节目的地方，小小的玻璃舞台，脚下是动感闪烁的星星，真是别有一番童心。有趣的是，船上安排的艺术拍卖也得空在这里举行，如此虚幻的图景，让平日里喜欢锱铢必较的人也会放宽了心中的价码。

“空中之岛”的后方便是临近船尾的波涛。甲板上有孩子们最爱的戏水泳池，一个“大青蛙”的嘴张开，舌头里伸出的就是溜进水里的滑梯。池子的旁边，是小小的游戏场。不过，船上的父母则更愿意带着孩子一起享受顶楼海上的风光。那里不仅美味飘香，而且浪花飞溅，海风交织着欢声笑语，是“庆祝”号上娱乐交响曲的高潮。

登上第十层，先是露天的丽都酒吧大厅，中央则是碧水飞溅的泳池，池上架设有专门供少男少女们惊险娱乐的旋转落水滑梯。泳池边上排列着许多供客人仰卧休息的躺椅，目光可随孩子们水中翻滚，也可遥望大海畅想。渴了，游走的服务生会为你送来柠檬清香的饮料；饿了，推开另一扇的玻璃门，就是全天候二十四小时开放的自助餐厅。

这个全天候的自助餐厅真是方便得人人喜爱。一大早，大家都懒得去吃那正规的早餐，而在这里果汁、牛奶、咖啡应有尽有，煎蛋、火腿、吐司面包香喷可口，还有切好的各样五色水果，而且是随吃随拿，惬意极了。我这人爱吃面食，就直奔那全天候的“比萨屋”，洒上辣椒粉，才算是对自己肠胃的一番慰藉。每天的午夜十二点，这里开始供应大型的自助餐，生猛海鲜、各式色拉，可谓琳琅满目，我们因为孩子早睡，又怕夜里吃多，就一次也没能光顾。后来跟旅行社的朋友说起，他们大叫遗憾。

想想看，经过了八层美味佳肴的咏叹，再穿过第九层的灯红酒绿，踏上十层的随意浪漫，最后到达了顶层的风光无限，真恍惚是在碧海的怀抱中做了一个翠绿的幻梦。我们走向船尾的尽头，看那海上一道长曳的白浪，小儿的头发在风中立起来，鼓胀的衣服就像是在风里要飞翔的风筝，他乐得睁不开眼睛，小手紧紧地抓住栏杆。此时此刻，每一个面对大海的人，都会有禁不住抒怀的冲动。我家先生爱画画，自己便带了彩色的纸笔，在高高的甲板上找了一个避风处，描起写生来。他的面前除了海天的壮阔、船舷的巍峨，还有一个个阳光下美丽的姑娘。我不喜曝晒，走进按摩池，看着我毫不犹豫地坐进那冒着热气的水里，小儿大叫：“妈妈，你会被煮熟的！”我亦拉他入水，他先是吓得大惊失色，然后慢慢从脚部开始，渐渐地跟我一同泡在了水里，到最后竟然是喜欢得不肯出来了。后来只要有空，小儿就央求我：“再去那池子里煮一煮吧！”

黄昏时，全家人倚栏眺望晚霞，加勒比海如此温暖，天地交接，远离俗世，心中不免泛起对自然、对生命的热爱。人类进化得如此之快，苦苦发现新大陆似乎还是昨天的事，今天的我们已在这海上自由自在地穿梭航行，而且是乘着一艘巨大的豪华游轮，身边伴随的则是如此美妙的一座海上娱乐城。

人生偷几欢

大多乘海上游轮的人，都是想松松紧张的筋骨，浮生偷得几日闲，让碧海蓝天洗礼一下压在心口的红尘，也让自己劳碌的疲惫在虚拟的“伊甸园”中享受一番。这“满足”就更充分体现在游轮所提供的各项服务之中。

先说吃。西方人吃的境界向来不放在味觉，而是喜欢营造吃的氛围。这不，当我们走进华灯闪烁的大餐厅，大堂的经理就在门口迎候，然后由侍者把每一桌客人带到位置上去。我们的桌子临窗，恰好能看海，一位来自加勒比海岛国的英俊小伙子专门负责我们每天三顿的餐饮，他旁边还特别配有一位长相敦厚、手脚伶俐的助手。

每到吃饭的当口，我们一落座，那年轻的小伙子就笑盈盈地前来问候，为每个人铺好餐巾，给小儿摆好画画的纸笔。餐费是含在船票之内，所以点菜时并不要看价钱，我们喜欢的开胃菜通常是一片腌好的鲑鱼配色拉或是意大利的海鲜浓汤，正餐则最爱小羊排或鲜贝龙虾尾，甜点多是水果或香草菠萝制作的冰激凌。小孩子真是学得快，不出半日，竟会自己点着要菜了，尤其是忽然懂得了吃饭原是这样地美妙。

吃饭的感受不全在杯盘之间，大堂里有专门的人弹奏柔曼的钢琴曲，白发慈眉的经理会来每桌问候，给小朋友送上礼物。在这里托盘奔走的服务生是清一色的小伙子，不仅动作麻利潇洒，而且还能歌善舞。当客人们吃得正好，灯光忽然闪烁，小伙子们站成一排，为大家引吭一曲《我的太阳》，和声浑厚，节奏顿挫，立马赢来热烈的掌声。他们还为大家表演杂技舞蹈，头顶碗盆，一路从客人的席间穿过，还一边手舞足蹈墨西哥民间的土风舞，客人们被感染得激动起来，也跟在后面随着音乐的节奏翩翩起舞，那气氛真的让人不禁忘却人间的烦恼，全然沉浸在欢乐之中。

据说在这游轮之上，仅服务生的数量就有上百人，分管不同的领域，而且每一行的服务都必须身怀绝技。就说舱房，客人只要出门，服务生立马进来整理房间，我们每次回房，都有特别的惊喜：洁净平展的床上，侍者用白色的浴巾叠成一组绒绒的小动物迎接主人的归来。那动物有时是大象，有时是小狗，卧在床上的样子甚是生动可掬，其精巧的构思温馨感人，凝视良久都不忍拆散它。

说起船上的服务，想得最周全的还是那些为各样的人特别安排的活动。船上的中年夫妻居多，平日奔忙，难得携眷一游。于是，就在丽都酒吧的露天泳池旁，正午的阳光下，一个个健壮的汉子在管理人员的指导下站成一排，举行空前的“胸毛大赛”。我平生还是第一次观看这样的比赛，评委是观众中选出的两名女性，只见参赛的男人裸着上身，毛色有黑有棕，也有金黄，按顺序随音乐起舞，个个极尽表演之才，笑得大家人仰马翻。且不论“胸毛”是否真的标志着什么，我的感慨却是西方人能如此随意大方，以娱乐为本，若换成我们的中国同胞，怕是万万不肯。

除了丽都甲板上的夫妻游戏外，船上还专门为男士们安排了室内的高尔夫球赛，女士们则可参加美容专家的皮肤保养讲座。另外还有乒乓球赛、美式足球赛等。年龄大的人就去喝音乐里的下午茶或者去看艺术品的拍卖。

我的感觉里，这行在海上的大游轮实在是一个谈情说爱的好地方，到处是音乐，满眼是风景，彼此相看，凡夫也会成了白马王子。果然，这船上就有专门为单身贵族们安排的机缘，可惜我们没资格，便不能晓得那些单身的男女是如何度过他们不寻常的时光，说不定已有富家的“王子”钟情“灰姑娘”的故事发生了呢!

船上为孩子们安排的活动也十分丰富，有船上的旅行，少儿游戏表演，趣味知识竞赛，舞蹈练习等，很是忙得父母们常常顾此失彼。

人生在世，恍若流星，拼功名，打天下，渴望的就是能享受一种无忧自在的境界。万里海疆遨游，佳肴美酒相伴，软卧包厢身随，吃喝玩乐尽在眼前。我那小儿识数儿仅到一百，就问妈咪：“可不可以在船上住一百天?”我真想教他明白：人生终是苦多乐少!

玛雅人之谜

乘坐“庆祝”号游轮的喜悦，除了享受移动中浩渺无边的碧海蓝天，更激动是要登上大海怀抱中的墨西哥岛。

墨西哥，这个神秘的玛雅文化的古国，小时候就曾给我深深的向往。再后来，看墨西哥电影、电视剧里的故事，觉得那英俊庄严的男人、纯朴浪漫的女人实在是洋溢着南美特有的万种风情。直至落居在墨西哥海湾的岸边，才忽然发现，原来墨西哥人就生活在我们的身边。

说起墨西哥这个特别的民族，将会是人类学史上一个说不完的话题。他们宽大的鼻梁、深陷明亮的眼睛，显然是流淌着西班牙探险者祖先的血，而那圆阔的脸、黑黑的头发又分明是印第安人蒙古族后裔的东方特征。美国是墨西哥的近邻，也是墨裔人寻求移民的首站。他们因受教育不深，在异国多作苦力，餐馆洗碗、割草打边，美国虽天天叫喊严加防范美墨边界，但实际上却少不了这些下层的劳工。可叹的是墨西哥人并不以此为苦，酒和音乐是他们人生的相伴，快乐竟是他们生存的旋律。这是一个多么奇特的民族，我情不自禁地遐想：是不是因为他们来自碧海蓝天之中，明媚的阳光总在慷慨地为他们驱散着乌云?

多么想看一看加勒比海的水，看一看那阳光下的椰林沙滩，登临那玛雅人创造文明的阶梯，听一听墨西哥人永不疲倦的歌唱……

我们的船正在向墨西哥的岛岸行驶，海水是童话般的蓝，那颜色清丽迷人，就是画家也未必能调出如此透亮的水彩。远处岸上的影影绰绰已在激动着我们的心：墨西哥到了!

初临墨西哥岛，眼前完全是另一番异国景象：翠蓝的海水扑打着平缓的海岸，阳光下白色的座座小楼愈发地耀眼，尤其是码头上用茅草搭成的凉亭棚子，感觉是到了一个电影中演绎故事的世界。这里是墨西哥著名的卡门大岛，我们的首要目标是游览位于图伦古城的玛雅文化遗址。

三辆满载的大巴士浩浩荡荡地行进在有些荒蛮的柏油路上，导游是一个精干聪慧的墨西哥小伙儿，圆圆的眼睛溢着善良的笑意。他在车上为大家介绍墨西哥的风土，尤其是玛雅文明的伟大，流畅中略有当地口音的英语透露出他内心对古老文化的由衷自豪。不过，这位导游除了玛雅知识的丰富，人情味亦极浓，特别在车上为客人们准备了墨西哥冰冻的啤酒，送给大家，博得称赞。他还扯起并不嘹亮的嗓子给我们唱起了墨西哥的民歌。

位于图伦古城的玛雅遗址，并不算是墨西哥境内最壮观的一处，但它因为建在峭壁悬崖之畔，所以被誉为海岸上最美丽的风景胜地。

下了车子，眼前豁然一片热带椰林，正赶上墨西哥艺人在高高的柱子上表演空中飞人，几位青壮的男人穿着彩衣倒挂在绳索上飞转落地，伴随的是墨西哥土著的竹管音乐。那一幕真是有些惊心动魄，后来才知道那表演竟是墨西哥民族最具风情的一个代表节目。

乘着敞篷的游览小火车直抵玛雅人从前的海岸都城。远远就看见斜坡而建的残垣断壁，漫山遍野的青黑色砖石苍凉而辉煌，令人肃然起敬。更激动的是那高耸的神庙背后竟是悬崖下波涛翻滚的大海，千年古迹，伴着绿浪白沙，这是一个怎样神奇的地方！

在今天，玛雅文明的辉煌举世皆知。但令人疑惑的是，灿烂的玛雅文明却在公元约750年时突然地神秘消失，当时的玛雅人纷纷弃城失踪灭迹，且无从考据，这就留给了考古学界千古难解之迷。有人说玛雅人忽然遇到了瘟疫，有人说是天灾，也有人解释为兵乱残杀，总之到今天依旧没有完全信服的答案。

我漫步走向涛声依旧的大海，白色无染的沙滩似乎还是人类起源的当初，巨石嶙峋，椰林摇曳，悬崖下的海浪粗蛮又温柔热烈。遥望着加勒比海翡翠般清澈的海面，这里简直就是人间的仙境。然而，美丽的地方不一定就一定有美丽的人生，生活在如此艳阳水天中的墨西哥人，却一直吟唱着苦中作乐之歌。

看墨西哥人

告别图伦古城的玛雅文化遗址，我们驱车返回码头，一路穿行。那位自尊的导游先生特别向大家解释：“我们墨西哥还不够发达，但等你们下一次来的时候一定会有大的变化！”他的眼睛闪烁着对自己土地深深的爱，语气里的怜惜让人生出油然的感叹。

一艘快船送我们去科祖梅尔大岛，这船有两层，电视里正在播放墨西哥的风土介绍，脸色黝黑的墨西哥小伙子正不失时机地向游客们兜售印有墨西哥字样的白色广告衫。船因为海浪摇得厉害，小儿便搂着妈妈叫肚子难过。还好，只不过半个钟头，科祖梅尔海岸上海市蜃楼般的风景线就已呈现在眼前。

科祖梅尔岛是墨西哥最负盛名的潜水胜地，远远望去，白沙椰林，红砖碧海，俨若人间一块未被污染的童话世界。上岛的游人可乘玻璃潜艇观赏海底的生物，也可自己穿救生衣浮在海面上看浅滩里的珊瑚。我们的兴趣则在街市里的乡土民情，尤其想亲眼看一看墨西哥人真正的生活。

从前有文章写墨西哥人，说他们的奇特就在于崇尚欢乐。其实欢乐本是努力得来才享受，刻意地追寻欢乐就有些特别的意味。在墨西哥街头看男人们喝酒，大有一番“今朝有酒今朝醉”的及时行乐之感。还听说墨西哥人对休息看得格外重要，正午再忙，对不起，要回去睡个午觉。关于这个半岛民族的传说太多，男人在简单的音乐节拍中畅饮，女人在阳光里抚育孩子，真是一方水土养一方人。

科祖梅尔岛因为是旅游观光岛，商业的气息极浓，满目皆是餐饮的小馆，还有一条条纵横交错、琳琅满目的礼品店小街。市中心的花坛上彩旗飘扬，音箱炸响，似乎这里天天都有音乐会的演出。

虽说在休斯敦不乏墨西哥餐馆，但看见那街边上立起的大炉灶正在烧烤的肉团夹饼，让我不禁想起了家乡长安的肉夹馍，食欲顿起，忽然又记起船上一再警告大家千万不要随意吃墨西哥食物，再看看眼前，那堆成小山的生肉在炽热的阳光下竟毫无保鲜措施，也真有些害怕，犹豫再三，想想墨西哥人都不怕，大不了就是坏一次肚子，也就爽然要了两盘，吃下去味道蛮好，竟未见肠胃有异常的反映。

观赏墨西哥人的工艺品实在是一大享受，墨西哥的民间艺术保留着人类纯朴的想象，再加上玛雅文化的熏陶，表现出色彩的浪漫绚丽和原始的神秘气息。墨西哥的陶罐，古朴而斑斓；彩木雕成的图腾柱，神秘而张扬；尤其是他们对动物的感受完全赋予了超自然的灵性，令人感动不已。很多的美国客人到此地来则是喜欢采购各式各样的银器，手工精美，色泽明丽。我的好奇却是这里的各家商店竟挂着类似中国贵州蜡染的绸布裙装，图案、质料完全相同，难道真的是异曲同工之妙？我们兴趣盎然地徜徉在这多姿多彩的民间艺术长廊之间，颇有些乐不思蜀。回程前买了轻巧的墨西哥陶罐和镀银的彩色挂盘，算是踏上另一方国土的纪念。

然而，最令人惊心动魄的纪念则是乘出租车赶船的艰险。据船上介绍，该岛的出租车十分方便，五个美元十五分钟即可到达码头。我们信以为然，到了五点半开始站在主街上叫车，谁料想那一天沿海岸的干道五点以后竟封锁出租车通过，好不容易才辗转上车，距开船竟只剩下十分钟。那年轻的墨西哥女司机很是同情我们的遭遇，脚踩油门用力开车，无奈路上交通混乱，十字路口喇叭齐鸣，互不相让。千难万险总算看见了“庆祝”号还靠在岸边岿然不动，这才长舒一口气。这一幕小小的惊险却让我们窥到了阳光下的墨西哥经济落后的一个侧面。

就要踏上归途。加勒比海的碧水辽阔得望不到边，墨西哥岛的白沙蜿蜒伸向远方。我们的足迹才只是踏上了墨西哥版图的一隅，目光所及也只是加勒比海的一角。

心中有无尽的畅想。古诗说：“人生不满百，常怀千岁忧。昼短苦夜长，何不秉烛游。”世界很大，生命却如此有限，何不潇洒游一回。

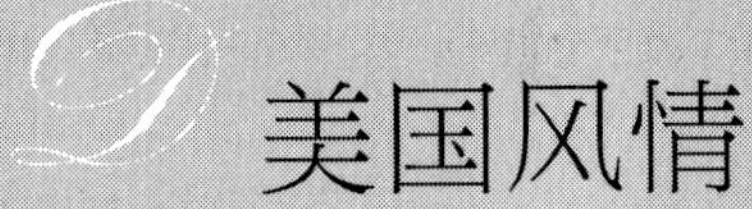

美国风情

“蓝色”的密西西比河

年轻的时候，很向往大洋彼岸哈佛大学那圣洁透明的冬雪；而成年之后的我，倒是更迷恋小说《飘》里面所洋溢的那种美国南部特有的撩人心魄的滚滚热浪。偏巧我来美国就住在南部的休斯敦城，润湿的海风里夹杂着牛仔之乡所特有的那种野性与激情。

在美国，最快乐的事莫过于开车旅行。中国人出门大多坐火车，美国人则喜欢自己开车。要说美国的高速公路真是完美到无懈可击，无论是加油还是问讯，都早早有明亮的绿牌指示。白天的高速路上总是车流不息，到了万家灯火的夜晚，高速路上依旧是红灿灿的一片。

从德克萨斯往东，超过州界便是著名的路易斯安那州。它之所以著名，是因为看过《飘》的人都知道那里有一座浪漫之城——新奥尔良。好想去看一看《飘》里面郝思嘉与白瑞德度蜜月的地方，还有那连树叶都温柔得战栗的绿阴大道。

没想到，当我踏进新奥尔良的时候，依旧是高楼林立，那感觉无异于美国任何一个现代化的城市，丝毫没有感受到所谓“温柔”。而在跨过钢筋铁骨的密西西比河大桥的一瞬间，我的心怦然为之一动：这就是流淌着黑人忧伤眼泪的母亲之河吗?

夜幕下，先看见的是却是灯红酒绿的“法国之角”，绿色帐篷下的法国式快餐厅，精致而随意的沿街露天酒吧，还有那一座座长廊、立柱式的高层建筑，都向游人显示出当年法国殖民者的风格气派。不过，“法国之角”真正的“特色”，据说还是那些带有情色的脱衣舞厅。

远远地躲开“红灯街”的喧嚣，在一条僻静的小巷里，竟出人意外地发现了一队长龙，成百的人们排在墙根，寒夜中手捂一杯热咖啡，等待着进入一扇破旧而神秘的大铁门。是什么在吸引着这些衣着考究的先生和太太如此耐心地等待?当我一步步终于挪进大铁门，跨入一座墙壁斑驳的古旧大厅之后，我的眼睛和耳朵同时告诉我：享誉世界的黑人爵士乐就在眼前!

幽暗的灯光下，六位雕塑般的黑人爵士乐手端坐前台，各自手握乐管，在天衣无缝的默契中此起彼伏，悠长的萨克斯管如泣如诉，短促而精心的切分音随着老乐手鬓边白发的抖动把听众带入到一个多变而倔强的境界。当和声四起时，我突然想到那忧伤而奔腾不息的密西西比河，苦难使它雄浑，忧愤给它力量。这才是爵士乐真正的底蕴所在!蓦然间，我的心海里竟回荡起中国古老的《江河水》旋律，那苦难而忧伤的二胡竟如此交融地汇进了密西西比河的巨流之中。

告别了一个令人沉醉的爵士乐之夜。清晨，我怀着迫不及待的渴望，再一次来到密西西比河畔。奔涌的河水泛着深蓝色的粼光，淡淡的晨雾笼罩着一种茫茫的苍凉。正在我凝神之际，耳畔竟然响起昨夜那悠长而令人心颤的爵士乐旋律来，我循声望去，在凛冽的寒风中，一位身着蓝色长袍的黑人乐手，背靠着密西西比河，两眼平视远方，手中正握着那魔笛般的萨克斯管。好一幅美丽画面!

浪漫而风情的新奥尔良啊，密西西比河在你这里最后汇入大海。几百年来，你是否听到她寄托在萨克斯管里的叹息?你是否看到她永远不息的蓝色的深不见底的光芒?古老的密西西比，你是美国的母亲之河；新奥尔良，你是永恒的爵士乐之乡!

走进德克萨斯的心脏

知道“德克萨斯”这个名字是在很久以前。那时在中国，有一部出名的美国电影叫《德克萨斯州的巴黎》，里面描绘的德克萨斯很荒蛮，也很伤感，根本不是想象中美国“巴黎”的繁华和浪漫。但从那个时候，我就对德克萨斯留下极深刻的印象，莫名地有一种向往，感觉那片广漠又粗犷的土地上一定孕育着许多不平凡的故事。

来到美国后，竟真的就扎进了南部的德州，而且一住就是二十多年。这些年，先是感受夏日德州如火如荼的热情，然后是领略德州人不拘小节的宽怀。的确，德州人过日子，既不像纽约人那样精致风雅，也不如加州人那样多情浪漫。但常年在阳光里的德州人，少了几分欧式的阴郁和拘谨，却多了来自平原辽阔的豁朗。德州人的心怀，涌动着野性的洒脱，他们耐心地过日子，质朴里却蕴藏着激情。

很想了解自己脚下的这片土地。周日里带着孩子徜徉在市区中心的赫门公园，远远就望见那高耸的山姆休士顿将军的雕像，骑马傲立，心头便有了肃然的震颤。而每次去中国城，一踏上那以“山姆·休士顿”命名的高速大道，总是不禁慨然：这座城市曾经是一座英雄的城市！

一直渴望着能走进德克萨斯的心脏，去感受这片土地上的风云，以及矗立在这风云里的历史伟人。机会终于来了！阳春的三月，跟着朋友的旅行社，目标直指德州西北方满是历史遗迹的华盛顿郡。

出发时间是一个星期六，两辆大型豪华巴士一前一后浩浩荡荡地向西北方向进发。德州的风景不像东西海岸那样座座小城相连，繁华而细密。一出大休士顿，便是水草肥沃的一马平川。沿途望去，宽阔的农场里满是硕壮的牛群，栅栏内的草原上撒落着稀稀的灌木，一派牛仔之乡的辽远和自然的祥和。行走在这样的风景里，让人很容易联想到早年的开拓者初临这片土地时的喜悦和决心。德州，你虽没有山清水秀，但你豪迈的胸怀也曾吸引过多少壮士。这片粗粝神奇的土地上，也曾演绎过多少悲壮的故事。

巴士沿着州际公路向西北方的奥斯丁城进发，因为天气乍暖还寒的缘故，本来在这个季节要开放的花儿还只是稀稀落落。待进入华盛顿郡界，立刻就有浓浓的历史遗风。这片被誉为是德州共和国诞生地的土地，曾经是先驱们的战场，每一条不起眼的小路，都镌刻着当年人们为了一个自由独立的理想而转战南北的足迹。再往前即是著名的华盛顿小镇，她正位于当年先驱开创德州所走过的独立之路的要冲上。1836年3月2日，在这里正式宣布德克萨斯从墨西哥独立，被称作是德克萨斯的“费城”。镇上座落着一个雄伟恢宏的德州共和明星历史博物馆，走进大门，迎面看见两座高大的铜塑雕像，一位是德州之父斯蒂芬·奥斯汀，另一位就是德克萨斯的第一位总统山姆·休士顿将军。

早期的移民一面开拓疆域，一面开始建立自己的政治理想。当年，雄心勃勃的老奥斯汀东迁来到南部，来到隶属墨西哥领地的德克萨斯这片蛮荒之地，决心要为美国南部开辟一个新世界。他还动员了三百多户人家一同前来，共同开辟新家园。外表英俊高大的老奥斯汀，目光深邃，胸怀远大，他要把德克萨斯建成一个自由独立的地方，使这曾被冷落的蛮荒之地变得富有文明。虽然，德州共和国的建立是在1836年，1845年才真正并入美国版图， 老奥斯汀先生未能成为第一任的总统， 但他为德克萨斯所作的卓越贡献却被永远载入史册， 被尊为“德州之父”。 尤其是他聪明的儿子小奥斯汀， 更是继承了父志， 建国后曾担当国务卿要职。 所以，今天的德州首府即以他们的家族命名。

关于山姆·休士顿的故事则更加传奇， 我们常常看见画像或雕塑上的山姆·休士顿骑在马背上的英姿， 知道他是一位英勇的将军。 山姆·休士顿与奥斯汀先生一样， 也是出生于东部的弗吉尼亚， 早年曾任田纳西州的州长， 1829 年辞官到德克萨斯打天下。 他曾担任德克萨斯革命军的总司令， 并领导革命军在阿拉莫之战后与墨西哥人打了一场漂亮大胜仗。 这是德州历史上具有决定性的大战役， 由此奠定了 1836 年德克萨斯共和国独立的基础， 休士顿将军也因此被选为德州共和国的第一任总统。 至今， 我们在休士顿东南部还能看见为当年的那些英勇将士们所建立的高高纪念碑。功勋卓著的山姆·休士顿曾在 1836 年和 1838 年连任两届德克萨斯共和国的总统， 1845 年德克萨斯并入美国后他曾担任美国国会的参议员， 1859 年担任德州的州长。 辉煌一生的休士顿将军在 1861 年离开政治舞台， 两年后即南北战争爆发前夕抑郁而终。 今天， 所有住在休士顿的人都会以他为傲。

沿着斑驳小路， 我们穿过田野， 来到一座名为“独立” 的小镇。 这座小镇 1823 年建成。 因为 1836 年 3 月 2 日德克萨斯宣布独立而得名， 它曾经是早期的教育、 文化和宗教中心， 至今还保留着贝勒学院的古老遗址。 如今我们四顾空旷的乡野， 已丝毫看不出圣地的庄严， 春天的暖风里夹杂着田园里的清香。 然而， 当走近一座石砌的教堂时， 每个人蓦然震撼。 教堂建于 1839 年， 不仅仅是因为它的古老， 而是这教堂曾是山姆·休士顿的受洗之地， 并伴随了他的一生。 教堂的正面， 耸立着一座巍然的塔楼， 上面有钟， 是当年历史的卫士， 也是自从 1823 年建城以来最真实的见证。 走进教堂的大门， 讲道台上的两把红丝绒座椅是来自英国老家的古董， 前面的两排座位是当年山姆·休士顿家族专用。 我的身旁矗立着一杆旗，据说这旗就是山姆·休士顿将军亲手所立。看着那褪色却依旧光滑的彩色旗子，我的心里不禁涌出了万般感慨。

走出教堂，小路的对面就是山姆·休士顿家族的墓地。真是无法想象，就在这平凡得不能再平凡的土地上，竟涌动着德克萨斯最壮阔的风雷，一个嘴角坚毅的男人，决定着一个国家的诞生。

海上生明月

在休士敦城的东南，坐落着一个历史与涛声交响的小岛，名曰盖文斯顿（GALVESTON）。

周末的假期，全家倡议来一次近游，目标只有盖文斯顿。其实，欣赏风景的美妙大多在于人的心境，雾霭细雨也一样能唱出心中的歌。为了充分地享受这近水楼台，决定夜宿这小岛。盖文斯顿，你这德州最古老的城市，那无垠的海面还会不会给我们辽阔浪漫的联想？

五月末的季节，车子开进小岛，就迎面看见百老汇大道两旁盛开的缤纷夹竹桃花，据说此花在岛上有几百种之多，所以小岛有“夹竹桃花之都”的美誉。我的记忆里，鲁迅先生就特别偏爱夹竹桃，大概是让人想起竹子的摇曳再加上一股野性的山花烂漫。岛上最引人瞩目的是耸立在大道两旁的古建筑。大道的另一侧，竟是壮观的墓地群，雕塑与鲜花，似乎在低咏着岛上人生命的顽强不息。再往前行，则是巍然挺立的白色圣心大教堂，阳光下炫目的巍姿立刻给人精神上的震撼。

百老汇大道的尽头便是大堤下滚动的海潮。前面，有一条通向轮渡码头的路，那里日日有巨大的游轮载着驱车的人横渡过海。因为小儿爱船，我们也将车子缓缓驶上甲板， 一声鸣笛， 海风就吹鼓了衣衫。 孩子雀跃着， 登梯遥望， 海面上红的帆， 白的艇， 一一尽收眼底。 最开心的莫过于喂头顶盘旋的海鸥， 那海鸥是黑白相间， 素净得可爱， 白色的翅膀一展一展， 个个是飞技超凡， 以高难度的动作将抛出的面包叼在口中。

待到正午， 岛上的那条绵延数十里的海墙大道渐渐展现出她迷人的风情， 少男少女们滑着旱冰鞋从海堤上风驰而过， 盛年的父母则带着幼龄的孩子蹬着敞篷的三轮自行车眺望着大海的风景， 岛上还出租一种漂亮的电动小旅行车， 任大家漫游。 令人欢喜的是， 如今的海滩上除了救生用的瞭望台， 还有清一色的双人座遮阳伞， 美丽的色彩、 齐齐的影子一路排过去， 又是一道温馨浪漫的风景。 我们因为携了自家的折叠椅， 便选了离海水最近的沙滩休息， 滚来的白浪正吻在脚上， 潮水急退， 身子一沉， 椅子的腿竟要没进沙里去了。

墨西哥海湾的水总是不够清澈， 但却涌动着温暖的浑厚与亲昵。 我们的小儿最爱的游戏就是挖沙子垒城堡， 可惜那一天不是岛上的沙雕节， 否则将会看到蔚为壮观的沙雕展。 我们从冷藏箱里拿出了家里带来的西瓜解渴， 抬眼看， 就见有一周岁大小的幼儿正在海滩上嬉戏， 后面跟着母亲。那小儿常常栽进水里， 大人并不惊呼， 让他自己爬起来， 或者干脆上前撩起海水洗洗孩子脸上的沙土。 我看得惊奇， 不由得心里对比起中外父母， 对孩子的呵护竟如此不同。 远处还有一个父亲， 独自抱着小儿坐在水中， 任海浪冲击， 那份悠哉有些如梦如幻。 忽然抬头， 天空竟有一滑翔伞飘着， 下面拽着一个小艇， 无畏又逍遥， 这样真切的风景我还是头一次在岛上看见。

天色暗了下来， 忽然云层绽开， 霞光四射， 刹那间把海岸照得透亮。这是太阳在落山前的一次辉煌， 就像人生暮年的一次壮丽， 这壮丽是如此成熟， 如此温馨。 没有正午的暴烈， 却是如此浑然博大地洒向人间。 那一刻， 我的心里升起一股感动。

暮色真正降临， 海墙大道上的霓虹灯个个亮起， 开始有海鲜的味道飘来。繁华的61街听说新开了几家大的中餐馆，便洗了脚上的砂子前往。那里正靠近穆迪花园，饭后刚好在园子里散步。中餐馆里弥漫着熟悉的酱油味，但总还能找到偏爱的食物，如酸辣汤、炒面之类，何况这是临海的馆子，鱼虾、螃蟹类的海鲜定是少不了。

夜晚的穆迪花园别有一番情调，看不清白日里的苍翠，却有浓浓的花香。弯弯的小路变得神秘起来，灯影里的叶瓣格外惹人爱恋。转过小路，喷泉依然在不息奔涌，假山影影绰绰，水光倒映，因为静谧，倒有些似真似幻了。不远处，新建的大酒店乐声袅袅，灯火辉煌，亭台楼阁之中点缀出一派节日休假的欢快。

这样的时刻不忍归去。远远就望见海面上的旗舰大旅馆的灯火。驱车前往，老板竟是从前相识的一位著名中国医生，久违的她身穿白色T恤便装，神采依然，轻柔的国语让我亲切又感叹。她说要特别给中国同胞优待，定价两晚159元，只收了我们79元，算是半价。推开位于七层房间的门，宽敞整洁的房间直对着阳台外的大海，恍若行在海上。小儿欢呼雀跃，先生也一脸喜悦，说当年乘游轮去墨西哥海上，住在内舱，窗外并不见海，这次恰是补了那份缺憾。

高居在波涛上，遥看盖文斯顿岛海岸的夜景，车水马龙渐行渐远。脚下是潮起潮落，细细的白浪不知疲倦地扑向已经沉寂的沙滩，微微地感觉旅馆也在轻轻摇动，耳畔竟想起从前的一首喜爱的歌曲——《军港之夜》，醉心的一句歌词就是“头枕着波涛”。想象今夜的海上，心头便有几分醉。

风开始有些凉意，潮水渐渐地也涨高了。远处的海黑漆漆地，白日的开阔一下子完全改变了模样。就在这个时候，月儿升了起来，那是镶着金边的满月，柔柔的光泻在海面上，海上顿时安详了，似乎有了波的歌唱。从来没有留心过这夜色中的海，竟是如此奥秘，又如此收敛，原来都是因为有了月光的滋润和照耀。真不能想象那没有月光的海，该是怎样的荒蛮，正是月儿用她那清凉温柔的光化解了海的凶险。此刻的我才终于明白：这本是暗夜中母性的光，是苍凉人间女性的光辉。伏在阳台上的栏杆，我静思那夜行在海上的旅人，是用着怎样的心情歌咏这海上的月光，思念着自己的亲人。蓦然间，小时候吟诵的那句唐诗——“海上生明月”便在在心头上了。

晨曦缕缕，推开玻璃门，又一个灿烂的早晨。海面波光粼粼，新鲜得如同少女的笑靥。这是经过了夜的历练的再生。朝霞如此生机，但深深触动我的则是暗夜里温柔的光芒，那一份恒久的、坚韧的的关怀。

枫叶红了的时候

当一片金黄的叶子在微风中飘落的时候，我的心里就有抑不住的惊喜：那是德州最美的秋天来了！

住在美南部德克萨斯的人，每年的五月便开始要忍受室外如火的骄阳，直到十月底降下一场喜盼的秋雨。半年的苦夏，闻不到露珠里浸润的空气的芬芳。午夜里，隔着空调冷气的窗，遥望那庭院中奄奄一息的花草，发现可怜的鸟儿也懒得歌唱。有勇气的人，便飞到西海岸去度假，或者再远些，走进绵延于北美西麓的洛矶山脉或者欧洲深处的阿尔卑斯山。

十月里曾漫游欧洲，那里的人常讥笑美国的生活：回家空调，上车空调，公司、商场里还是空调！与大自然绝缘，文化的气息更不必说。此话虽有刻薄，但我的感觉里的确是这样。都说德州大，大得如半个欧洲，可辽阔的疆土却一马平川，缺了应有的山川变幻。休士顿城说起来位于德州东南的海滨，海岸线倒是绵延无边，就是单调得无山无石，而那墨绿的海水看得久了，腥风里卷起恶浪，颜色也污浊起来。

秋天终于来了！少时读古诗里描写的秋天，多是伤秋的哀叹。而德州的秋天，天高云淡，让人神清气爽。坛里的花儿终于挺直了腰杆，我的心也像复活了的一江春水，泛起一圈圈盼望出游的涟漪。多么想走近青山，多么想亲亲流水，多么想在小河旁听一曲长笛的悠扬，多么想在青青的草地上饮一杯自家酿制的美酒！

那是十一月第二个周末，应了叶落知秋的渴望，我们驱车前往德州西部的德国村，那里有啤酒狂欢节外加那遗失的枫叶山谷！古人欧阳修讲：醉翁之意不在酒，在乎山水之间也！广袤的德州，你真的要给我们一个“酒”后“山水”的惊喜？

离休士顿渐行渐远，越过一马平川后水草竟开始丰沃起来。一条小河盘成弯弯的波光玉带，我们的车子就在这盈盈的带子上峰回路转，两侧亦开始出现德国人喜欢的青石砌成的花园小屋。前方到达一座精致的小城，绕着街心白玉栏杆的小亭，有高耸的教堂、华美的酒店、温情热闹的餐馆，小商店的廊下有人在卖着节日的小玩意儿。让人惊诧的是这样小巧的镇子上竟有一座气派非凡的艺术博物馆！

真是不能想象，一百多年前，仅仅有两千个德国人来到这德克萨斯的中部，他们看重了这里的依山傍水，他们狩猎耕田，终年与阳光为伴。如今，这扎根在德州心脏里的德国后裔已发展到几十万人。每年的十一月，他们以啤酒为自己民族节日的象征，搭台唱戏，饮酒狂欢，可谓是一幅中国人过大年的喜庆图画。

巴士拐进河畔的一条小路，就看见木制的大高棚下鼓乐齐鸣，熙攘的人群穿梭在啤酒之间，我的小儿更望见了游乐场，大家都兴奋起来。

进得大门，就看见不少人手中举着高摞的花色纸杯，那显然是喝啤酒的战果。赶去窗口要了两杯鲜啤，坐在河边的草地上一口饮下，清冽的滋味入喉，甚为清爽。走进大棚下的食品小街，各色的香肠、土豆丝煎成的薄饼、洋葱炸出的花朵，竟还有我最爱吃的鲜牛肉，让人眼花缭乱。看节日里人的装扮才是有趣，男人戴着奇型的帽子，女人镶着闪灯的耳环，孩子们的脸上架着怪兽的眼镜。再看身旁的小摊铺，碎花布拼成的背心，蓝色镶金边的咖啡壶，小动物跳跃的钟表，五彩斑斓的装饰小靴，我的感觉里又仿佛是逛从前的庙会了。

循着音乐走进相邻的另一座大木棚里去，里面正演奏着土风舞曲，场地中央有老老少少在翩翩起舞。忽然想起德国是音乐家的摇篮，这里的乡村音乐会一定也是非常精彩。遂漫步到广场中心，举目一看，台上正有一人吹着一丈多长的大号角，那旋律悠远深长，台下举杯欢呼起来。随后就看见各式各样奇怪的乐器纷纷登场，都是平日里少见的大家伙，那音响的豪放感染得台下的观众一阵阵欢声雷动。最煽情的演奏当属另一个帐篷下的铜管三合奏，激荡的节奏，磅礴的气势，再宁静的人也会心潮澎湃。

三场演出看毕，我们来到德裔小村落格林，这村子也就几十户人家，却家家都是小巧玲珑的商店，银器店、古董店、木器店、陶瓷店、玻璃店、布品店、酒店、花店，推开门还以为是人家的客厅摆设呢！这样的村落开商店显然不是正业，无非是给周末的游人一点儿购物的情趣。这桃花源般的村落，已看不见欧洲殖民者的印记，他们蜗居在异乡的一角，竟这样安心地过自己的日子。

第二天一早，忽雨忽晴，我们的车子毫不犹疑地向山中挺进。沿途两边竟是郁郁葱葱的苍翠，并不见红叶。

我们撑了伞，向山的深处走去。这是一条曲折而悠长的峡谷，溪水蜿蜒，冷峭的青石浸在潺潺的水中，便是游人过河的路，不禁就想起王维的诗句：空山新雨后，清泉石上流。两岸的峰峦并不高，葱绿中已有点点红叶。因为是被“遗失”的枫谷，碎石的小路并没有人工的修饰。蓦然间，前方出现一树的鲜红，那五角多边的叶子更因了雨的洗礼，愈发地耀眼，心头顿时亢奋起来。这里的枫树个个高大绮丽，至少有百年的历史，立在水边的枫红得最早。今年的天气总不见冷，叶子红起来便衬着软弱的黄，不像霜降之后那般透亮。我忽然就有些感慨了，枫也如人，多经过些冷酷的磨难，才会坚强茁壮，成长里若过多地温暖，反而变得纤弱，人生散射的光彩也就没有那么逼人了。少年时就喜欢枫叶，为的是那美丽颜色里的浪漫，后来更迷恋层林尽染，觉得那是大自然的豪情，直到走过沧桑，才终于明白：原来枫叶的红是严霜逼杀后的倔强，是苍老的心对自己的歌唱。

我们一路追寻着红枫，虽说不是灿烂的一片，却一棵棵挺拔傲立，让人不忍离去。孩子们喜欢涉水，河道里的清泉泛着可爱的小漩涡，仿佛是独自吟着一曲山谷里的儿歌。据说，等层林尽染时，阳光下的河水便化作了一幅油画。

当车子开出山谷的时候，我突然想：其实山不在高，有枫则丽；水不在深，有影则奇。真没想到，这一趟秋之旅，竟发现德克萨斯野性的深处还蕴涵着如此内秀的俊美。

红色的夏天

美国南部的夏天，烈日当空，阳光将万物照得酡红透亮。走出房门，葱绿的树影间，汽车的钢铁洪流驰过海滨大道，墨西哥湾的热浪滚过心头：好一个让人激动的夏天！应该驱车走访一处圣地。“去哪里呢？”丈夫笑问我，“当然是西部，那一片红色的土地！”

启程是在一个周末的傍晚，租来的新车是1994年的福特，湖绿色的车身在路灯下闪闪发光，一副忠实可靠的好模样。更令人欣喜的是一对中国学生愿与我们同行。

第一站的目标是冲出德克萨斯，这一片辽阔的土地足足让我们奔驰了一个夜晚，当东方露出“鱼肚白”的时候，下车一看，已经踏入了新墨西哥州！

新墨西哥州有一座神奇的白沙国家公园，茫茫戈壁上突然涌出万顷白沙，据说这里曾经是海底，然后是湖，最后干涸成沙，真是沧海桑田！

这新墨西哥的州府叫圣菲城，竟是一座印第安式的古风之城。城里全不见摩天高楼，房子皆用红土所建，浑圆的屋角，错落凹凸的木梁，就是那五星级宾馆也不例外。再配上极为洁净的街道与那别具一格的艺术雕塑，真正构成了一幅自然和谐、美丽奇异的风土画面，可见州政府保护文化遗产的良苦用心。城里还有一条长长的艺术街，千姿百态的艺术画廊鳞次栉比，家家都不同，难怪有那么多艺术家流连在你的身旁。

美国西部的人文地貌，似乎总与印第安人的足迹有着千丝万缕的联系，新大陆的祖先就是最早生息在这一片雄奇的土地上。于是，我们决定直捣它的“老巢”——科罗拉多州西南角上的印第安人古迹部落去看个究竟。不看不知道，印第安人原来竟是生活在悬崖间的“功夫高手”！纵横峡谷中，散布着一千多年古印第安人留下的一座座建在悬崖半空中的宏伟家园。想象得出，那是一种怎样的飞岩走壁的热闹场面！

汽车从亚利桑那州的东部开进了我们日思梦想的大峡谷，正值黄昏时分，又细雨霏霏，但我们禁不住也要先看一眼雨中的峡谷！站在峡谷岸边第一眼望去的时候，我们完全被震撼得哑然无声：绵延 450 公里长的峡谷在十六公里宽的高原上无声地裂开，如此自然和谐地交错成一幅庄严而又热烈的天然画卷！暮霭下的峡谷笼罩在青黛色的雾气之中，愈发神秘与肃穆，让人肃然起敬。翠绿的科罗拉多河像一条绸带缠绕在大峡谷的胸怀，使峡谷在肃穆之外更添一层温柔与诗意。眼前仿佛看见那第一个发现大峡谷的西班牙探险者悬崖勒马、脱帽跪拜的情景，仿佛听见科罗拉多河里那些无畏漂流者浪遏飞舟的怒吼！就在我们沉思冥想之际，西边射出一抹晚霞，静静的峡谷突然间被染红了谷顶，露出了它温暖的面容。一直梦想看红色的峡谷，通体透亮的峡谷，却想不到眼前的这一抹红更染得峡谷苍茫无穷。在我看来，这大峡谷真是为英雄而生，为哲人而留，岂能是一声撼人的长叹可以望得尽的？

从大峡谷往西，便是沙漠里的内华达州。在靠近死亡之谷的东侧，便是世界著名的大赌城拉斯维加斯。内华达州本是一片干瘠土地，政府特许开设赌场，竟使得这片干土一时间财源滚滚，拉斯维加斯便是一座用金钱堆砌而成的魔幻之城。开进拉斯维加斯时已是夜晚，大道两旁世界级宾馆的灯光构成了光与色的海洋。人类对于建筑的想象力以及对于光的运用在这里几乎达到了登峰造极：巨大的狮身人面像在向你招手，迷离的恺撒宫用音乐的光柱诱惑着你，“尼罗河”在你身边流过，“大山口”在你面前喷射出炽热的火焰……然而这一切的一切，都是为了吸引着你走进去把钱币投进那万千个张着口的机器里去。

穿过赌城往北，则是美国西部最色彩斑斓的一个风景地——犹他州！小小的一个犹他州，竟毫不客气地容纳了五个国家公园。先是一条美丽的峻岭峡谷，幽幽是水，郁郁是山，雄浑的野趣中更有一番精致的秀美。然后直插东北，便看见如千军万马的红砂岩石林，一排排、一队队，在阳光下耀得人睁不开眼。再继续往北，又是一座天然的红沙岩巨型雕塑馆：一群骆驼横在路旁，那姿态仿佛是丝绸之路上的一景；三位大臣前后相依，手势各样，仿佛要去早朝；巨大的天石险落在石柱，好似危在旦夕；迷人的双环拱门仰天长抱，如胶似漆……这是一片多么神奇的土地，简直就是造物主的恩赐！

走出红色的犹他，我们鞋底已被染红，心中则留存着一幅幅浓彩重抹的光与色的雄奇画面。我忽然悟得：中国的山水，那侧峰、那云雾，正是孕育出中国画的水墨意境，而这里五彩的土地，却正是西洋油画的立体胸怀。

此行的最后一站是科罗拉多州的洛矶山国家公园。那里的雪山倒映在绿色的湖水中，苍翠的森林一层层划开碧波的涟漪，好一个度假的清凉处！在宿营地碰见一对七十岁的美国老夫妇，驾着敞篷车英姿飒爽，美曰：活到老，游到老！

万里西部行，给了我们一个五彩的夏天，也给了我们生命的原色。当我们一边唱着歌，一边疾驰在山涧高速路上的时候，觉得自己已经富有了！

几度夕阳为我红

——美国加州黄金海岸行

在美国生活似乎总是少一点诗情画意：面包里夹足肉是为了给老板看一个有力气的好脸色，灌一杯咖啡下去是留着精神晚上回去照顾妻儿老小。账单要付、减价广告要看、汽车要修、外面的草坪要割、还有无数的电话要打，再看一下电视上的天气预报，这一天就算交代了，既无暇独倚西楼，更无心清秋赏月，所以你看那美国人，一到周末疯了似地往郊外跑，找一处林子，就地躺下，享受享受清闲的筋骨。

圣诞即到，对于漂泊海外的浪子来说，过节的最好感觉就是旅行。望着窗外泛黄的草色，我拨通了旅行社的电话。嗓音甜甜的小姐告诉我：若早晨犹豫，下午票价便要涨八十元。于是立马决定飞旧金山，

不是想淘金，而是因为那里有我们最喜欢的友人。出发的当日正是黄昏，家门口的免费小飞机送我们去大机场，在天上晃悠悠看休斯敦的高楼农田，真有孩子般的快乐。晚霞映在银色的翅膀上，心里觉得很灿烂，绝无近黄昏的伤感。

四个小时的航程并不长，吃吃喝喝再看了一部新电影就看见旧金山的

灯火了。下了飞机，当年在南达科他州念书的老哥们接下我们十天里要用的大箱子。已经是晚上十点多，高速上依旧是滚滚的钢铁洪流，

旧金山的人开车如天马行空，风驰电掣呼啸而过，我们的老沈也不甘示弱，丰田车一路冲锋陷阵。开了一阵，还不见说“到了”，原来是好心的老沈故意绕路，为的是让我们先看一眼旧金山最壮观的奥克兰海湾大桥。结果是两旁钢筋水泥闪过，并未见好风景，老沈叹曰：因为是出城，车在桥下，而风景在桥上，要明天进城来看。

一觉醒来是个好天，四人同行去欣赏旧金山城里圣诞前夕的节日风景。再过奥克兰大桥，才发现那吊着大桥的弯弯弧线是一根根巨粗的钢管。大桥下是一个古老的码头，旁边有一个人造的溜冰场，我们被一个冰技熟练的中国老太太所吸引，大襟的黑袄宽裤在风中摆动，风姿绰约。

老沈带我们去一个叫“独家广场”的地方看一棵独一无二的圣诞树，树并没有想象的那么大，但街旁色彩斑斓的名牌商店却真是独家拥有，更有吉他艺人的当街伴奏，大都市的风情立刻浓起来。再一回头看海湾大桥上那似乎从天而降的车流，六十度斜坡冲下来，这才是旧金山的味道。

热闹的渔人码头是旧金山的名胜，小商店密密排过去，小天桥连接其间，行人川流不息. 饿了有海鲜小吃，累了坐下来远望对面的监狱岛，眼神好的可以遥看金门大桥，赶得巧了正有异国风情的演出。最让我们激动的是码头上养了百多头油光光的大海狮，懒洋洋地在舢板上晒太阳，甚为可爱。远处的水面上有弄帆者，彩色的大游艇从金门桥方向缓缓驶来。

赶到市区最大的金门公园，太阳迫不及待地偏西了，科技馆和亚洲艺术馆已闭门谢客，喷池的水柱上只有一半的阳光。顺着阳光走近一个日本茶园，小小一块宝地上竟风光无限，有塔有亭，有鱼有鹤，古树参天，矮花遍地，小桥流水，曲径通幽，每一寸土地都利用得错落有致，真正是日本人精打细算的园子。

晚霞映红西天的时候，我们登上了梦里寻它千百度的金门大桥。迎风站在对岸的山坡上，太平洋静静地向天边延伸，那伸到尽头处便是生我们

的故乡。金门桥在夕阳里泛着酌红的光芒，像一个微醺的女王，傲然环视着人间红尘。火一样燃烧的太阳缓缓地落入海平面，我们的心在发热：她是要送给彼岸亲人们灿烂的朝霞！

这一夜睡得特别香，天刚蒙蒙亮，电话铃炸响，我们在硅谷的另外一位老同学已经在楼下接我们了。一头短发，一袭长裙，说起话来依旧是上研究生时的高声快语。

她的小公寓在三楼，向日葵花样的地毯，墙角幽放的兰花，连烧汤用的瓷锅都是乳黄的彩陶。晾台上栽满了红色、黄色的玫瑰，玻璃门边靠着一把望山城的摇椅。来美国这几年，第一次看见如此享受日子的留学人士。

知道她最爱侃电影，赶紧声明：不远万里来到旧金山，快带我们去几处好玩地！她放下手中正在精工熏烤的葱花卷，先把我们拉到名闻天下的斯坦福大学。

宽阔得让人想在上面打滚的草坪被一圈橘红色的古建筑环绕着，庄严的胡佛塔总在提示着人们贵族学校的气派。刚想拍一张纪念照，友人大叫：拜托了，这是有才无钱莫进来的地方！我还是带你们去市中心风光绝佳的艺术馆拍照吧。

上了高速，她老兄忽然摊开手叹道：找不到路了！捧起地图看了半天还没找到东南西北，说最恨地图，凭感觉一定找得到。真灵了，车子在城里刚转了一圈，就听她大喊：就是这儿！下车一瞧，真是绝了：一艘湖绿色的玻璃船塑在艺术馆前的大理石地面上，船头高高翘起，仿佛惊涛骇浪，旁边一堵水墙轰然瀑泻。走上台阶，却是水面如镜，鸟语花香，远处是高耸入云的楼群，旧金山像娇媚的凤凰突然炫耀地绽开了她美丽的翅膀。

没有太多时间沉醉，女友说黄昏前一定要去逛一下旧金山的中国城。

早就在好莱坞电影里看过那唐人街的东方牌楼，在美国人眼里，长袍、瓜皮帽、功夫、黑社会跟中国人的形象相连，近年来老美才发现这些龙的传人除了会做鸡炒饭还会念书、搞发明。一踏进中国城的街道，立刻人潮如涌，大大小小几十条街纵横交错，各家店铺鳞次栉比，热闹非凡。叹为观止的是中国人开的车一辆比一辆豪华。

找了个小铺子歇脚，嘴里嚼着栗子羹和桂圆，要说吃的还是老祖宗的口味香。老同学眉峰一挑，说有一处“东海”，不吃的话旧金山就白来了，问她怎样走，她老兄又是骑驴看唱本——走着瞧！多亏不识途的她总是指对了大方向，跨过奥克兰大桥，开到一个半岛的尽头，就看见一座飞檐红顶的中餐馆了。

挑了一张靠窗户的桌子，正对着金门大桥的方向，窗外又是醉红的夕阳，海湾的水被映得梦一般迷离。端上来的菜是皮蛋豆腐、麻辣海蜇、红烧海参和红烧猪蹄膀，吃得荡气回肠，也吃出了几年来海外孤战的辛酸苦辣。

那一晚，老同学不让我们早睡。喝了一壶桂花茶，嗑着松子，看了一部法国电影，觉得生活还是美丽动人。

一觉醒来，梦里花落才知天涯客。吃过汤圆，去车行取车，竟是一辆白色的福特跑车，比我们原先预定的车高了一档，这叫运气。在清爽的阳光下跟友人挥手，我们自己的游历真正开始了。

第一站是加州黄金海岸线最负盛名的蒙特雷。从旧金山往南仅一小时的车程，便看见蒙特雷海岸的沙丘上长满了红黄斑斓的花苔。驱车缓行，远远望见海中有一巨石，竟有歌声传来，摄像机拉近：原来是千头海狮在水中欢声起舞。穿过一片参天的古柏林，眼前豁然一亮，太平洋的岸边却是一片虹绝怪松，有两棵连理松亭亭立在悬崖上，活像黄山的迎客松。耳边松涛海涛交响，山峦相依，第一次在美国看到中国画风的美景！

我们不能久留，车头一转，踏上了沿海而建的加州一号公路。

这是一条与海相恋的路，无论怎样峰回路转，总是缠绵地依偎在太平洋的臂弯里。太阳就挂在水面上，天蓝得透亮，薄薄的云柔柔地如缦如缕，听不到尘世的喧嚣，只有天籁的歌唱。当彩霞满天的时候，我们站在路边的风景台上，凝视落日，等待那最壮烈辉煌的时刻。岸边已腾起青色的薄雾，我们身旁一位等了一天的高鼻子友人架着相机静静地拍下了海天燃烧的一刹那，含着眼泪向我们说：这才是生活!

冬天的夜来得特别早，天色一暗，弯曲的山路便险象迭生起来，犹如行进在寂寞的荒岛。好在我们知道不远的地方就是有人烟的旅游胜地——大名鼎鼎的赫氏古堡。

老远就看见左手山坡上有一丛奇妙的灯火，但那古堡如今不是给人住的，灯火的下面有一个叫圣西门的小城，两旁排满了旅馆，旅馆里一人一张大床奢侈地睡了一觉，天一亮奔去赫氏古堡，赶上了第一波上山的大巴士。据导游讲，这方圆几十里连同海岸线都被赫氏家族买下，山上的牧场、动物园以及专用的车道都是私人所有。

第一眼看见山顶的古堡，以为是进了好莱坞电影的华宅。赫氏是美国20世纪初的报业大王，巨额的财富使他能够从世界各地购买一切他喜欢的东西。可惜的是他只知豪华，金银堆砌的宫殿并无艺术风格。但那古罗马建筑的室外大理石游泳池却是非凡的壮丽，还有那背山面海的巨大网球场也让人倾心。昔日风华已逝，赫氏的后代因为交不起财产税而无力继承这笔遗产，就像今天的美国无法再重温六十年代的旧梦一样。

从圣西门南行，太平洋边上有一个丹麦风格的小城，叫索尔文。车子刚拐进去，安徒生的童话世界就在眼前了。迎面街口上一个大风车，五颜六色的房子像积木一样搭起来，梯形的、矩形的、三角的、伞状的，好看极了，使你相信房子可以被一块一块卸走。街道的名字都是丹麦的城市，纵横交错，各有洞天，仿佛真的到了欧洲了。

到了洛杉矶城已是万家灯火，在一个不知名的加油站打个电话给我们接应的朋友，两辆车竟是同时到达预定的接头旅馆。与汤兄长安一别已十年，想当年风华，今他乡再逢，无限感慨尽在杯中。他因为娶了一位印尼女子，随妻嗜辣，重庆火锅最合三人的胃口。吃得昏天暗地，老板娘乐得眉开眼笑，一杯青岛啤下去，蒜泥黄瓜、夫妻肺片荡然扫尽。薄薄的羊肉在锅里涮着，我们从西大的红楼侃到《半边楼》，从老子、庄子侃到耶稣，直到这老兄讲起他在耶鲁念书时风靡校园的一句陕西话：“吧哈了！”笑得我们前俯后仰，方知要打住歇息，相约明日再游。

第二天是个绝好的艳阳天，汤兄一早八点带我们准时启程。洛杉矶的交通算是托给他了。只见他三转五转地开进了举世闻名的环球影城。踏进这美国电影的摇篮，熙攘的人群、嘈杂的乐曲如同进入一个大游乐场。老同学早有经验，一摆手，先上电梯去坐环城一周的游览车。无轨的小火车摇头晃尾地冲下山去，沿途尽是陈年古董的电影道具，小火车登上一座破旧的木桥，桥身喀嚓一声忽然下陷，大家齐声惊叫，原来是故意玩的电影把戏。火车正走到一处村落，天空下起倾盆大雨，须臾一股洪水冲来，到我们脚前戛然而止，又是电影的技巧。令人心动的还有仿真的冰雪和蓝天白云的景板。夹皮沟的小火车一会儿把我们拉进美国的西部小镇，一会儿拉进罗马古城，这些美妙景地的设计真是惟妙惟肖。

环球影城的重头戏还是在它的电影棚里。火灾现场的轰轰烈烈使你觉得世纪末来临，地震时的天塌地陷也是惊心动魄，特技棚和音响棚的制作更是惟妙惟肖。

影城里还有许多根据著名电影改编的实地表演，传统的西部片都是大家喜爱的，今年又添了海盗战火，很是壮观。要想把每场表演一个不漏地看完，须掐算好时间还得健步如飞。我们因为惦记着天黑前一睹好莱坞大街的风采，遂点到为止，见好就收。

总记得洛杉矶的一个大坡上写着英文好莱坞几个大字，吵着要看。汤兄将车子盘旋开上又一处高坡，说：你在对面瞧！真多亏他找到这样一个好看台，“HOLLYWOOD”（好莱坞）几个字正映入眼帘，脚下是明星华宅，洛杉矶的万千花树在101公路的缠绕下愈发妩媚起来。

走在布满“星星”的好莱坞大道上，最后一抹夕阳特别把脚下那一长排刻着大明星名字的金色五角星映得通红透亮，好像他们是这混浊人世的一道光芒。令人惊喜的是：当代大明星们都欢喜地把自己的宝贵手印、脚印印在一家被称为中国大剧院的门前水泥地上，由那尊东方石狮威武地看守着。我发现了小影星秀兰·邓波的小手、小脚，不禁想起她那童稚的小模小样。

洛杉矶的最后一顿晚餐是在新中国城的“东来顺”，精通吃喝玩乐的汤兄建议我们一定要尝一下那里的刀削面、芝麻大饼。要说吃的花样，这里才是中国新移民的天下，南北各路荟萃，据说已有羊肉泡馍，算是全了。一张一尺见圆的大饼攒下来留给下一站的圣地亚哥，一碗刀削面悠悠地在舌边搅动，一盘虾仁炒丝瓜吃得终生难忘。

圣地亚哥，加州最早开发的探险地，十八世纪西班牙殖民者在美国南部的军事基地，太平洋美丽的宠儿。从洛杉矶出发仅仅两个小时，就闻得到那南美独有的异乡海风了。

按图索骥，进城找见一对在这里工作的东北朋友，夫妇俩租了一栋大洋房的一间房子。四个人挤在一处讲了半宿夜话，早晨醒来出门，邻房的墨西哥人怪怪地往里瞧，我们突然觉出行为不妥，决定当晚还是要住进6号旅馆，也是为了睡个好觉。

早就知道全美有三个海洋世界，佛罗里达的我们过其门而不入，德州的太近不去，就是为了到圣地亚哥来体会一下“黄山归来不看岳”的好味道。

海洋世界坐落在圣地亚哥的海湾上，绿水环绕，绝对的风水宝地。中心有一高塔，可以纵观全景，各个表演馆错落有致地散布在塔的周围。我们手捧时间表，马不停蹄，所有的动物表演是一个不漏地看过。第一场看的是海豚，碧蓝碧蓝的池水映在白云下面，聪明的海豚能从水中跃起几丈高，还会用嘴把人顶出水面，最绝的是驯养员能脚踩两只海豚乘风破浪，情景甚为壮观。

要说最漂亮的海洋动物还是那黑白分明的巨鲸，它们一出场就摆了一个姿态优美的造型，惹得满堂喝彩。表演的动作也是可爱极了，尤其是用它那大尾巴故意把池子里的水拍向观众， 不知道浇透了多少惊叫的人。最风趣的表演则是海狮馆， 真没想到油光光的海狮有那么高的模仿天赋。它会自己为自己鼓掌， 还会跟在驯养员后面亦步亦趋， 更会潜水救人，救上岸来做人工呼吸， 乐得观众捧腹开怀。

圣地亚哥的海洋世界， 孩子们快乐的天堂！ 夕阳下看着那些从世界各地来的红彤彤的小脸。 心里觉得他们才是人间的花朵。

圣地亚哥的第二天在紧张中度过。 一大早先赶去看市中心西班牙人留下来的老城遗址， 这个一百多年前的建筑村落保存得非常完好， 学校、马场、 旅店、 甚至牙医的诊所都历历在目， 呈现出当年西班牙人的富庶安乐。 如今最吸引游人的是琳琅满目的工艺品商店， 令人眼花缭乱的风铃， 色彩斑斓的陶罐， 地道的西班牙风格， 让人爱不释手。 在一家小小的皮货店， 买了一付轻巧的牛皮发卡， 束起被海风吹散的头发。 告别村口的一家餐厅， 身着西班牙大彩裙的小姑娘向我们挥手。

芭不亚公园是圣地亚哥闻名的旅游区， 这里集中了很多大型艺术馆和博物馆， 巴洛克式的建筑巍峨典雅。 巧夺天工的沙漠公园， 精巧而粗犷，很多的热带植物都是第一次瞧见。 旁边即是玫瑰园， 红玫瑰、 黄玫瑰在冬天里尽吐芬芳。 公园路边有绘画的， 有拉琴的， 还有玩杂耍的， 可谓风情万种。 公园深处隐着一片热带雨林， 祥宁静谧， 走在参天的树下，又是别一番野趣。

丰富多彩的芭不亚公园， 最让人难忘的是一个西班牙艺术村。 红瓦白墙， 各家画廊依次错开， 艺术家们现场在创作他们各自的作品， 你真的亲身体会了艺术想象的魔力。

太阳就要落山， 我们驰过长桥， 来到圣地亚哥靠在太平洋怀抱中的美丽长岛。 远远看到对岸沿海林立的建筑， 好像海市蜃楼， 碧蓝的水上白帆点点。 岛上有规模宏大的豪华旅馆、 商业区， 依海是走不尽的黄金沙滩。 又是一个夕阳染红海面的时刻， 涨起的潮水上更显冲浪者的雄姿。古人说： 青山依旧在， 几度夕阳红！ 人生真的是几度沧桑、 几度辉煌，只要生命的光华在，总有无限的灿烂和希望。

圣地亚哥不愧为南加州的一颗明珠，你有多少时间，它就会给你多少惊喜。出了圣地亚哥往北，车子拐进富饶美丽的丘陵山地。一路农作物的田园风光把我们引向一个神秘的大门，那就是野生动物园的入口处。进得公园，要乘坐小火车沿固定的路线游览，途中解说员会告诉大家前方将看到老虎或狮子，而你的眼睛要能在荒原上寻找。最容易发现的动物就是色泽清晰的非洲斑马，最不容易看清楚的则是像一尊石雕般卧在地上的灰色河马。下了火车还有动物表演，大象玩杂技、鹦鹉唱花腔，好不热闹。公园里特别给孩子们安排了一个鹿园，温顺的梅花鹿任孩子们抚摸，感受动物的亲昵可爱。

刚过正午，我们整装踏上了北归的路。重新穿过洛杉矶城，向东跨过内华达山脉，进入加州腹地的平原。白色的福特跑车在笔直的乡间高速上奔驰，这里是加州的农业基地，葡萄园、果园、大片的农田从窗前掠过，看不到村庄，却是成排的拖拉机纵队，偶尔也见农民的私人小飞机停在路旁。

在一个不知名的小镇，我们度过了1995年的除夕。没有新年的钟声，只有漂泊的心、旅人的梦。青春不再，回家的路还很长。

1996年的第一天，原野上蒙蒙的细雾，摊开地图，前方就是十九世纪中叶曾经上演过无数悲壮风云剧的淘金谷。一条幽幽的藏满金沙的母亲河把我们引进一片雄浑起伏的荒原，好像不远处就能听到淘金城里传来的枪声。

斜阳黄昏时，我们开进了路旁一个金色的小城，名字叫吉姆斯城。车子停在一家1826年建的旅馆门前，拴马的柱子、饮马的槽还在，只是没有了挎枪的牛仔。如今，这个当年风云滚滚的西部淘金镇却是成了人们忆古怀旧的地方，路边的古董店琳琅满目，迷人的小酒吧充满喧嚣。意外惊喜的是发现了一处马克·吐温的纪念碑，原来他老兄曾在这里流连。蓦然间，他小说中描绘过的那些西部小镇的风流故事历历浮现在眼前。

沿着49号公路继续向东，黄黄的原野上稀稀地点缀着几棵树，古旧的小木屋散落在路旁。在太阳落山之前，我们赶到了又一处保留更原始的淘金古迹——哥伦比亚城。

石子土路上传来马蹄的嗒嗒声，色泽斑驳的屋廊下飘来面包的香味，淘金的水槽依旧滴着浊浊的浅流，沧桑的老树歇着归巢的乌鸦。我们在一个展览馆竟看到一副麻将。

晚霞斜斜地洒在跌宕绵延的山坡上，这里曾经是黄金加州的发源地。正是在滚滚的淘金车轮下，才有了加州今天的繁荣。想想只有一百多年，沧海就变成桑田，不能不感叹人类的伟大。

很久没有听德沃夏克的新世界交响曲了，在加州最后的夕阳里，我们静静地坐在暮色的荒草地上，沉浸在这温柔又怀旧的旋律之中。加州真的是美洲大陆上一块迷人的土地。这里有世界上最高最粗的红杉树，汽车可从树洞里穿过；这里有美洲大陆上最深的沙漠死谷，勇敢者挑战的圣地。然而，一切的功劳都要归功于各民族开拓者的共同创造。

就要返回旧金山了，十天里总是与夕阳相伴，那温暖的光芒为我们照亮一天里最难忘的风景，而且日日不同。有歌唱到："外面的世界很精彩，外面的世界很无奈。"生命就像一条漂泊的船，漂过精彩，漂过无奈；也有快乐，也有烦恼，但无怨无悔。

冰火华盛顿州

飞机离开跑道冲进蓝天的一刹那，我又找到了从前的那种放游四方的轻松快感，望着脚下的云团翻滚，我告诉自己：同样的日子不能过得太久，度假的感觉听起来是附庸风雅，但必须能够让自己换一种心情，至少在我是一种生命的需要。

七月的天空一尘不染，空旷得任你神游太虚。飞机的目的地是美国西北角的西雅图，这个在梁实秋笔下美丽的城市，往日情笃的槐园不知今日是何种风情？小时候因为住在关中的飞机城，妈妈老早就在地图上指点过这个诞生“波音”的故乡。而我当年踏上美利坚土地的第一站就正是西雅图，可惜那是早春的二月，只记得银翅下掠过皑皑雪山，懵懂中仓皇转机，哪敢作停留。时隔已六年，终于有机会降临这梦里寻她千百度的城市，一想到冰川、雪山，心儿就激动起来。

断梦中感觉到飞机开始冲向跑道，脸儿贴上玻璃便看见我的西雅图正风情万种地躺在太平洋的海湾里，波光粼粼的水无限柔情地依偎在它的身旁，这样天生丽质的城市不能不让人欢喜得心里泛起妒意。

下了飞机，照老例去租车，踏上五号高速公路，摊开华州地图，先直捣它的首府——奥林匹亚城。

位于西雅图之南近两小时车程的“奥林匹亚” 真正是一个休闲小城，远看是湖水环绕， 近处是喷泉戏水。 午后的阳光映得首府大厦巍峨肃穆，蓝宝石般的天空下是静静开放的五彩花儿。 再一想起自己的华裔同胞骆家辉先生如今就是这华州的州长， 腰板顿时挺直了许多。 在一条摆着琳琅满目商品的小街上， 问了一个金发碧眼、 笑容可掬的小伙子哪里有美味的东方饭馆， 他挥手指向街灯拐弯处， 口中啧啧称赞那里的泰国菜、 越南菜是多么好！ 顺方向找过去， 进了一家泰国馆， 兴致勃勃地点了两样中国菜， 端上来一看， 除了牛肉与鸡肉的不同， 两盘里的色、 味竟完全相同， 都是莫名的甜甜辣辣， 从未领教过的中餐味道。 不甘心， 再叫一个麻婆豆腐， 竟还是同样的菜盖在豆腐上， 味道依旧是甜甜辣辣。 哭笑不得吃完才明白， 这早就不是给中国人吃的中餐。

看看太阳下山还早， 驱车开始向华州第一风景圣地奥林匹克国家公园进发。 这一路是满目的山光水色， 就是看不见万家灯火。 夜幕降临， 心里悚然。 好不容易找到一个小得不能再小的有旅馆标志的镇子， 没料想全是客满。 再一打听， 前面路途还远， 必须折回奥林匹亚城方能歇息， 叹了半天， 只好杀个回马枪。

早就听说奥林匹克国家公园如何雄伟壮观， 起个大早径直向华州的西北角奔驰。 正浩浩行进中， 忽然看见路边一个小小牌子指向左边一条小路就通向奥林匹克， 刹车迟疑了半天， 因为经验中的国家公园都是有一个醒目的大门， 然后里面再精彩纷呈。 赶紧去加油站一打听， 才知道这儿确实是公园的入口， 不过， 奥林匹克国家公园有许多这样的小入口， 要想逛遍就必须一个一个地去找， 原因是这个公园实在太大， 里面无法连接起来。 好吧， 就沿这小路开进去， 果然有一个把门处， 孤零零的一个忠守职责的小姐收完门票钱递给我们一张公园地图， 展开来一看， 好家伙，上面的红色路线几乎划满华州半壁江山， 而且都是打一枪换一个地方。 我们因为心切， 已经错过了第一道风景线。

既来之则进之，先看看这一路线是怎样的风景。车子缓缓在上山的公路上盘旋，两旁是参天的古木，看得出华州的森林保护得相当好。停下车子举起照相机，人在大树下竟那么渺小，沧桑的老枝几乎遮天蔽日，默默地诉说着来自大地深处的故事。车子行到半山腰，忽然眼前一亮，高山出平湖，一池碧水映入眼帘，望着远处隐隐的雪山，恍若是出世超凡的天池。虽是周末，却万籁俱静，对岸山上齐刷刷的森林倒影在清澈的湖中，一叶神秘的小船摆在湖心，我仿佛听到多瑙河圆舞曲那开篇轻柔的水声，奥林匹克国家公园就这样为我们奏响了它大自然生命里最豪迈的交响序曲。

杀回第一道风景线，驱车向群山的峰巅挺进。我们的车子终于登上了山顶，举目望去，颇有指点江山的感觉：眼前的山峦重叠成最壮丽辉煌的曲线，一派江山多娇，迎面主峰上就是引无数英雄竞折腰的皑皑冰川。然而，更令我欢喜的是漫步在野花盛开、松枝飘香的山坡上，空气中弥漫着爽心的清冷，小鹿就雀跃在身旁，白云生处虽无人家，沿途却可看见冬天时滑雪用的空中索道。已经很久了，没有这样的感觉，心里忽然感叹：风景并不仅仅是看，而是带给你一种奇绝的心境。

驱车下山，从天上回到人间，当晚宿在傍海的一个小镇，码头上灯红酒绿，对面望去，就是一步之遥的加拿大维多利亚岛。在一家临街的中餐馆又吃了一顿甜腻腻的变味中国菜，听店活计讲他在这欢乐的小城里如何苦恼找不到中国朋友，我点头表示非常同情，因为这种地方只有过客才是享受。

奥林匹克国家公园的另一条著名风景区干脆就点缀在长长的太平洋海岸线上，那是我看过的最有韵味的海。车子刚刚驶入，就看见一座巨大的蛋糕模样的礁石立在海里，上面插满了蜡烛般的小树，先就给你一个不寻常的惊喜。然后是惊涛飞雪、虬根横卧的岸礁。从来没有见过如此巨大、如此众多沧桑的老树，一个个威风凛凛地倒下，俨若大决战后的古战场。更为奇妙的是海滩上耸立着一座座鬼斧神工的大礁石，随着你角度的变化而仪态万方。由此，这里的海便有了它自己的灵魂，有了自己的旋律。海滩上有许多背包野营的人，他们更能听到潮起潮落。让我感动的还有一对老夫妇，支着大望远镜，并不瞄准大海，不知疲倦地只是欣赏水草上各样的小鸟。

看过高峡出平湖、冰雪挂前川、礁石腾海浪之后，奥林匹克国家公园的最后一绝就是它的原始热带雨林。一条向地心倾斜的幽深之路，把我们带进了森林之州的腹部，这里的植物与高山上看到的完全不同，而且是随海拔高度准确地变化，层层叠叠，令人称奇。走进雨林，因为潮湿，树干上的青苔竟长成了飘洒的长絮，宛若老树的千年胡须。我也仿佛走进了一个童话世界，好像个个老树都已成精，随时便会张口说话。

落日余晖里告别奥林匹克国家公园，夕阳迅速坠入海的那边，我们在海滩上痴痴留恋那水中的一抹红。眼看着银钩高悬，不舍回头，恨恨然只怪乎这“奥林匹克”实乃好色之徒，但凡有姿有色的风景就贪心划进自己的公园领地，即使马不停蹄仍未能尽览全景。

沿海岸线向南，离我们最近的又一风景圣地就是1980年刚刚喷发过的圣海伦火山遗迹。绕过一条滚满岩浆的河床，我们来到了圣海伦火山的面前。那是一种无法形容的悲壮，巍然挺立的圣海伦火山被横空削去了山顶，大自然的神威笼罩在方圆几百公里的土地上。在这里，你不会想到“人定胜天”，你只有相信：大自然才是世界的主宰，它有自己古老而蓬勃的生命，它独特的轮回和成长不是人类所能想象。在这片燃烧过的土地上，我们围绕着圣海伦火山整整跋涉了两天，看那沉埋在泥浆中的老树，听那风声里野花与小虫又开始了生命的歌唱。挺立在山坡上的白色树干顽强而沧桑，半池湖水飘满奔涌的圆木诉说着当年的惨烈。最让人感叹的是走进一片开满紫色鲜花的废墟，残断的树根如同一个个壮烈的雕塑，然而如火如荼的绚烂生命正宣告着希望的来临。面对这生死相依的奇特景观，忽然觉得从此以后面对灾难可坦然而无惧，因为我们的世界就是在这冰与火、生与死的轮回中才真正获得了永恒。

脚上残留着圣海伦火山的烟火气，我们竟走进了华州与俄勒冈州的绿色界河——丰饶的哥伦比亚河。这是一条温暖的母亲之河，小火车在河边奔驰，轮船从树影中穿过，一道道托着彩虹的瀑布从山涧上飘然落下，宿营的灯火就在天桥下的草地上。那一夜，我们就面对着微风撩人的河畔，拥枕侧望星斗，享受着自然与人的鱼水相依，再想到自己的生命也是故乡河水的滋育，恍恍然仿佛回到了渭城朝雨的灞柳桥边，心里默默念起一句遥远的古诗来："不知何处是他乡"！

从哥伦比亚河再折向北，就是华州人最引以为豪的雷尼尔山冰川雪山国家公园。车子峰回路转，就远远望见雪山迎面扑来的雄姿。正午时分我们赶到了著名的天堂峰，眼前立刻出现了一副奇妙的画卷：美丽的雪山静静地倒映在湖中，天色蔚蓝，森林葱绿，野花撒缀在无波的水边。我在想：如果没有湖水，雪山就会寂寞，如果没有森林，野花不会显得如此娇艳。独一无二的雷尼尔山啊，你却正是这大自然最完美的造化！

八月的骄阳映照着皑皑雪山，格外醒目，我们走在通向冰川的山路小径上。身边的草原各色野花在竞相开放，蓦然回首，身后竟已是莽莽大山。第一次感受到"走"的乐趣，走在纯净的山风里，走在绝尘的心境中。终于，走进了八月的冰雪，脚下传来嘎嘎的踩雪声，那是久违了的童年歌谣。面对这近在咫尺的世纪冰川，你会想到地老天荒，想到沧海桑田，想到真正的永恒。多少年了，于红尘中的我今天终于来到了圣山面前，无言心中只有膜拜。

舍不得离开这巍峨峻拔的圣山，我们又在一个艳阳的清晨从东面登上了维尼亚山的峰峦，海拔四千多米，远处的地球是圆的，从山脊上可以俯瞰围绕着太平洋的火山群貌。信步走在这郁郁苍苍的大山里，神清目爽，血脉畅通。我突然地明白：登山也有几重境界！少年时登西岳华山，是英姿探奇，得意于"到此一游"，哪里识得人间愁滋味；青年时登香火五台、峨眉，矫情长叹，"为赋新诗强说愁"；成年时攀走庐山、九华，觅古寻迹，物我交融，附庸着自己的浪漫情怀；直到远走他乡，再临峡谷崇山，豪迈中欣赏的是自己的信心。然而今天，淡泊宁静的心再一次面对这亘古不朽的大山，平生第一次刻骨感受无我之境，雄浑的自然如此炫目，人的生命其实只是大自然轮回轨道上的点点尘埃。我们所能拥有的就是了解自然、保护自然、顺从自然。

最后告别雷尼尔山是在西雅图城的制高点——高耸入云的“太空针”旋转餐厅上。窗外的摩天高楼下是熙来攘往的芸芸众生，远处正是苍凉孤寂的雷尼尔山，这远近的呼应无疑是宇宙间最生动精彩的壮景。我手里捧着刚从农夫市场买来的鲜花，知道生命的轨道不可逆转，但生命的色彩却掌握在自己手中。

八千里路云和月

五月的母亲节，康乃馨在清晨的空气里悠悠飘香。作为天涯游子，想要为远方的母亲拍一组异国的风光。晨雾散去的时刻，车轮开始启程，目标就是那惦记多年的帝国之州。

从德克萨斯往东，先穿过路易斯安那州的沼泽长桥，跨过密西西比的宽阔牧场，又越过亚拉巴马州的伯明翰，直抵田纳西州的亚巴拉契亚山脉。再掠过美丽的大雾山国家公园，茫茫夜雾中峰峦隐现。从田纳西往北向东，正是亚巴拉契亚山脉最壮观迷人的风景，与西部的洛矶山脉迥然不同，前者苍翠蜿蜒，秀美如春，后者苍凉雄浑，昂然自若。最让人留恋的是弗吉尼亚州内的一段山脊，两旁江山如画，眼前绿草山花，夕阳下的山林闪烁着醉人的酡红，弯弯山路的尽头却是一抹炫目的金黄。据说这一带是美国民俗文化的心脏，走过那些山居的人家，一轮硕大的圆月伴随着我们踏进了华盛顿城的灯火。

首都华盛顿就气宇轩昂地坐落在无边的花园之中，白宫虽然壁垒森严却天天向游人开放，国会大厦巍峨庄严则任由百姓出入。林肯、杰弗逊老总统的纪念堂个个傍湖而立，整个城市以那剑刺云霄的华盛顿纪念碑为轴心而旋转辐射。我们时而进入参议院大楼参观，时而迈进国家档案馆辨识那手草的“独立宣言”。待到五角大楼，海陆空将士正值归家。一脚踩进爱灵顿国家公墓，暮色里肯尼迪总统墓碑上的那一丛不灭之火仍在熠熠燃烧。

大雨中告别华盛顿，一路经过巴尔的摩，再横跨费城，由新泽西州进入纽约。远远瞧见曼哈顿岛上林立的高楼，热血顿时沸腾起来。先登上纽约世界贸易中心的107层，极目远眺，整个纽约城尽收眼底：帝国大厦插入苍天，洛克菲勒中心与白云并驾，华尔街上的人流，时代广场的喧哗，中央公园的绿树浓荫，42街的霓虹灯闪。远处的湖心岛上，自由女神傲然屹立，她的额头上正站满了观光的人群。

走进纽约市区，人人来去匆匆，着装时尚的女士也一路在电梯上小跑。大街上的人个个表情严峻，无暇客气地问候。古老的地铁在脚下轰鸣，黄色的计程车在路上争先奔驰，步行的人到处穿梭。真正有趣的是股票交易所门前的不少老美如今竟然也会讲几句中文，世界贸易中心的豪华顶楼上却在出售着一美元一件的中国衬衫。

由纽约城向北，前方便是美国人引以为荣的西点军校。因为是周末，未能看到操练的景象，却见的骄子们在尽情享受河边的草地阳光。闲谈中知道他们都是保荐的优秀生，命运都是掌握在国家的手中。在巴顿及艾森豪威尔将军的塑像前合影，看他们脸上洋溢着历史的荣光。在大炮与鲜花辉映的山坡上，听到苏格兰的军乐，美丽的哈森河环绕着庄严凝重的城堡，阳刚与柔情是“西点”的风光，也是“西点人”的风情。

继续向东挺进，路两边的秋叶红黄间染，诗人惠特曼歌咏的新英格兰就到了。

夕阳中踏进波士顿城，第一眼看到的正是哈佛大学，可是地图上明明标着这一片就是哈佛大学，眼前却是熙攘的街道，更有“香港”字样的中餐馆立在路旁。恰好身边走过一个中国学生，赶紧欠身打探：“哈佛大学在哪儿？”小姑娘眼睛一圆：“这儿就是哈佛！”心里这才明白：哈佛大学原来就是一座开放的小城！离哈佛不远，就是麻省理工学院，不看还好，完全不是心中想象得那般神圣。波士顿的城区道路纵横交错，新旧建筑错落有致，一座古老的市府旧楼夹在摩天大楼的中央，彪炳着波士顿作为“独立革命”发源地的光辉。

东部行的最后终点是位于美加边界的尼亚加拉大瀑布，浩浩荡荡的五大湖激流汇聚于此，一路奔腾，陡然间在断崖边落下，那千军万马之声势，为我们东部行的“八千里路”谱写了一曲波澜壮阔的乐章。

美国山川多产“大片”，大峡谷，大瀑布，均可谓造化尤物，相比起中国的亭台楼阁则更显得原始的粗犷奔放。

人生苦短，随风远游。天地悠悠，并不苍凉。

飞过纽约

生命中有一种情感是说不清道不明的， 那是对人。 然而， 对于某个地方， 那种爱恨交加的情感也是很有些说不清道不明的， 就比如纽约。

太多的人写过纽约， 阳春白雪的纽约， 下里巴人的纽约； 中国人的纽约， 外国人的纽约， 读得我几乎不再敢去纽约。 不是怕迷路， 而是担心那文字中积淀的想象在现实的逼视中骤然幻灭。

从前有一部畅销的书叫《曼哈顿的中国女人》， 那个虚夸浮华的故事后来被人们厌弃了， 但很多人却从那个女人的故事里知道了纽约是一个能够创造生命神话的地方。 一个城市的魅力， 在我的眼里， 首先是能够让人的生命在创造中升华， 给生命一个展现神奇的舞台。 这就是纽约！ 曼哈顿的高楼固然如水泥森林， 冰冷而充满压抑， 但这个城市， 是缔造英雄的地方， 这里是谱写传奇的战场。 生命在这里不会萎缩， 人性在这里放射光华。

后来， 我们再看到一部叫《北京人在纽约》 的电视剧， 那里的纽约忽然充满了挣扎和温柔， 犹如一杯多层次的鸡尾酒， 除掉那清亮绚丽的上部， 我们看到了沉淀在下面的苦涩和黏稠。 纽约是残酷的， 一个生命的种子撒落在这里，没有雨水给你滋润，没有春风为你吹拂，你的生长全在自己孕育的能量。一个城市，最可怕的不是要消灭你，而是充满冷漠。纽约，给人的感觉就是在阳光下也感觉并不温暖，人流滚滚却陌然无比。

我心中的纽约，其实是文学及电影里的纽约。

2003年的夏天，那是“九一一”之后的第二年，忽然决定飞向纽约。

力与美的交响

飞机落下纽约城的时候，正是血色黄昏。脉脉的斜晖将这座钢铁铸成的城市笼罩在柔黄的光线里，不是那么炫目，却显出斑驳层次的分明。我们乘火车进入曼哈顿市区，久违的滚滚车轮让我不禁浮想联翩。西岸的旧金山，走近她就好像走进一幅山水人文画，而走近纽约，则感觉有豪迈的英雄之气。经历了“九一一”惨痛的纽约人，没有被灰飞烟灭所吓倒，纽约的气韵不仅仅是勇敢，而且是百年积淀的那种摧不垮、打不败的钢铁般的意志。我忽然明白：纽约是一个力与美交响的城市。

我喜欢走在纽约的街道上，不是赶路，也没有目标，而是在悠然闲散地踱步，看那高楼下折出的层层阴影，在这阴影里，欣赏的是瞬息万变的万种风情。那天，就漫步在曼哈顿中心名店云集的第五大道上，身旁的人个个走得好匆忙，而且表情严峻。我忽然发现，纽约的人胖子很少，也很少驼背，男女老少地挺胸昂首。胖子少大概是因为纽约的人走路多，不驼背，大概是纽约人常常仰视高楼所致。我有些腿脚累，身后正是纽约的公共图书馆，亭子里要了咖啡，靠在铁椅子上歇息。因为高出地面些许，看人就格外有情致。左边走来一位优雅的老太太，竟穿了一袭水红的长裙，上面搭了一件白色的披肩，醒目而风姿绰约。她显然是纽约的老客户，深知时尚的内韵，看样子是要赶什么约会，属于那种绝不苟活到老的一类。忽然在她身后，竟有一赤膊的大汉推车当街，那上身竟是全裸的，肚子上松弛的肉就随着脚步的节奏震颤，很是惹眼。大汉是颇有胆量的，全然不顾四周鄙夷的目光。显然，他对这纽约就没有前面的老太太热爱，他才不要为这第五大道的无限风光贡献自己的微薄之力。

看着看着，下起零星小雨来，街上的女人都加快了碎步，我这才发现，今年的姑娘们原来流行的是中短的荷边儿裙，透明的薄纱罩在深色的衬裙上，臀部的曲线突出，皱起的花边贴着小腿。我这才恍然怎么最近所有商店里的裙子都修成了不长不短，这时尚的魅力真是锐不可当。

感受纽约，不能不去时代广场，而且一定要等到掌灯时分再上路。记得早年来纽约，出了地铁的口怎么也看不见“广场”，问人家：“时代广场在哪儿？”“就在你脚下！”真是让人尴尬。这次有了准备，接近路口时就开始左顾右看。所谓的“时代广场”，实际上是楼面广告的广场，几条说不清东南西北的街，正夹击着几座斜面几何状的楼，这就出现了临街交错遥相呼应的几面世界上最贵的墙。那高墙上展示的广告都是富可敌国的品牌，在这高墙上争奇斗艳，显示着自己君临天下的商业地位。我的惊喜是在蓦然回首之中，竟看见了中国南方制药厂的“三九胃泰”，它虽然立在不显要处，但那“999”三个字毕竟表明中国正在走进“时代广场”。

夜晚的时代广场真是一座绚烂的不夜城，走在灯光的海洋中，触目皆是流光溢彩的画面，广告艺术的设计在这里达到登峰造极。拥挤的人流多是世界各地的来客，间或也有小贩的叫卖，人们感受的是那种热闹的兴奋，在喧嚣中体会着大都市的强劲搏动。

会当凌绝

俯瞰纽约，最辉煌的时候是夜晚。很想去看看世贸大楼的遗址，那擎天的双柱倒塌后又是怎样一番景象。但一想到数千曾经化作血肉泥浆的生命，肝胆俱寒，不忍前往。于是带小儿直奔帝国大厦，这曼哈顿岛上最富传奇的摩天大楼。

排在夜晚准备登楼的人群中，密匝匝的人头在缓慢地移动。我忽然想起电影《西雅图的不眠之夜》里的精彩镜头，那男主人公为了最后一次决定性的浪漫约会，带着儿子疾步登上帝国大厦的顶楼，印象里好像他没有排这么长的队，也许导演的判断是那天并没有太多想登楼的人。倒是凯瑞格兰德演的那部爱情电影更感觉真实可信，女主人公为了那个等待了一个世纪的约会向帝国大厦飞奔，结果撞倒在对街的车水马龙中。

登楼的节奏很慢，我们在途中特别选择了一个“飞临纽约”的模拟空中电影节目，坐上特制的摇动椅，系上保险带，眼前的屏幕上是飞翔在纽约的上空。“飞机”忽而驶向水面，忽而穿进城市，惊险中带领我们欣赏着纽约之最。开心的是“飞机”竟然能冲进人群，放映厅里响起一片尖叫声。

终于登上了帝国大厦的顶楼，外面的风忽然强烈起来。我们居高环视，纽约的心脏就在脚下充满了力度地跳动。放眼眺望，这个七百八十平方公里的美国东海岸“大苹果”，如今拥有着一千八百万的人口，从而创造着世界都市的神话。伧然回首，斑驳历史的纽约，从 1524 年意大利人的首次涉足，到 1609 年英国人的朔河探险，再到荷兰人的抢先开拓，英国的再度占领，直到独立战争时成为临时首都，这块土地曾演绎过多少如泣如歌的风云故事。此刻，我的耳畔没有音乐，心里却有悲壮激昂的旋律。世贸大楼虽然倒了，但无损于这个钢铁般的英雄城市，纽约真的是打不败、摧不垮的，海上有“自由女神”的守护，近旁有哈得逊河的滋润，历史已经注定：这是一片注定了要缔造辉煌的土地。

美的怀想

纽约的魅人除了她的“力”，还在她的“美”。抵达纽约的第二天，趁着早上的阳光，我们去了北美最负盛名的艺术博物馆——纽约大都会博物馆。

说起艺术博物馆，那是我们的最爱。如果一个城市，没有了一座闻名遐迩的艺术馆，就好像皇冠上缺少了那个闪亮的明珠。想当年去巴黎，罗浮宫、凡尔赛宫、奥赛博物馆、罗丹、毕加索艺术馆，高潮迭起，流连忘返。纽约的大都会博物馆，虽然还不能登上世界级的宝座，但在北美，已算是艺术收藏之冠。

走过罗浮宫，再走进别家的任何艺术馆，感觉就是“曾经沧海难为水”。罗浮宫的收藏是满溢得让人几乎不能喘息，记得那置放罗马雕塑的大厅简直就是一座密密实实的艺术仓库。然而，走进大都会博物馆的展厅，虽然已是非常宏伟，但我的感觉里还是有些空旷稀落，一条长廊到底，就是雕塑类的全部精华。但是，这样的艺术节奏正可以让我们在其中舒缓地徜徉。找一处座椅，静静地感受环绕在身旁的千姿百态，想象历史，怎样将这样的艺术酿造。

大都会博物馆给人最震撼的是它收藏的一座完整的埃及神庙。峰回路转，忽然进入一座空旷的大厅，一汪人造的清泉横在眼前，后面耸立的竟是一座真实的埃及古神庙。我们能够走近神庙，细细端详那巨大的石头上所镌刻的花纹图像，虽然不能懂，但那古老的智慧信息已完全展现。

可以想象，这座由埃及人馈赠的神庙是经过了怎样的跋涉才来到了我们的面前。

任何一个博物馆，收藏不一定要全，但要有自己的独家特色，大都会博物馆深谙此道。走进非洲艺术馆区，几乎每件藏品都令人惊叹不已。神秘的图腾立柱排列在森林之中，长达百尺的独木舟行驶在幽深古老的河道，驱鬼神的稻草蓑衣夜幕下威严成阵，更还有非洲人当作武器用的雕刻得极精致的长矛。我完全被困在这古老神秘的艺术宫殿之中，感受着人类原始之美。

除了非洲艺术馆令人印象深刻，欧洲馆也是高潮迭起。在绘画的展厅，我所喜爱的莫奈、德加、高更、凡·高、塞尚等都几乎是一人一馆。虽然我们曾在荷兰的阿姆斯特丹的凡·高艺术馆欣赏过他生平最多的作品，但在这里还是发现了意外的惊喜。尤其是塞尚，这里的收藏作品竟然包含从人物肖像到水果静物、再到风景描绘，完整地展现了塞尚的艺术风貌。

都说罗浮宫有三件镇宫之宝，大都会博物馆内真的还没有能和维纳斯雕像、蒙娜丽莎画作平起平坐的藏品，但它所收藏的欧洲盔甲、中国的巨幅壁画也都堪称一绝。登上博物馆的楼顶花园，印入眼中的就是曼哈顿最美丽的风景画卷，郁郁的森林中高楼星罗棋布，俨若海市蜃楼。因为滤过了都市底层的芜杂，画卷呈现了绮丽、恢宏的气象，是人间，又仿佛不是人间。要一杯饮料，品一块甜点，坐在艺术品的身旁，欣赏这纽约升华后的风景，这时候，你对纽约的感觉温柔得如同一首缠绵的诗。

舞台魔幻

来纽约前，我们曾问六岁的小儿：“你最想在纽约看什么？”他毫不犹豫地回答："想看百老汇！" 那时候百老汇正在上演《狮子王》，盛况空前，尽管每张票价高达百元，我们还是在网上努力求购，结果却未能如愿，连站票也没有。无奈只好求其次，买到了《美女与怪兽》的一等票，希望能满足孩子飞来纽约的最大心愿。

百老汇真的是纽约的骄傲。那一个个精致典雅的小剧场就分布在时代广场的旁边，我没有细数，大约也有几十家吧！在美国的舞台艺术史上，百老汇歌舞剧一代一代地盛演不衰，其中的奥妙必须身临其境才能真正得以感受。

我的惊讶是闻名天下的百老汇剧场，其大门的入口却是非常的狭小，她的不起眼足以让逛街的人不小心错过。门口的海报也是非常简陋的，毫不张扬，但这里的演出却是场场爆满。有多少观众是不远万里，从地球的四面八方而来，为的就是看一场真正的百老汇风格的演出。

找到《美女与怪兽》的剧场，将近七点，门口的队伍排起了长龙，带着孩子的并不多，倒是成年观众兴致勃勃。一个戴着鸭舌帽的小伙子在人群中兜售着单支的玫瑰，附送一张精美的节目画册。剧院里的空间实际上并不宽绰，我的感觉好像瞬间回到了二十世纪五六十年代，战后富足的美国人云集在百老汇的剧院里，他们深深地沉浸在欢快风趣的舞台前，笑声与歌声汇聚成一波一波的潮水。应该说，百老汇歌舞剧是美国文化独特的创造，通俗易懂而欢畅淋漓、幽默诙谐而充满智慧，歌的活泼、舞的生动，如此贴近生活，与观众息息相通。不是说美国人就不喜欢那高雅的咏叹调歌剧，毕竟只是少数人的欣赏趣味，绝不像百老汇歌舞剧这样雅俗共赏。

《美女与怪兽》是美国家喻户晓的一个经典故事，然而在百老汇的舞台上，却创造了一个歌舞世界的奇迹。美丽的乡村姑娘深爱她的父亲，父亲却不幸落入暴虐的魔王之手，为了拯救父亲，她答应嫁给怪兽魔王，于是演绎了一出惊心动魄的美女与怪兽的爱情故事。编导的奇妙创造是在"魔宫"世界的想象，舞台上的每一个道具都成为活生生的个性形象，高大烛台的潇洒，低矮座钟的憨厚，优雅茶壶的仁慈，妖娆扫帚的伶俐，都成为推动故事情节发展的主要动力。他们生活在“怪兽”身边，围绕在姑娘的身旁，以他们的机智和爱心温暖着这个寒气森森的古堡，推动着“怪兽”向“人”的转变。剧中最让人难忘的场面是那第一顿晚餐，刀叉起舞，盘子缤纷，地毯翻卷，餐巾飘扬，整个舞台呈现出视觉的辉煌，绝妙的音乐和舞蹈汇聚成一个欢乐的海洋。我真的深深地被这场景感染、打动，百老汇以她独特的舞台想象力折服了每一个观众，独具匠心的艺术主题，精心塑造的舞台形象，都显示出她无可取代的艺术魅力，而这种感觉只有身临其境，才能真切地体会到。

走出剧场，外面竟飘起细雨，时代广场的霓虹灯依然在绚烂地闪烁。我们没有雨具，漫步在雨中，不忍归去。夜色已晚，出租车变得稀少，小儿迎着雨走在前面，昂首为我们寻找着地铁的入口。孩子那天晚上特别兴奋，衣服被雨水完全浸湿，头脸一片水光，眼睛里却是笑的。我想，那是百老汇给了他一个小小的满足。

访“彼岸”

这次飞临纽约，先生的心愿是看大都会博物馆，儿子的心愿是看百老汇。对于我，却是访问纽约的《彼岸》人。

《彼岸》是一本中文杂志。一年多前，我在自己经营的华文书店第一次收到这本新创刊的精美绝伦的综合性华文杂志，喜出望外，捧在手上，激动的心久久不能平静。在美国，华文报纸经过了半个多世纪的耕耘，终于挣扎出了一条通衢大道。然而，办华文杂志，却一直为勇者惧，不是没有尝试者，而是没有人能长期亏本经营。《彼岸》，却是以月刊的雄姿在纽约昂然诞生，其印刷的精美，主题的鲜明，风格的活泼，堪称北美目前最夺人眼目的文化大刊。

我喜欢读《彼岸》的编辑手记，喜欢他们的焦点新闻深度报道，喜欢各类作家的随笔散文，也喜欢他们蕴含的艺术品位。我相信，在《彼岸》的背后，一定站立着几条汉子，他们是如此无畏，如此赤诚，如此智慧，如此奉献。自从看到第一本《彼岸》的时候，我就想一定要找个日子，到纽约会一会这图文背后的《彼岸》人。

进城的火车还在风驰电掣，我便打电话给《彼岸》的发行人刘予建先生，他那略带南方口音的普通话清晰地传来，晚上即约好了《彼岸》的同仁与我见面，他们将到我住宿的旅馆门口来接我。

这次北上，为了与《彼岸》人交流的方便，我特别把夜宿的旅馆定在曼哈顿老城的唐人街口，距离《彼岸》的编辑部就一箭之遥。此刻，我站在旅馆的大门外，看见一辆面包车缓缓在街边停住，走在前面阔脸长眉的青壮汉子正是刘予建，旁边是他们资深的总编辑宣树铮先生，依次是副总编王威、执行责编洪浩。他们叫我上车，浩浩荡荡地驶过布鲁克林大桥，纽约在他们脚下似乎熟稔得如同在自家门口打转。原来，他们是不想请我在就近的唐人街油油腻腻的中餐馆聚餐，特别绕到曼哈顿城外的一处灯火通明的商业广场，那里正有一家干净又明亮的自助中餐店。

觥筹交错中，我定睛端详眼前的这几位撑起《彼岸》一片天的汉子。宣树铮是北大中文系的老高才生。因为生命里太坎坷，性格里就有悲剧的底色，不是那种容易欢快起来的人，但他对文字的感觉非常独特，忧郁的眼睛里永远闪烁着文学人真诚的火焰。王威是个北京“小伙儿”，看上去温文尔雅，也是中文系的出身，满身散放着现代文人的智慧气息。洪浩则是我常在杂志上看到的名字，他不愧是学新闻的，写的访谈原汁原味经久耐读，小伙子看上去傲然自信，正代表着《彼岸》的一方精神特色。唯独予建先生给人的第一印象是憨厚而温雅，但提起他办杂志的故事，倒叫我掬了一把感动的热泪。

说起来，予建先生也是文人出身，在美国学的是新闻出版，但为了生计，多年来他从事的是保险业。夫妻俩苦干了八年，有了一笔积蓄，予建就想实现自己早年的出版梦。他的妻子很伟大，家里房子不买，车子不换，孩子不生，就开了一张二十万的支票给刘予建。于是，就有了今天的《彼岸》。我自己因为作过中文杂志，知道其中的代价，在美国，华人世界的文化生存土壤还不是很肥沃，还需要孤独的先驱者无畏地跋涉前行。所以，蓦然看到《彼岸》人如此义无反顾，如此慨然地大手笔出击，我真的很为他们骄傲，也为他们捏了一把汗。

与《彼岸》杂志的几大金刚告别已是灯火阑珊，予建先生送我们返回曼哈顿。路上他特别绕到第五大道，让我们看一下曼哈顿的夜景。洪浩先生堪为“新闻人”，一路指点，叫我们眼花缭乱，显然他对纽约的主流文化已有不同寻常的理解。临别时，副主编王威先生告诉我他正在纽约的“华声”中文电台主持一个“彼岸”时段的节目，很希望采访我。于是，我答应了他翌日再访新华阜“法拉盛”。

去法拉盛，是我来纽约的一个潜在心愿。已经不知道在多少个故事里读到过“法拉盛”这个名字，新一代的华裔移民，在这片曼哈顿外城的土地上正谱写着一个个苦乐悲欢的生命故事，开辟着纽约新华人求生存的战场。

那个上午，阳光出奇明亮。我们乘坐六号地铁，直奔法拉盛。出了地铁，我的眼前涌动着密流的人群，还以为自己是走出了中国的哪个火车站。我的惶惑还来不及回味，接我们的王威先生正逆着人流，笑眯眯地阔步走来。

法拉盛如今是纽约的新中国城，如果说曼哈顿的老唐人街主要是福建老移民的天下的话，那么法拉盛则是各路新移民的云集地。王威介绍说：你只要仔细倾听这里人说话的语言，就可以辨别新移民的成分所发生的变化。还真是，我们在路上听到的有广东话、福建话、四川话、上海话还有北京话，满街的商品琳琅满目，食品超市、中餐馆、各类礼品店鳞次栉比，显然比老唐人街的店铺明亮又繁华。王威感慨地说：都说美国经济不景气，这对法拉盛就没什么影响，中国人以自己的方式养活自己！

那天我们一起为纽约的一家中文电台录制访谈节目，王威的访问话题温馨而广泛，诱导我畅谈海外创作及从事文化事业的种种感叹，我们的配合非常默契。想到我的声音第一次在纽约与华人朋友作空中交流，这让我的心中充满了异样的喜悦。

告别《彼岸》人，挥别法拉盛，我们就要对纽约说再见！短短二天，浮光掠影。纽约依旧是那般迷离和苍茫，郁郁葱葱的中央公园还是那样的望不到头，曼哈顿的水泥森林在阳光下还是那般清冷，法拉盛的街道还没有被我们的足迹暖热，四十二街的红灯骤然消失的变化还未及看得明白，还有那计划中要探访的格林尼治村仍然是夜色迷离……然而，纽约，你就像海岸上耸立的礁石，浪水一遍遍走近你却也无法触摸到你真正的心脏。

轻轻地我走了，正如我轻轻地来！我轻轻地挥手，带走你几片云彩。

波士顿畅想

记得刚来美国时，我最向往的城市就是雄踞在新英格兰地区的波士顿。她是美国东海岸的文化名城，拥有威震天下的哈佛大学，还有那郁郁葱葱的森林以及诗人惠特曼歌咏的那秋天里烂漫的红叶。然而，命运的波折却让我驻留在了墨西哥海湾的边城休士顿，而且一留就是十年。波士顿就成了心底里一个永远的怀想，时时牵动着我的思绪。

数年前，曾约友人一路驱车畅游美国东海岸，取道华盛顿，穿越波士顿，直抵美加边境的大瀑布。那时的我，身无牵挂，青春气盛，就觉得心中的波士顿城怎会如此局促，高速公路上一个眨眼，就打了个来回。更有那圣殿一般的哈佛大学，熙攘的小街竟全无肃穆之气，颇让我有些失望。记忆中留下的倒是那市区内查理斯河畔的早年“茶党”遗址，让人遥想起当年的先驱者为摆脱英殖民所付出的血汗。而那由贝聿铭老先生设计的肯尼迪纪念馆也给人留下深刻的印象。

“波士顿，对不起！”我在心里轻轻地叹息。你不是那一眼望去的风华绝代，你的成熟和智慧，你的高贵内敛的风姿，怎能容忍我如此匆忙的脚步。我在心里呼唤：“波士顿，我还要再来看你，在微醺的森林传来的风里，仔细地倾听你来自历史深处的回声，在清亮的阳光下，触摸你富足的文化之魂。”

再访波士顿，是今年的八月。暑期的最后日子，全家人带着酝酿已久的心情，郑重地飞往波士顿城。这一次，我的感觉不再是一个匆匆的过客，而像是久别重游。

教育天堂

二十年光阴一弹指，与当年西大的老同学相见，还是有些不能相认，但声音一脱口，就立刻回到了从前。她的家住在波士顿的郊外，幽静弯曲的小路通向一个森林环绕的住宅小区，红砖的两层楼房掩映在花草树木当中，前面是宽阔的草坪，推开后门的凉台，竟是高耸云天的森林。

在朋友的眼里，波士顿最令人骄傲的是教育。遍布在丛林深处、清幽的私立学校，个个在美国闻名遐迩，这里的人，读私立学校已成风气。说起私立学校，其意义不仅仅是因为学业的优良，更在于为孩子们建立起一个良好的社会环境。我们的孩子尚小，让我更关心幼童的教育。朋友告诉我们，他们的孩子正在小学，课堂因材施教，即根据每个孩子的特点专门施教，尤其是在心理学上的培养也是从幼儿做起。老同学为了让我们深刻感受，第一天就带我们去看那气势不凡的波士顿儿童博物馆。果然，那是我在美国看到的最具规模的儿童知识乐园，好一个寓乐于教，孩子们高兴得乐不思蜀。但最让人我惊叹的还是波士顿的自然博物馆，完全是为孩子们所建，从天文到地理、从人类到动物、从地球到星球、从光电世界到生物医学，人类所创造的知识世界在这里几乎是囊括已尽。

再一次来到哈佛大学，她永远是那样波澜不惊地坐落在查理斯河畔。依旧是从前的熙熙攘攘，依旧是从前的热闹人流，我还是分不清迎面而来的究竟谁才是哈佛人。走过了英国的剑桥，才知道哈佛的散漫，两个校园恍若是欧美文化的缩影。哈佛的街道如今早已让给了远方慕名而来的游客，漫步在围墙里的古老校园，昂然参天的树伸向云天，百年的草坪永远是那般翠绿，哈佛先生的雕像巍然地坐立在古老的大楼前，他那须仰视才见的足靴因为被无数的人触摸，已褪掉了漆色，露出了金属的灿黄。我们鼓动着六岁的小儿也去用他的小手触摸，告诉他摸过了就会有机会来这里上学。孩子却仰起小脸："这个学校怎么这么旧啊！"

来哈佛上学，对于华裔早已不是什么神话。在休士顿，几乎每年都有成绩优秀、学有学长的中国孩子考进哈佛大学，就是在中国本土，也已经涌现过多少个幸运的"哈佛女孩"！所以，走在哈佛的小路上，迎面的东方面孔频频闪过，颇让我自豪。我亦知道，在这个校园内，还有我心仪已久的中国教授，有闻名海内外的燕京图书馆，但天色已暗，不能久留，遂在车窗内向哈佛说再见。

老同学告诉我们，波士顿一带的大学比哈佛漂亮的有很多。说话间，趁着夕阳，他车头一转，带我们奔去一座优雅的小城，那城中正坐落着一所古色古香、静谧肃穆的大学，友人指着说：这就是他曾经任教的著名私立大学波士顿学院。

因为是一所教会的大学，校园的建筑非常典雅壮观，恢宏的气势令人肃然起敬。我忽然在想，哈佛实在是离市区太近，她实在应该建在这样静谧优雅的郊外。我们在校园里信步徜徉，走近湖边，忽遇一散步的老人，目光安详亲切，不知他何等身份，但肯定与这校园有特别的情感。他看着我们身旁雀跃的孩子，忽然问他们："你们将来长大，想不想来这里读书？"孩子们天真笑答他："还不知道呢！"老人的眼中闪过一丝期盼，让我蓦然地感动。

知道我们喜欢看波士顿的校园，翌日，老同学特别请了假，带我们前往宋美龄、冰心曾经就读的名校——卫斯里女校（WELLESLEY COLLEGE）。

“卫斯里”的名字就犹如一首经典的诗，少时默诵，直至中年，渐成梦幻，如今竟真的寻到了这悠远的谜底。女校坐落在波士顿南郊的一个僻静的小镇上。校门口的草地上只竖着一个朴素的且不显眼的牌子，一派内蕴深邃的典雅。卫斯里堪称美国东部私立女校当中最著名的历史名校，仅从这里走出的中国女性就有宋美龄、谢婉莹（冰心），更不用说美国鼎鼎大名的克林顿夫人希拉里。

多想看一看这历史烟云中的风景，我的心充满了朝圣般的虔诚。轻轻地踏进校园的小路，并不见所谓名校的富丽堂皇，眼前所见是石子铺就的小径，旧色砖瓦的楼宇，草甸上随意开放的野花，还有河畔上灌生的树木。唯有那温柔如诗的微风拂过脸面，似乎在告诉我这里曾经发生过的那遥远的如歌的故事。

最让人惊喜的是走进学校信息服务中心的档案馆，那负责档案管理的伯瑞女士知道了我们的来意，一瞬间就拿出了当年宋美龄就读时的学年纪念册，让我们带上白色的手套，一一翻看那些20世纪初留下的珍贵倩影。她还告诉我们，可惜当年的宋庆龄、宋蔼龄姐妹并不在此校读书，否则那将是多么完美的历史存照。我们仔细地端详着照片上的宋美龄，她齐耳的短发，一脸的学生气，表情格外端庄，一看就是非常有个性的女孩。不过，其中最夺目的照片，还是宋美玲“二战”时代表国民政府访美的风采，她在国会精彩演讲，她的校友们环绕在她的身旁。她是那样超然出众，那样雍容典雅，从一个女性的形象展现出一个泱泱大国的风范，真让人为她骄傲。卫斯里学院也以“蒋夫人”为荣，在这里设有以宋美龄命名的基金会，向母校回馈。

伯瑞女士也为我们找出了冰心女士当年的档案夹，上面是用英文写着“Xie Wanying”，可惜里面的资料已存往校友会的档案处，没能看到冰心少女时的照片。我们问伯瑞女士：“为什么不在卫斯里建造一个名人纪念馆？”伯瑞女士的回答让我们非常感慨，她说：“因为很难对‘名人’的概念下定义啊！”是啊，在这个世界上，究竟谁是名人，怎样的人才是名人？卫斯里的百年骄傲并不在于她培养了多少政坛要员、文坛宿将，也不在于她培养出多少个“第一夫人”，她的宗旨是要培养出各行各业真正优秀的人才！

徜徉在卫斯里的校园，夕阳下漫步向湖边走去。一条幽幽的小河横在眼前，石板砌成的小桥俨然是百年前的样子。坐在青灰的桥栏上，想象着当年的宋美龄、谢冰心一定常常在这里驻足，凝望那缓缓流动的河水，或怀念远方的亲人，或思虑着自己的挚爱。我深深地吸进一口清凉，隔着将近百年的岁月，我虽然已寻觅不到当年丽人的芳踪，但脚下的土地摩挲着我的足底，仿佛可以听见那来自遥远的歌谣。

卫斯里的湖真让人留恋，清幽静谧，诗意优雅。校园里并不见熙攘的人，闲散的阳光从树梢上泻在茵茵的草地上。我们沿着湖畔的小路前行，那一排排艺术雕塑般的高大松树感觉就是守护着少女的英武仪仗队，伏在白玉栏杆远眺，水波涟漪，身旁是开放得妖娆灿烂的黄花，点缀着这伊甸园般的温馨世界。

挥手向卫斯里告别，我有些眷恋不舍。车子穿行在郁郁丛林之间，遥望窗外，开始真正的理解美东这块丰饶的土地何以被人们誉为是美国的“文化中心”。教育，是一个民族文化建设的灵魂，这个灵魂，需要的是历史的积淀。

登高俯瞰

住在波士顿旁，好想登高俯瞰波士顿城的全景，恰好友人就工作在那城中心最著名的摩天高楼上，给了我们一个登高俯瞰的机会。

穿过花团锦簇的街道，走近一座石砌的古堡式的大教堂，相邻的竟是那名闻天下的由贝聿铭老先生设计的斜面玻璃大楼。

跨进贝聿铭设计的大楼，电梯缓缓而上。因为是周末，公司里空寂无人，正好由着我们沿着玻璃窗环望。先入眼帘的是绿草茵茵的中央公园，虽然没有纽约中央公园那样的广阔，但据说这却是美国大都市中所建造的第一个中央公园，意义不凡。波士顿的美丽在于远望有海，近望有河。蜿蜒的查理斯河雍容大度地从城中流过，河水温柔平静，如少妇般的端庄，俨然是这个城市的血脉。那河畔上就坐落着举世闻名的哈佛大学。

友人所在的公司是波士顿的一家实力雄厚的证券交易公司，老板是自己创业的年轻人，管理着巨额的资产。公司的墙壁上悬挂着一幅幅价值连城的油画艺术真迹，一问，才知这些艺术珍品是他们公司定期向艺术博物馆租赁，用以营造一个高品位的艺术氛围。聪明的博物馆将自己的收藏作如此有偿巡回展出，真不失为两全之举。

下到底楼，友人建议我们再乘船游览一下查理斯河，近距离地抚摸这个城市跳动的脉搏。我向来对河有特别的情感，当年去巴黎，第一眼望见塞纳河，那柔美的水光就立刻俘获了我的心。后来去伦敦，去阿姆斯特丹，最迷恋的地方还是那一汪河水。一座美丽的城市就应该有一条美丽的河，那是少女飘扬的丝带，是少妇腰间的玉环，这水色天光，能够将任何一个粗犷的城市化解得风情万种。

查理斯河的登船码头设在人群密集的一座商业大楼后面，颇有“众里寻她千百度”的味道，我们绕城三周方才觅得入口。

那游船是小艇的模样，满座可达数十人，头顶有遮阳的凉棚。开上河面，伸手就可触摸到那清亮的河水。河的两岸是一幢幢著名的建筑，威震天下的大公司就历历在目。游艇穿过一座只许人行的红砖小桥，据说这就是“哈佛桥”，连接着哈佛校园的两端。随着河水的流动，历史的遗迹在这湛蓝的天空下一一浮现。

孩子们站在船头，眺望着远处的风景如画，激动得手舞足蹈。他们跳进机舱，与领航的船长攀谈。这移民的第二代已不再是外乡人，他们的眼中充满了清纯的自信， 而我们的心， 却在历史的探寻中伤感颤动。

告别的惆怅

住在友人宽绰的家中， 执一杯热茶， 呼吸着森林里飘来的清爽， 温馨自然。 曾几何时， 我们这些清贫的学子， 背着空空的行囊来到这陌生的国土。 风雨数载， 我们在他乡建立了自己的家园。 作为一代新移民，我们付出的是努力， 收获的是梦想。

跟朋友说， 很想看一看波士顿的中国人。 于是， 那个周末的黄昏，友人带我们去波士顿的中国城， 这让我想起了波士顿出名的龙虾。

驱车驶进拥挤狭窄的唐人街， 两旁林立的是餐馆店铺， 那窄小的路面局促得令人心跳加速。 波士顿因为是老城， 寸土寸金， 中国城更围困在市区的中心， 近年来新老移民剧增， 但土地却只有越来越小。 我们无法找到停车位， 只有先将人放下， 再开到远处去停泊。

站在十字的街口， 一张张熟悉的东方面孔密集地闪过， 空气中飘浮着熟悉的菜香。 孩子牵着我的手， 问： “妈妈， 为什么一定要来这里吃饭?” 我不能回答， 小小的孩子怎能明白母亲的血脉里所沉淀的那种依恋。

跨进一个红漆的小门面， 里面竟豁然开朗， 宽阔的厅堂， 一张张圆桌铺展开来， 远处的墙壁上镶满了黄灿灿的福禄寿喜。 我们的眼前， 正是一场喜筵， 觥筹交错， 盛情弥漫， 好一副中华文化的缩影。 夹起被红色浸润的小龙虾， 味觉里品尝的感觉好像不是海鲜， 而是东方文化的固执和骄傲。

就要挥手告别波士顿， 心里却有绵绵的惆怅。 再见， 真的是要说再一次相见， 为了波士顿深远的畅想。

雪鸟飞翔的地方

我是一个地道的北方人，骨子里喜欢雪山草原和大漠孤烟。在美国，大西北的黄石乃大自然的风光之冠，据说那里的夏日依旧是雪山绵绵，瀑布从峡谷喷涌而泻，成群的野牛在无边的草原上奔跑。这个夏天没有太多的假日，破天荒选择了一个四天三夜的黄石精华旅游团。

早晨7点的飞机，到达犹他州的首府盐湖城已是正午。一下飞机，就感觉到大西北特有的风情。白色的首府大楼巍然地坐落在全城最醒目的山坡上，里面的圆形穹顶上镶嵌着当年的犹他州英雄杨伯翰带领着众弟兄联手印第安人开垦盐湖城的巨幅油画。不远处的山巅上还有一组大型群雕，据说当年杨伯翰就站在那里，俯瞰江山，挥手道："这就是我要找的地方！"

翌日一早，豪华大巴士带我们沿蛇河的走廊蜿蜒地向黄石逼近。听导游说这条路是当年新移民开发西北、涌向加州的必经之路，可以想象那岁月大篷车滚滚的历史情景。我侧身从车窗往外看，蛇河里有很多勇敢的漂流者，浪花飞溅，颇有几分"千里江陵一日还"的美韵。

黄石国家公园位于怀俄明、爱达荷、蒙大拿三州的交界。我们从它的南部进入，蓦然间看到巍然耸立的绵绵雪山，皑皑壮景，让人怎敢相信这是七月酷暑！雪山下是环绕的湖水，苍松倒映，野花在辽阔的草原上丛丛开放，你会突然明白：这就是美国的国家公园！没有碑，没有诗，有的只是原始的惊叹。

进入黄石的真正标志是一个叫杰克森的旅游小城，城里有四个用无数鹿角搭成的公园大门，野趣十足。听人说，黄石的特色就是大而全：雪山、草原、峡谷、瀑布、石林、山泉、沼泽、溪流、森林、湖泊；最绝的还有火山岩浆、定时喷泉，真是大自然的造化应有尽有了。我是最爱草原的，黄石的草原博大且精致，绿茸茸的一尘不染，简直像画家的油彩杰作。巴士在雪山上盘旋，从每一个角度望去都是“江山如此多娇”。尤其是看到剽悍的野牛在溪边徜徉，美丽的小鹿伫立着向我们致意，顿觉天人合。我问导游：“为什么叫黄石？”他笑曰：“别急，马上就到。”说话间，巴士拐进一处山崖，我们下车前行，迎面竟是金色的峡谷，黄灿灿的山石嶙峋怪立，层层叠叠，向阳的一面像彩绘的巨幅壁画，背阳的一面又恰似水墨泼成的中国画。更绝的是往远处一眺，白练般的瀑布正从山涧间奔流而下，黄石的所有风采尽在这一瞬间了。

那一晚，我们宿营在离峡谷不远的森林小木屋。月色升起的时候，友人们相约一起去森林漫步。参天的黄石原始森林，竟没有一丝清风，没有一声鸟鸣，静谧得好像凝固在睡梦里。我们每人手拿一根树杈，踩在软软的林间小路上，黑暗中享受着这一份天籁之静。

第二天的旅游才真正贪图黄石公园的壮观。拐过一片隐秘的矮树林，眼前豁然一亮，一幅平生从未见过的景致迎面扑来：蒙蒙升腾的雾气中流光溢彩的五色岩浆，呈梯田状地铺将下来，那凝固的热流仿佛定格在久远的最壮丽神奇的一瞬间，唯有细波流动，才告诉人们它依旧是热血沸腾地活着！当我呼哧带喘地摄完最后一个镜头寻找回头路时，同车的旅行团早已了无踪影。以百米冲刺的速度奔下了火山，大汗淋漓地向我们的巴士挥手，虚脱的我几乎瘫倒在岩浆灼过的沙石地上。

黄石的独特魅力是它有许多喷流的热泉。远远从山巅俯瞰，随处可见白色的热气袅袅升腾，那下面就是滚动的热泉。很多泉眼在地壳的沧桑运变下都熄灭了往日的激情，化作一汪碧绿深邃的潭水，唯有著名的“老忠泉”还在每小时一次地永不停息地喷发着自己的热力。到达“老忠泉”要先去看时刻表，下一次的喷发基本不会误差到五分钟。宽阔的白沙地上，人们远远地围成半圆，“老忠泉”开始酝酿感情，先是小喷热气，逐渐加足马力，就见数丈高的热泉蓦然间拔地而起，持续8分钟有余，情形煞是壮观。尤其是它喷发的背景正映衬着蓝天白云，更显出“老忠泉”的宝刀不老。

告别黄石，看到山谷间被烈火燃烧过的枯木焦土。那是一场雷电山火，美国自然保护界认为雷电也是自然，所以不该人工扑灭，结果火势蔓延，最终还是靠一场神助的大雪使黄石免遭灭顶之灾。保护自然竟发展到不人工灭火，这新鲜的理论我还是头一次听说，姑且不去论辩，但黄石至少要再经过两百年才能恢复它从前的生态却是不可争的事实。

别了，黄石！这曾经是印第安人的古战场，凶猛的雪鸟翱翔的地方！

棕榈深处有人家

这世上有些人是注定要见面的。那年在云南，参加一个文学奖的盛典。昆明的深秋一如暖春，电梯里蓦然撞见一位裹着毛茸茸冬装的大姐，圆润的脸上洋溢着笑容，丰满的手握过去就让人身心温热，原来她就是在美国写了很多年小说的余国英。她早年在台湾读书的时候我刚刚在大陆幼苗初长，如今却是共同在他乡的家园用汉字笔耕。两个忘年相逢的姐妹携手在昆明的小巷深处采购着唐装，见到路边散落着的朵朵绢花，拾在手中不忍，双双插在头上，那情景真俨若是回娘家的一对快乐媳妇。

岁末前，收到她从佛州寄来的两本小说《我爱棕榈　我爱棕榈》《移民家庭纽约洋过招》，喜欢她笔下那些鲜活有趣的故事，尤其向往她如今安居的那个叫“河漠沙沙”的海边小镇。摇曳多情的棕榈树啊，你掩映着一个怎样婆娑绰约的世外桃源？国英姐召我前往，于是，赶在圣诞前的一个日暮黄昏，我们的车子杀进了“河漠沙沙”。

这靠在佛州西海岸线上的“河漠沙沙”小镇，感觉就像一个婀娜多姿的八爪鱼，一条小小的主街就是它的躯干，然后将手足曲曲弯弯地恣意伸向海边，国英的家就在那曲曲弯弯的末梢上。寻找她家很需要些勇气和毅力，小路崎岖蜿蜒，入夜看不见灯火，唯有野生的高大棕榈树耸入云天迎风高歌。找路一向充满自信的先生几次看我，踯躅不前。其实我也胆虚，但已夸下海口说绝不用人来接，就只好再挥手：“继续向前！”

终于，几乎听得见潮水的回响，右手边出现一个小小邮箱，定睛一看号码，正是目的地！拐了进去，树影之中，一座两层的楼宇散着幻觉之光出现在眼前。国英从楼上迎下来，握着我早已冰凉的手，高声地说：“真为你们自豪！”

酣睡醒来，沿着扶梯走进院子，森林里特有的清新扑面而来。因为刚从迪士尼乐园的声光喧嚣中逃出，回归到大自然的芬芳，身心的浮躁荡然无存。那被巨风刮倒的老树还悲壮地陈列着，却不影响后院里的机帆船从水道驶向大海。当年国英夫妇退休，云游南部寻觅到此，因为爱水而动心，遂买下靠海的几亩地，说日后来造房子隐居。如今，这房子真的造成了，老先生终于能驾着自己心爱的船扬帆出海，女主人则隐在深闺写小说。人生至乐莫过于做自己想做的事，此情此景让我们这些正厮杀在中年战场的人好生羡慕。

国英姐对我们的到来兴奋得有些手忙脚乱，她好客的情怀可引证自她早期的一篇文字，那故事写的是一对自称是儿子朋友的年轻人旅游到此，在家里住了好多天，最后才发现儿子与他们根本不相识。

希望我们的此行能尽情尽兴。国英与她的先生紧张地注视着天气预报，可惜寒流袭来，船不能出海，于是决定先带我们去欣赏镇子上独有的海牛野生动物园。

那公园连在一条幽秘的河上，水上有飘然的白雾，我们乘船前行，感觉自己就好像汤姆索亚，在未知的航道上悄然探险。那是平生第一次亲临海牛，它的色泽和身段都不够漂亮优美，但却憨得可爱，硕大的身体在河水里翻滚表演，善者无敌的表情很惹人怜惜，据说天暖的时候孩子们还可以骑在它的背上游泳呢！

在午餐最让人兴奋，国英夫妇带我们前往一个朋友开的中餐馆。老板姓王，于是远远就看见了“皇帝之家”的英译门匾。里面小巧精致，翠绿的发财水竹在桌子上盎然生机。刚刚落座，就看见国英在与邻座的人打招呼，介绍说是镇子上的李医生。我蓦然就想起她的书里曾写到喜欢河漠沙沙的一个理由就是有这样的一个会看病的中国医生。要不怎么说美国人都喜欢小镇呢，想见的人低头不见抬头就见着了。菜上齐全了，王老板从里面信步走出，他竟有两道关公刀眉，颇有英气。开口说话即语出惊人：“在美国生存，要学会自己突破！”他年轻的太太为我们端出一盘自己炸做的馓子，放进嘴里，酥香得竟很有些中国人过年的味道。

好想出海，温度尚低，我们只好驱车来到海边。天空未晴，水就有些灰，但脚底的沙滩却是出奇的白细。寒风中遏制住脱鞋的欲望，看那海鸟成群结队地在无人的沙滩上傲然肃立，它们的队伍很整齐，头脸的角度亦相同，表情更相像。喜欢看它们自在飞翔的我忍不住上前，于是，乱云中惊鸿一片。

那个晚上更有精彩的节目，国英的先生李教授在后院里为我们燃起了篝火，这位科学家很了不起，从他自行安装的家用升降电梯就可见一斑。大量柴草的供给是来自李教授整理院落的成绩，他随便伐一棵树就够烧上好几顿。那潮潮的树桩竟能燃着，随着风向的转换，噼啪作响的火星纷纷散落在我们身上，也散溢着树脂自然的清香。李先生爱酒，拿一瓶在手边，原始的风情里，谈的却是现代科技的趣事。我的感动是他那双看着火苗柔情脉脉的眼睛，款款说：“人因为有了火，才有了今天。”

2004年的佛州圣诞是多雨的缠绵，阳光之州变作了梅雨的江南，于是我们团坐在国英的家里，读她最近写的电视剧本。因为是情景喜剧，就要做到让观众一分钟一小笑，三分钟一大笑，还真是不易。再回头来看美国人拍的《朋友》，让大家笑了十年之久，不能不说高明。

告别河漠沙沙的当日，天色依然寒冷，眼看着国英家的两条整装待发的机帆船不能航行在碧波之上，心中实在恋恋不舍。人高马大的李教授忽然穿戴好衣帽，挥手卸船，说：“走，带你们到河上漂流！”我们手舞足蹈，凛冽中鱼贯登船，迎风起航。

河漠沙沙一带遍布港汊湖泊，还有地下热泉，河面上就有一层仙雾，暖暖地撩人，但行船的乐趣却在飞驰，迎面的风寒彻刺骨。我与国英背坐在船头，我家先生与小儿躲在船长身后，只见李教授昂然手握方向盘，一路破风斩浪。

说话间，我们的小船到达了河畔桥头的老王家，远远就看见他们家水畔的橘子树果实累累。无须事先通知，我们将船拴在他家的船帮上，然后进屋取暖喝茶。王老板的“皇帝之家”逢大节歇息，家中大小起得晚，抹过脸相约去镇子上吃西式的午餐，一幅水上人家的亲密。

我的脑海还一直沉浸在水道风景的虚幻飘缈之中，那是一种与冷冽交织的兴奋。行到水穷处，忽然又是冬日的温暖，分明就是一幕南国里的桃花源。河漠沙沙，你这个地图上轻描淡写的小镇，竟让我们相见时难别亦难了。

“总统” 故乡行

斗转星移，又是一个“感恩节”的日子，猝不及防的岁末让人到中年的我再涌起不甘滞留的向往。鼓励丈夫：“这个感恩节我们走远一点儿，走出德州！”蓦然，热切的目光就落在阿肯色州了。

说起来，阿肯色州是因前总统克林顿而闻名天下。这个被包围在中部丘陵的小州，曾经是克林顿先生的发迹旧巢。小得不能再小的希望镇（HOPE）是他的出生之地，温暖氤氲的热泉城（HOT SPRING）是他读书成长之地，那立在阿肯色河畔的小石城则铺垫了他的政治腾飞。不过，吸引我的更还有热泉城滚淌了数百年的热泉，丘陵深处层林尽染的红叶。

感恩节的当天，云淡风轻，路途虽说有些远，但满目秋色，身心舒展。跨进阿州不久，希望小镇的牌子就出现了。那真是一座最不起眼的小镇，唯一的一条窄小主街把我们导引到克林顿童年的家门前。

早晨静谧的阳光里，我们站在一座最普通的白房子面前。碑文上讲小小童年的克林顿出生后就失去了父亲，依偎着做护士的母亲在这个房子里成长。邻居们的记忆则是这个帅气的小男孩总是打扮成“小牛仔”的模样，颇有豪气。

一路想着一个单身的母亲竟也能把儿子造就成总统，感叹着儿孙自有儿孙命，车子就进入热泉城了。这热泉城，真是“藏在深闺人未知”，两座小小的山峦，夹着一条蜿蜒精巧的主街，街的一边是恢宏典雅的温泉澡堂，一个个排列过去，诉说着两百年美国洗浴文化的辉煌。街的另一面，是琳琅的小店和美食的餐饮。而这整个的一条街包括两座小山，就是阿肯色唯一傲世的国家公园。

夜晚，徜徉在山城的灯火间。忽然，有水雾飘来，再有潺潺水声，原来是山涧的热泉瀑布，泻在一个水坛里。那水坛边竟围坐了一圈年轻的游客，个个将脚伸在热水当中，正聊得火热。我恰好脚筋走痛，也学着别人模样，当街泡脚。先生和小儿看我如此享受，也将鞋袜脱去，那滑爽温情的感觉立刻浸入了肌肤。

感恩节的夜晚没有好吃的去处，我们却在坝水的河中抓获了三条十二英寸长的银色青鱼，配上自带的中国龙须面和麻辣炸酱，那“年年有鱼”的感受可比所谓的火鸡大餐要美味。

依依告别了热泉城，午后的阳光里赶去州府的小石城，为的是看那刚刚宣布开放的克林顿纪念馆。无论如何，克林顿都是美国历史上最有智慧、最有魅力的总统之一，怀想刚来美国的十年，正是在克林顿执政的日子。

那巍然的纪念馆就建在阿肯色河畔，设计者的创意是构成一座巨大的桥，与河流辉映，也与历史辉映，以纪念克林顿在世纪之交的继往开来。

雪　恋

这是 2006 年 12 月 20 日， 我坐在即将飞往丹佛城的飞机上， 身旁是一直处于兴奋状态的十岁小儿和脸上溢满了喜悦的先生。 我知道， 只需要两个小时， 我就能看见丹佛机场那耸立在蓝天白云下的雪山造型的屋顶， 再加一个小时的车程， 我们就能到达皑皑雪山的脚下。

早上出发的时候， 休士顿的冬天暖得几乎没有一丝冷的气息， 花木多半葱绿， 草地远看间黄， 初升的艳阳依旧是无遮无掩地直射。 都说知冷才能知热， 在这南国的十二月里， 我最怀恋的则是那温馨浪漫的冬雪。

飞机的引擎开始加快了旋转， 我系好了保险带， 做深呼吸， 等待那腾空的时刻。 忽然， 电视屏幕上正在播放的安全告示中断， 就听见机长的声音传来：“非常抱歉， 丹佛机场风雪弥漫， 能见度太差， 飞机要等待一个小时后起飞。” 这真是我们最不愿意听到的消息， 虽说卫星云图上显示一场暴风雪正在逼近丹佛， 但希望是擦边而过， 如今证实却是正面袭击， 最担心的事终于发生。 机舱里的人开始骚动， 有些人站起来想要走出机门。 忽然， 机长的声音又一次传来：“请大家就座， 本次航班决定按时起程！” 有人激动得鼓起掌来， 我悬着的心也暂且放下。 儿子欢喜地抽出那空中大卖场的杂志，先生也摊开了他最近着迷的平凹自传《我是农民》。窗外晴空万里，我把头靠在椅背上，昏昏地想起往事。

小时候的中国北方，一年中最不能忘的故事就是下雪。当第一片雪花飞舞的时候，手舞足蹈的我就会找出红色的绒线帽，围上珍藏了一年的绸丝巾，走在大街上，看那青灰的路面有了湿润的光彩，干秃枝的树枝向天空舒展。然后我伸出手，接住那一片片花瓣一样的雪，让她溶化在我的掌心。

还记得幼时在乡下的外婆家，那个渭河北岸的小村落，土灰的墙土灰的路，土灰的田野土灰的天空，就在我寂寞的心快要流泪的时候，铅一样重的天空忽然天女散花般飘起了晶莹透亮的雪，不一会的工夫，所有的泥砖烂瓦、猪栏沟渠都变成了白色，好像天地间一首变调的乐曲，苍凉变成了咏叹，哀伤变成了童话，那时的我曾经仰起小脸任雪花飘落，在雪地上踩下一个个梦幻般的脚印。

整整四十年过去，看着出生在墨西哥湾涛声里的小儿，真想跟他讲一讲从前的妈妈爱雪的故事。可是，南国的休士顿无雪，甚至没有北风。就在去年的圣诞节前夕，孩子问我：“妈妈，你最希望圣诞老人送你什么呢？”我说：“漫天飞舞的冬雪！”

风雪惊魂

飞机已经盘旋在丹佛城的上空，机长开始报告即将要着陆的消息，我一向对英文反应迟钝，再加上心情的亢奋，但却在那扩音器里传来的男低音中听出了一种不寻常的的冷静。

我第一次看见丹佛机场就爱上了它奇异的高原风情。诗人余光中先生曾说丹佛就好像是美国的“阳关”，无论关外还是关内，“故人”已不重要，重要的是那皑皑白雪！

飞机开始接近地面，好像故地重逢，我不禁往窗外看，想看一眼那久违的晴朗。万没料到，这斜身一瞥，竟瞥出一身的惊颤：横亘在脚下的丹佛机场竟然是白茫茫的一片，机翼正在接近地面，原来是狂风暴雪，根本看不到跑道！冷静的机长并未多言，飞机在稍稍的盘旋之后果断地俯冲地面，因为有厚厚的积雪，落地的瞬间竟比往常减少了震荡。然后，我们知道，这是当天被允许飞进丹佛领空的最后一架飞机！

带着幸运者的窃喜，我们走向取行李的履带。眼前的人头攒动俨然是电影里常看到的急于逃难的人群，但真正可怕的并不是这些热锅上焦躁不安的旅人，而是窗外狂卷的风雪。透过宽大的落地窗，平生第一次看见如此暴虐的飞雪，仿佛要把天地搅成一个混沌的世界。我的心顿时沉入谷底，因为我完全不能想象如何走进这风雪里去。

传送行李的履带不停地被卡住，里三层外三层的人群开始骚动，几乎没有人能找到自己的行李，送出来的大小箱子标签混乱，原来是先把取消了航班的旅客行李退出来，只见无人认领的行李堆在过道上。

三小时过后，我们终于拿到了自己的行李。但是何去何从？初步得到的消息是进山的70号高速公路被封，丹佛城里的交通已陷危机。天色渐渐将晚，滞留在机场的数千人有增无减，而附近的旅馆酒店均已客满。抱着与风雪一搏的希望，先生和同行的友人冲去机场外围的租车行取车，我们妇幼五人则伴随一堆垂头丧气的行李留守在大厅里的一角。慌乱的等待中已忘记饥饿，孩子们开始寻找零食。正在给小儿们张弄午饭之际，电话铃响，来自租车行的男人们报告：通向山中的70号高速西段并未封闭，车子已租好，叫我们立即乘机场内最后一辆小巴士前往租车地点。我们甩下未竟的饭菜，呼叫孩子们帮忙尽量拉上行李，冲出了机场的后门。迎面的风雪几乎将我吹倒，但我必须在一尺多深的雪地上开路，其实也就百米的距离，但却举步维艰，并不大的两只箱子在雪地上东倒西歪，小儿在雪地上滑下了他心爱的手提电脑也不知，队伍中最小的孩子只有四岁，当他奋力地把小箱子拖到那巴士门口的时候，司机感动得冲下来一把抱住他上车。数过人头，两个女人，三个小孩，未等我们喘息，车子破冰移动，茫茫雪雾中，唯有这一辆车影从机场驶出。后来我们才知道，就在同一时刻，丹佛机场全面关闭，而我们竟是在戒严前最后有机会离开机场的人。如果错过了这辆小巴士，后果不仅是要当晚与四千多滞留乘客在机场大厅煎熬过夜，而且还要面临家人分割在两处的难堪困境。

风雪拍打中看见租车行的雪屋外面停放着两辆高大结实的越野车，来接我们的先生说只有开这样的车才有可能进山。拉开车门的一瞬间就扑进潮水般的雪花，我的感觉就像是战地交接。抖落掉头上的白色雪沫，我倒抽一口冷气："这样恐怖的天气，又如何敢前进一步？"

轰隆隆已经发动的车子如箭在弦上，我们没有退路，必须要踏上高速公路，穿过丹佛城，寻找一家有空位的夜宿酒店。我们的朋友挺身在前面开路，车速极慢，因为大雪的覆盖根本看不清准确的车道，能见度只有几尺，我们以紧急灯为指示缓慢前进。有一次我们的车子不小心偏斜，竟然是踏入出口，赶紧折回，严格循着前车的辄印驱动。收音机里不断报告着这场雪灾的受害者，说这是丹佛四十年来最大的暴风雪，告诫大家千万不要出门。我的心越听越凉，挡风玻璃上的雨刷子像是两根冰棍子在为我们勉强地挥扫着扑面而来的冰雪，视线越来越模糊，车窗上的冰越结越厚。为了化冰，只好把车里的热气开足，我的头上开始冒汗，实在受不住时，斗胆开一下窗，卷着风的雪就立刻灌进了我的脖子。

横穿丹佛城的艰难让人倍感痛苦，下班高峰本来就交通拥挤，再有不少车子熄火，随时为警车让路，最糟糕的是没有人能看清车道，完全凭前面压出的车印挪动，稍不留神，就可能陷入拔不出的雪堆。天色真的暗下来，但我们别无选择，只能慢慢移动。路边已开始出现旅馆酒店的标志，但我们无法下去，因为出口几乎被积雪封锁，万一车子陷进去就更加可怕。原计划几十分钟的穿城车程，却又整整走了三个小时。就在我们的耐心已到极限的时候，眼看当晚进山的设想就要彻底破灭，前方的风雪忽然柔和起来，路面上的雪层也渐渐消失，车子的速度明显加快。幸运地穿越了暴风雪的我们终于看见了进山的希望。

俗话说否极泰来，这进山的路真是越走越坦荡。温暖的灯火之中，我们拐进了一座神话般的小城，谢天谢地，在历经了整整八个小时的惊魂之后，预定的目的地——Copper Mountain 就在眼前！

无限风光

纵跨北美的洛矶山脉在科罗拉多州似乎找到了自己最迷恋的家园，山神在这里休养生息，群峰荟萃，相拥相连。每年的冬天，银装素裹着座座圣山，逶迤茫茫。

科珀山是科罗拉多众多滑雪圣地的一座名山，她的雪道纵横交错，绵延伸展，风景如画，交通便利，尤其是住宿的选择多样且价格优惠。当晚我们预定的房间就在雪山脚下，窗外即是缆车索道。屋内有两层，上面是卧床，下面是客厅加厨房。美丽的壁炉之外，还有一个舒适的读书软榻，一进门我就爱上了这个温馨的度假小窝！

翌日，赶紧去指定的地点穿好我们预定的雪鞋，扛上雪橇。儿子展开地图，要与爸爸先登上主峰。我害怕再受伤，决定去西峰的绿色雪坡。我们的友人因为是首战，暂时在教练场实习。大家相约中午过后一起在西峰的快餐厅门口会合。

又一次站在雪山面前，依旧是科罗拉多高原粉细的白雪，风里有山林松柏特有的清香。缆车悬高的时候我抱紧了胸前的雪橇，看脚下的排排雪松，妆点着层层白雪，素净而优雅。再放眼望去，茫茫雪原之中，滑雪的飞鸿们个个身怀绝技，他们穿着各色的彩衣，在银色的世界中翩翩起舞。想到“欲穷千里目”，我选择了通向最高峰的缆车。终于，我站在了海拔四千米的雪峰上，回首四望，仿佛是从天堂俯瞰人间，透亮的阳光毫无保留地映照着每一座雪峰，天空湛蓝如海，云朵如帆，我蓦然想起东坡先生的“不知天上宫阙，今夕是何年！”

那山顶的木屋小栈还有滚热的咖啡，捧一杯在手上，我禁不住放了一撮最新鲜的白雪在浓浓的甜香里，感觉自己是在渴饮天之甘露，采山神之芳华。遗憾的是我的滑技太差，无法从峰顶滑下，只好再坐缆车下山。结果是众目睽睽之下，一排空空的下山缆车上，唯有我独抱雪橇半遮面，迎对着无数诧异的眼光，偷乐我心中的无限风光。

在那雪的怀抱里，最快乐的首先是孩子，他们简直就是雪山之子。印象中不到一天的工夫，我的八岁小儿已能在雪峰上随意飞翔。最快乐的便是男人，他们天生与雪道相近，也仅仅是一天的功夫，孩子他爹也竟然身轻如燕。他们都笑我胆怯，不敢登临陡坡。我亦想给自己一个挑战，滑下一个略陡的山腰。不料想，腿部无力，终于还是无法控制速度，失控的我如雪崩般飞流直下，先生在后面大叫我“倒地”，但我已连摔倒的动作都做不到，只能是向着前方的松林冲去。眼看就要与大树相撞，冥冥中似有神的手推助我轰然倒地。很长时间我都站不起来，肩骨的震裂传递着撕心之痛。这场悲壮的摔伤整整持续了半年不能痊愈，但是它丝毫不减我对雪山的深深眷恋。

雪山与我的亲近，已不是初恋，而是彼此相知。我喜欢驻足远看，想起古人说“智者乐水，仁者乐山”，山的感觉稳健雄浑，蕴藏着一种理性的智慧；水的感觉优美流动，饱含着一种感性的柔情，山水之乐在我心里从不分孰重孰轻。但此时此刻，我是在山的怀抱中徜徉，它的肩膀顶天立地，它把自己无限的能量输送给每一个走近它的人。

在雪道上，我最感动的是看见那些轰然倒地的人，仅有少数训练有素的人能够优美地倒下，然后一个鱼跃翻身立起，继续向前。但大部分的人都是猝不及防，或仰面，或匍匐，形象惨痛，但绝没有人前去搀扶救助，因为滑雪场就是一个此起彼伏翻滚的战场，每个人都需要自己爬起来，颇有几分悲壮。要说这雪山上最勇敢的则是那些幼小的孩子，他们穿着五颜六色的彩衣，蹬上小小的一尺见长的雪橇，或由父母拉一根短绳牵着，或者排成一队，由教练老师导引着，S型地向山下滑去。蓦然，就看见有孩子踉跄倒地，他们的小脸冻得通红，却毫无怯意，四、五岁的孩子，果断地自己爬起来，继续前行。小小年纪，已经体会道路之险峻，而且无人依靠，必须自己努力滑到终点。可见雪山之巅，不仅是对成年人的考验，更是对孩子勇气毅力的培养。

中午时分，各路英雄会合。我在山脚下的快餐店门外迎接孩子和先生，我可怜的小儿爱山心切，首战即登上主峰，结果突然的海拔升高给他带来强烈的高山反应，他开始头晕恶心，脸上发烧，难过地躺在我怀里。我把他带到休息室的长凳上，慢慢让他喝水，解开衣服轻轻拍打，很快他就能吃东西了。恢复过来的孩子牵着我的手说："妈妈，现在是我陪你滑雪的时候了！"

搂着孩子，在缆车上悠悠远眺。儿子说："妈妈，这么平坦的雪坡，你不觉得太容易了吗？我还是带你再上一个更高的缆车吧？"我心里忽然很感动，儿子养了将近十年，都是我为他指点江山，如今我竟然可以靠他了！儿子在前方带路，我则跟随在后，我们一起登上了更高一层的雪峰。孩子为我在雪坡上寻觅出一条最安全的路，我便由此缓缓而下，体会着峰回路转。在最后冲下山坡的瞬间，幸福和喜悦溢满了我的心。这不仅仅是我又刷新了滑雪记录，而且是我体会到了更高意义上的生命价值。母亲养育了一个幼小的生命，而终于有一天，他带给母亲一个博大的全新的世界。

滑雪的最后一天，山上竟又飘起了雪，整装待发的先生问我："要不然你就在屋里念书？"这可不行，风是山的音乐，雪是山的舞蹈，伴随着这大自然的音乐和舞蹈滑翔才是别有一番情韵。

我依旧是独上西峰。正碰上一个教练请我帮忙带一个小女孩上山，小姑娘坐在我身旁，迎面的飞雪打在她红红的小脸蛋上，她应该不满四岁。

我问她滑了几天，她扳着指头数了半天，依旧说不清，但我问她喜不喜欢滑雪，她立刻看着我，坚定地点头，目光里闪烁着一种晶莹的光彩。我的心顿时滚过一团温暖。

当我最后一次滑下山坡的时候，漫天的雪花柔和地飞舞，脚下的雪层松软而新鲜，原本有些陡峭的雪坡忽然被覆盖得平缓亲近，我的雪橇就在雪的掩埋中穿梭，发出如呢喃细语般的摩擦声，仿佛是雪山在向我告别。我竟不忍心滑到山底了，我尽力寻找着斜线，以最长的距离与我的雪山做最后的缠绵。我在心里说：谢谢你，是你让生命展现出本色，是你告诉我大自然如何永恒。

雪城夜色

科珀山的可爱除了连绵起伏的雪峰，还有那小城夜色。这就是一个梦幻般的小镇，先是听到地下传来音乐，感觉自己就置身在环绕之中。然后是看见眼前迷离绚烂的灯火，有的是把房子装扮成水晶式的童话世界，有的则是搭成温暖诱惑的长廊。小镇上的树或金色或彩色，在雪色的映照下美得让人心颤。其中最壮观的一棵大树就立在登山道的起点上，硕大的圣诞彩球就挂在树枝上，其雄姿正与雪山辉映。

小镇的中心竟围了一个滑冰场，四周是彩灯，音乐在空气中回荡，孩子们在冰上旋转，有美丽的少女在冰上翩翩起舞。冰场的一角有一个大火炉，给夜里散步或滑冰的人带来温暖。那火焰暖暖地烤着人的脸，炉旁总是围着十多人，喃喃私语。我站在火边，痴痴地望着冰上的小儿。

离了冰场，就想流连在街上。小街上的店铺家家装饰得像梦幻之屋，蓦然就看到一处画廊，座在街角上，我和先生对视：我们最爱的地方就在眼前！走过很多大大小小的城镇，最难忘或者说最优雅浪漫的地方就是有画廊的小街！在我的心里，画廊就是一个城市的艺术之魂！走进这雪山下的小小画廊，墙上是四季风景的斑斓，我竟不能想象，一幅硕大的画上，只画了一片叶子，却画出了梦一般的想象。

冰雪小镇的夜生活是如此丰富。走到雪山脚下的一处灯火，那里有孩子们最爱的 Tubing，即坐着轮胎从雪道上滑下。当我们拉着轮胎从自动梯上登上雪坡的时候，夜里的清冷划过裸露的每一寸肌肤。来玩的人很少，穿着黄色制服的工作人员依然严阵以待，他们问我：要滑平缓的，还是陡峭的或者颠簸的？我当然是前者，孩子和他爹喜欢后者。没想到他们推我下山的时候怕我觉得不刺激，故意将轮胎旋转，我就一路天旋地转地滑下去，到了坡底，就见对面走来一黑影："Are you OK?" 原来这儿也蹲着一个保安者！最好玩的还是全家绑在一起滑下山，我叫的声音最大，不是我兴奋，而是我最紧张。雪山之夜啊，你给了我们今生难忘的盛宴。

圣诞之歌

2006 年的平安夜到了，雪山怀抱中的小镇幸福满满。将近黄昏，几家滑雪的友人相约到我们的舍内，大家纷纷带来自己保存到最后的美味佳肴，享受这最后一夜的欢乐晚餐。在这离家千里之外的地方，眼前的桌台上除了白菜肉片、香肠芥蓝、凉拌红萝卜丝、韩国肉沫酱汁面，竟然还有江南风味的梅干菜扣肉，外加啤酒和老干妈辣酱，真是好吃极了。

酒足饭饱，夜色已浓，大家一起聚集在硕大的玻璃窗前，盯着窗外面对的雪坡，因为将有一队手持火把的圣诞老人从雪山之巅飞翔而下。果然，八点刚过，就看见雪坡上有一排红点由远及近，渐渐移动，沿"之"字形路线滑翔，很快就来到了我们眼前：果然是圣诞老人的装扮，手持火炬，风吹动着银白的胡子，俨然是由天而降。我们情不自禁地欢呼起来，这不寻常的平安夜啊，圣诞老人来到了我们身边！

圣诞节的早晨，我们开始准备出山。再看一眼那温馨的小屋，厨房里的锅台还在冒着热气，好像在告别又一个家。车子移动的时候，环望群峰，心里真是有万分的不舍。出山的路竟又给了我们一路的惊喜，来时因为夜黑，再加风雪，根本不及观看两旁壮丽的景色。如今却是在灿烂的阳光下，雪山如画，一幅幅地展开，我们的车子就跟着这风景走走停停。最好看处当属一处湖泊，雪色覆盖着镜子一样的湖面，远山近树，天地苍茫，泛着天堂一般奇妙的光。

告别科罗拉多的时候天空湛蓝无云，我们在阳光下驶向机场，当初落地时的那一幕暴风雪好像是一场虚惊。经历过灾难的丹佛机场又一次恢复了她往日的笑颜，她把曾经的苦难留在了心底的深处。

触摸西部之魂

马年的岁末，时光如白驹过隙。

旅行，我生命里的最爱。于是，星夜束装，雨中启程，向着那一片神奇的土地奔去。

车子先北上，在达拉斯的博物馆小憩，再一路向西。走进茫茫荒原，看见那些小矮树顽强地在红土地上成长。因为缺雨水，这些树木都长得矮矮的，错落地点缀在漫山遍野。远处的蓝蓝天空，正缀着朵朵白云，悠然地与这干裂的大地对望，感慨之下，有诗：

对　望

我裸露着粗红色的胸膛，
与你的白云悠悠对望。
你无需为我飘洒，
我自会把矮矮的小树
开成荒原上最美的花朵。

诗一出口，忽然想到我们这些在海外写作的人，也是缺少雨水，但我们不甘为灌木，我们也能开放成美丽的花朵。

西行途中，意外的惊喜是走进了帕洛杜罗峡谷，一个州立的公园。完全没有想到峡谷里面的雄浑与奇丽。那一日，我们在峡谷中留恋，直到太阳下了地平线，在草木的漆黑中摸索出山。

触摸西部，一定要去看印第安人的老巢。那是一个初雪后的清晨，踏着雪印，我们走进福科斯国家历史公园，这里曾经是印第安人在西部的一个老聚居地，前面是开阔地，后面依山傍水，曾经的热闹和硝烟几乎迎面扑来。红色泥土筑造的教堂还留下了断墙，雪地上的仙人掌在冬日里还垂吊着不甘心的花朵，一丛丛卑贱的茅草顽强地挣扎着冲出雪的压迫。遥看远处的山谷，我似乎还能听见马蹄声，听见野牛群在原本属于他们的土地上奔跑。

再往前就是圣塔菲。圣塔菲没有高楼，有的是博物馆和画廊，一排一排，一片一片，土红色的泥房子竟然看不到砖！我们一头扎了进去，从早上的清冽到晚上的斜阳，那些转动的彩色风轮，那些门廊里的雕像，一幅一幅绝美的图画，好像是永远也看不到头。难怪那位伟大的美国女画家乔治亚·欧姬英，她把自己最后的艺术之魂留在了这里。

厌倦了美国城市的千篇一律，爱上圣塔菲所保留下的西部风情。冬日的午后，坐在市中心百年老餐馆桌边，看那些西裔的新墨西哥人围在吧台喝酒，窗外就是古老的火车站，依然是人流熙攘，咬一口墨西哥风味的玉米饼和烤肉，蘸着那一小碗新鲜辣椒做成的果酱，时光开始倒流，感觉是回到了上上个世纪。

穿过蜿蜒的山道，踏进西部的雪山。没想到，圣塔菲的滑雪场如此了解我的心意，雪道不太陡，不太复杂，绿道宽且长。前些年在科罗拉多的山里盘旋，一不留神就跑偏了，但是圣塔菲，闭着眼都能回到最安全的路上。

听说在圣塔菲的东北，还有一个以险峻闻名的滑雪场，名字如中国的

"道山"，曰 Taos。孩子和他爹跃跃要去挑战，看天色未暗，疾步启程。车子一直在向高盘旋，两旁都是皑皑雪峰，加上夜色，两旁无灯亦无伴，只有我们的汽车射出的一束光，独自照耀在黑色的山路。

Taos 小城比圣塔菲小很多，但更像世外桃源。一条大道蜿蜒，尽头的拐弯处就是印第安人早年在雪山下的村落。这个村子，是为联合国世界文化遗产。我们沿着墙根慢行，小心走过那些泥泞路上的老房子，来到一片开阔地，侧头一看，巍然出现一座城堡，竟有艺术家的设计感，尤其是窗子，美得如画。印第安人爱山爱水，一条小河在村子里流淌，打谷场上有火塘和草棚，村头还有教堂，1000 多年了，至今还有人依然住在这村里。

Taos 的雪山太高，我不想冒险，但我喜欢这里的酒店，带着古朴的土著风情。儿子和他爹早早地去了雪山脚下，而我煮了咖啡，坐在用白桦树隔成的小书房里读我带来的书。

新年的归期已到。这西部的雪山草地，西部的粗犷艺术，西部的原始村落，一旦离开，真不知什么时候还能再来。大自然铸造的西部之魂，满满地装在我心里，宽阔而厚重，古朴而悠远。正如歌里唱的，无论南归的候鸟飞得多么远，她都在等待着高原冰雪融化之后再来寻觅的孤雁。

故乡的云

禅意台湾

人到了中年，就比年轻的时候更爱怀旧，每年的旅行也不再向往异国他乡，却只有一个目标，就是中国。走过大千世界，最后魂牵梦绕的还是神州大地。

经历了二十多年的漂泊，再看中国，一草一木依然那么亲切。每每看到汉字门匾，都要忍不住地激动。中国真的很大，好像永远都走不完。喜欢白先勇先生说的一句话："家是什么？家就是关于中国的所有记忆！"向北听见"金戈铁马"，向南看见"江枫渔火"，多少次我从梦中醒来，都以为自己回到故土。

2010 年的秋天，我又一次踏上回家的路。这次的心情却非比往常，因为我要去的地方是隔着海峡的台湾，盼望中更有些迫不及待。

落地北京的时候还是凌晨，去台北的飞机还要等三个小时。眼前的一派清寂竟让我有些惆怅。前方看见一家已开张的咖啡店，走近一看，只坐着一个清秀的女子，再一看，却是来自旧金山的女作家尔雅，真是一番惊喜，因为她也是去台北参加海外女作家协会的第 11 届年会。

意外真好！想起很多年前我在旧金山第一次看见尔雅，她开着一家洗衣店，我开着书店，日子都过得很辛苦。后来，她的洗衣店越来越好，我的书店就剩下我一个读者，但结果是我们都开始了自己的写作。

像许多人一样，第一眼看见台北，完全是惊讶！我的惊讶是怎会这般安静，路人的脸上看上去是那么平，他们好像一点都不着急，按照自己的节奏过着属于自己的日子。

因为陌生，我总在问路，但处处是温良谦恭。在台北的捷运车厢里，迎面张贴的是作家张小娴的一句爱情诗，竟然不是广告，让我惊呆。刚刚坐下拿出一瓶可乐，一个5岁的孩子走到我面前说："对不起，这里不能喝饮料！"这让我想起了一个对话——问："台湾是风景漂亮吗？"答："这里美的是生活方式。"

夜幕落下，散步在台大附近的街上，两旁有相当古旧的房子，猜想那肯定是私家的房产，谁也动它不得。眼前的台北仿佛经历过繁华与成熟，带着一股温和的书卷气和娴静。路上没看到警察，也很少有大兴土木的街道阻隔，真有点岁月静好的意味。更令人感动的是一排男女立在巷口排队倒垃圾，将分离好的"可回收""不可回收""厨余垃圾"等大袋子交给来收运的垃圾车。这2300万人口的台湾，每天傍晚在固定的时间地点整齐划一地运送垃圾，这样的"垃圾不落地"画面，让街头的我几乎流泪。

远处看见了诚品书店，店里人头攒动。这可是台北的一大景点，赶紧走进去，里面很安静，我完全不抱希望地要柜台查找一下纳博科夫的《文学讲稿》，因为在大陆一直找不到这部书。没想到，两分钟后前台小姐告诉我他们这一家虽然没有此书，但已从别家书店调来，五分钟送到。仅仅用了不到十分钟，纳博科夫的《文学讲稿》来到了我手上，心里真是百感交集。

翌日大会开幕，见到数百位海外女作家。萧万长先生在开幕式上首先登台，说："经济可以使一个国家强大，靠文化才能伟大。"他的话虽然让我热血沸腾，但我更感动的是台湾的官员都如此谦卑儒雅。会后我们去参观“总统府”，里面很简朴，唯一的华丽装饰就是正在盛开的兰花。

在台北，正赶上举世瞩目的“花博会”。想不到这“花博会”竟分了好几个展区，每个区域之间都要坐很久的公车，一问才知是不能占用私人的土地，市府只能分散建造那几个大园子。随着长长的队伍走到了“西安院子”，上面就是大陆作家贾平凹先生的题字，真是喜出望外，那一刻，感觉台北与西安成了一家。

听说台北的夜属于西门町，急急跑去，没看见什么星探，看见的都是夜市上的美食，忽然想，那些海鲜煎饼、大肠面线的味道估计都是当年的老兵带来的妈妈的手艺，当然就是人们最怀念的味道。我很迷恋台湾的水果，它们的名字好美，如莲雾、腊八角、番石榴，最奇妙的是释迦，它的样子长得就像释迦牟尼的头部。剥开绿色鳞状外壳，里面的瓤润滑香甜。夜市上在大卖苦瓜汁，以为很苦，买了一杯，好爽口，引得同行的文友们个个插了吸管来分一口。

漫步台北的商业小街，干净又清雅，客人与商家的交谈轻言软语，店铺门口绝无大甩卖的吆喝声，难怪老同学沈宁在他的《台北六日》中写道:“喧闹与文明成反比。喧闹之地，必是文明低落之处。喧闹度越高，文明度越低。而凡文明之地，自然不见喧闹。”欢喜地走在这样的街上，热闹并不嘈杂，烟火中却充满着温馨。跟店家聊天，他告诉我:“台湾人的诚信度很高，你不用担心上当受骗!”这话说得我心里的深处很不好意思。

我还注意到巷子口的摩托车竟然都没有加锁，邻座的年轻人脸上洋溢着自足与自信，他们并不热衷于追逐名利，而是寻找着自己最喜欢的生活方式。小心与身边的一对大学生交谈，男的说他将来喜欢做垃圾回收的工作，因为地球上的垃圾最可怕。女的说她打算开一家汇聚世界各国甜点的面包店，她的拿手活儿是意大利的提拉米苏。他们俩告诉我：人生不想求荣耀，只想追求简单和快乐！这样的感悟很让我深思，也许台湾人已经走过了那种追求浮华的岁月，他们在渴望恢复到一种生命的原色。

在台湾岛上漫游，震撼到我的并不是风景，却是台湾的宗教。那日我们行车到南投县的埔里镇，四面环山之中，巍然矗立着恢宏的中台禅寺，那气势完全不是古刹，而是现代化的佛家重地。中台禅寺很大，如同一座大学堂。在堂前，很多人在打坐修禅，感悟慈悲和智慧，同时找回自己的本心。在大厅里赫然看见一副对联，上面写着惟觉老和尚的话："禅本平常吃菜吃饼扬古道，教贵当机施言施棒皆玄音。"讲解员告诉我们："人可以静修也可以动修，心在哪里，佛就在哪里，只要放下外缘的一切，就能观照自己，达到灵魂里的平静。"听完这话心里面立刻感觉有佛。

行车到台南，早听说这里的人对大陆客有敌意，我就静静走在台南的老街上。看到一双手工的皮鞋，身上的台币不够，那老板娘竟和善地笑着，说给多少都行或者就给人民币吧！简直让我想不到。台湾岛上十八天，每每看到旅游商品和土特产，都是让客人先品尝，随车的导游也绝不强迫大家购物。越是这样，我们就越想要买，因为感受到彼此的信任和真诚。

旅途中，总让我想到"仁、义、礼、智、信"，想起老祖宗的"道法自然"及"天人合一"。在台湾，无论是参观客家人的开心菜园，还是原住民的"创意工作坊"，处处都是人与自然的和谐，保护家园的信念已经深入人心。论人口的密度、资源的匮乏及地震台风等自然灾害的发生率，台湾都排在世界的前列，但如此的一个海岛，并未遭遇到城市无限扩张的"现代病"，而是随处可见绿树掩映的农舍村落，炊烟缭绕的鸡犬相闻。可惜没能看上舞蹈家林怀民导演的"云门舞集"，据说他的有些场景就在乡村的稻田里上演。如果说中华文化的传统好比一棵大树，几千年来根脉延伸，而伸展到海峡对岸的文化之根已经枝叶茂盛。

在台的最后的一天去看淡水的落日，极目远眺，海水的那边就是大陆。怀着禅定的心，盘腿坐在码头上，感叹台湾四处都是海，所以离世界的距离很近，但擅于包容和汲取各种文化的台湾，在中西文化的交融中开拓出自己的路。

说来又是神奇，徜徉在淡水的左岸，好想遇到一位朋友。不期然抬头，眼前真的就看见一位从休斯敦回台探亲的老朋友，他看见我的瞬间张开了双臂，激动异常。他一面听我的观感，一面告诉我，十年之前的台湾比现在更好，人与人的状态更和谐、更温暖，这些年台湾的某些政治人物总是挑起族群仇恨，社会内耗，经济衰退。我告诉他："台湾的软实力还在，一定能走出阴霾。"

台湾归来，好像喝了饱满的喜酒，五年来一直埋在心里发酵。就在2011年6月，先是看到"山水合璧——黄公望与富春山居图特展"在台北故宫开幕，300多年后，浙江省博物馆馆藏的《富春山居图》（剩山图）与台北故宫博物院院藏《富春山居图》（无用师卷）终于合璧展出，感叹两岸同根同源的悲欢离合。这一年的6月28日，开启了大陆观光客赴台自由行，这是多么美好的时刻！历史，就是这样一步一个脚印。

澳门是座城

去澳门完全是个意外。

2014 年的秋天，一封来自澳大的邀请，让我一脚踏进了澳门。

飞机落地，一种陌生的紧张，澳门到了！虽然有心理准备，但澳门机场的小也还是惊到我。来接我的朱教授一面抱歉着来晚了，一面笑着说：“你走不丢，澳门机场就这一个出口，我肯定能找见你。”

第一眼看见澳门，有些熟悉，也有些失望。熟悉的是那种南国的气味，失望的是机场外面的小街，古旧而窄小。不过，小小的机场才是澳门的葫芦嘴，里面的宝库一打开就立刻让人目不暇接。

我住的酒店处于一个三角地带，高大的门廊不仅接待客人，还是转弯处的交通要道。尽管车水马龙，门卫很有礼貌。服务生们用最快的速度疏散着门口的车辆，态度相当和蔼。早就听说澳门的就业率高，专业的服务就是澳门人谋生的传统。

开窗望去，澳门麻雀虽小，却处处蕴藏着历史的风景，满眼是各色的文化古迹，最深切的感受是澳门的繁华气氛中自有一种有容乃大的平和之气。第一眼看澳门，我就不认为是金钱在驱动着这个城市，更愿意相信支撑着澳门人一路走来的力量是那种来自神灵的信仰。

终于看见妈祖阁，澳门是因她而名。四百多年前，葡萄牙人登陆澳门，在庙门前的海滩上岸，询问当地人这是什么地方，居民以为是问妈阁庙，故答“妈阁”，葡萄牙人便以其音译而成“MACAU”。

妈祖阁位于澳门半岛的最南端，面海靠山，古木参天，自明朝以来渔民们起航前都要向“阿妈”敬拜祈福。仰望庙门并不恢宏，山也不高，但香火很旺，重重叠叠，里面回廊曲折，有一种阴柔之美。

站在妈祖阁山上的风铃之中，感受着“阿妈”对澳门的护佑。在我看来，澳门的风情并不是赌场和葡挞，而是到处弥漫的宗教情感。澳门崇尚信仰自由，被称作“圣名之城”。所以在澳门信教的人特别多，各种宗教的信徒占了澳门总人口的近90%。澳门虽小，但教堂众多，走在街头，抬眼就会看到教堂或修院。正是这种宗教的力量，控制着人们灵魂的贪欲，在商业的喧嚣之中，澳门人保持着那一份生命的宁静。

走进澳门的老街区，眼前是殖民历史的风物陈迹，但凸显的却是中西文化的大融合。

巍然斑驳的大三巴牌坊，可说是澳门的标志。这面1580年竣工的圣保禄大教堂的前壁，正糅合了欧洲文艺复兴时期哥特式、巴洛克建筑的精雕细刻与东方建筑的传统牌楼风格而成。圣保罗教堂在1835年的大火中烧毁，正是这残存的“大三巴牌坊”，一直在见证着澳门的昨天、今天与明天。

登上“大三巴”的阶梯，仰望着牌坊顶端高耸的十字架，还有那铜鸽下面的圣婴雕像，以及被天使、鲜花环绕的圣母塑像，浓郁的宗教气氛，古朴典雅的艺术感受，使人们领略到爱与美的力量。

澳门的文化很杂，但兼收并蓄。比如宗教，我注意到，就在大三巴牌坊的右侧竟然是一座供奉着哪吒的庙。再看建筑，在议事亭的欧式建筑旁，转过去的花园就是东方的亭台楼阁。还有澳门的美食，既有西班牙人留下来的葡挞、马介休，也有中国人最爱的酥皮点心和各种肉干。都说澳门有一种成熟的繁华， 这成熟正来自于中西文化的相辅相成。

说到大酒店， 我更喜欢威尼斯人酒店。 恢宏的建筑由美国赌业巨头金沙集团投资 24 亿美元所建， 占地十一万平方米的会展场地， 被誉为是全球第二大、 亚洲最大的赌场度假村综合建筑。 在这座建筑里，“赌” 已经不重要， 人们更乐意享受的是威尼斯风格的小运河及石板路， 轻轻走过叹息桥， 前面是圣马可广场， 坐上浪漫的贡多拉， 听那优美的歌声， 两旁是古典欧式的街道， 头顶上是如梦如幻的人造天空， 一会儿晴一会儿阴云密布， 诗情画意之中完全让人忘记了白昼。

澳门是不夜城， 到处是流光溢彩。 但是， 在澳门绚丽的夜晚， 只要稍微向远处看， 就会看到低沉的夜空里红红的四个字： 澳门大学！ 那四个字并不巨大， 但那无声的光芒似乎就压倒了众生的喧哗。

澳门是水城， 三座遥遥相对的跨海大桥， 下面是渔船和货轮。 但是让人惊喜的不是桥， 而是一条隧道， 一条专门通向澳门大学的海下隧道。那是中央政府从珠海特别划给澳门的一个岛， 就在这个与大陆紧紧相连的地方， 如今正成为澳门的教育圣地， 也将预示着澳门的未来。

说起澳门大学， 真是一个奇迹！ 此校 1981 年才成立， 前身为私立的东亚大学， 1988 年由澳葡政府购入才改为公立大学， 1991 更名为澳门大学。 2009 年， 对于澳门大学则迎来了一个重要时刻： 中华人民共和国中央政府将横琴岛东部约一平方公里的土地租借给澳门特别行政区作为兴建澳门大学新校区之用！ 由此， 澳门大学开始了真正的腾飞。 不仅校园比以前扩展了 20 倍， 而且一举登上《泰晤士高等教育》 公布的 2014 至 2015 年度世界大学排名榜的前 300 名之列。

站在澳大典雅恢宏的教学楼前， 西式的楼体、 中式的楼顶， 辉映在波光粼粼的湖水中， 那样和谐， 那样庄严。 这座雄踞东方年轻的大学，仅仅在六年之中， 其排名突飞上升了 1600 名。 更让人感慨的是， 她的快速成长， 成为中外历史上活用“一国两制” 的唯一跨境大学的教育典范。

在澳门大学， 我见到一位“奇人”， 他就是亲历并见证澳大腾飞的校长赵伟先生。这位从陕西走向世界的国际知名华人学者，正是在 2008 年出任澳门大学的第八任校长。在难以想象的挑战面前，他们在短短的四年中就在新的校址上建成了八十座大楼!

赵伟，前美国德克萨斯 A&M 大学主管科研工作的资深副校长，美国伦斯勒理工学院理学院院长，美国国家科学基金会计算机与网络系统分部主任。想当年，在中国大陆留美的学者中，他是美国联邦政府和高校担任最高职位者之一。在港澳地区，他是第一位经全球招聘成为大学校长的内地华人。在他身上，有高瞻远瞩的汉唐气概，也有锐意进取的大勇气。在他担纲澳门大学校长仅六个月时，就创建了澳门的第一所荣誉学院，目的是要择优招收有学术天赋、勤奋刻苦的优秀学生，培养他们成为顶尖人才和社会的未来领袖。

在赵伟看来，“一国两制”并不是一个简单的分离和隔离，而是一个活的制度。“一国两制”如果推动得好，可以让两个制度下的人都获得福利，澳门大学的尝试仅仅只是开始，还有很多空间可以继续努力。在 2010 年，有 300 名内地学子被录取，他们成绩都非常优异。

旅程匆匆结束。弹丸之地的澳门，却给我们带来了如此丰富的体验，它不仅敬重多元文化，而且对民族对历史也有担当。有人说它是东西方关系的变压器，在我看来，小小的澳门，对于中国，对于世界，却还像是一个深深的庭院，承载着太多人性和家国故事。它的富足与不安，变化与焦虑，它的现实精神和世界眼光，融合在一起，等待着我们一步步地走进去。

来碗羊肉泡馍

蒙蒙亮的东京，远郊的成田机场，个个睡眼惺忪。正打算闭眼，前方传来一声男人的大哈欠，尾音后还有话："这美国实在是不美，世界上最美的事就是能来一碗羊肉泡馍！"心里一惊，说话的人竟是地道的陕西关中腔，抬头望去，前排真就坐着几个西北模样的汉子，虽然都穿着清一色的西装，但那侧脸的轮廓确似兵马俑的憨直粗犷。

盘腿坐在墙角，肠子忽然开始搅动，是那一句"羊肉泡馍"，蓦然刺痛了我。一股来自羊肉汤的温暖，涌动成记忆里酸甜苦辣的堤坝，轻轻一挑，胃液就轰然动了起来。

十八年前的一个中午，太阳出奇地亮。我，一个刚刚离开八百里秦川大地的异乡女子，正孤零零地站在美国南部休斯敦城的百利大道上。身靠在一根滚热的水泥电线杆上，绝望的寒意却忍不住让人瑟瑟发抖。

因为走了太多的路，胃里饿得发痛。那一瞬间，我想起了故乡街边的羊肉泡馍，那厚墩墩的大碗，那异香扑鼻的羊杂汤。心里想道："世界上最美的事就是能来一碗羊肉泡馍！"可是，我掏掏衣兜里的钱，除了坐车还能买一个一块五毛的越南三明治。

坐在越南女人的店里，她随口问我是哪里人，我说完“西安”就后悔，因为她的表情告诉我“西安”两个字怎么写都不知道。再看着三明治里薄薄的肉片，干渣渣的法式面包，没办法，又想起了西安的樊记肉夹馍，光那圆圆的小饼子就能嚼上半个钟头。心里发酸，面包也酸得哽咽在喉咙里。

太阳开始下坠，休斯敦不相信眼泪，但我需要钱，需要工作。身上的白衬衣浆洗得很白，这百利大道上的餐馆老板非要我说英语或者粤语。就在第三家餐馆将要关门的时候，一个拄着拐棍的老华侨忘记给我小费却丢给我一份洒满油腻的中文报纸。那是我在美国看见的第一份中文报纸，其激动绝不亚于见到亲爹亲娘。报上有一堆招工广告，炒锅、抓码、算账、看仓库，反正三十六行都不要我这种人。沮丧之际发现了“副刊”上的一句话：“提起笔就是作家！”对呀，我还可以提笔，题目都现成：就叫《餐馆心酸》。

感恩节的前夜，第一次仰望月明星稀。忽然接到一通陌生电话，来自一家华文小报馆：“小姐，你不用心酸了，到我们这儿当记者吧！”

记者这行当虽说也辛酸，不过倒有一个好处就是采访的时候经常可以蹭吃馆子。那晚月黑风高，为采访春宴走进一家上海餐厅，老板娘的小胖脸很是亲切，待开口说话我就傻了：“你是咱陕西人吧？”她立马把我拉进小包间：“来给你做碗羊肉泡馍！”正如戏里唱的“盼星星、盼月亮，终于盼来了羊肉泡馍！”一股儿时就熟悉的味道，从舌尖滚到胃里，再穿过肠道，一节一节地滋养着我的身体。我忽然想起了当年的宋太祖，早年穷困潦倒，流落长安街头，身上只剩下两块干馍，遇一羊肉铺，店主见他可怜，给了一勺正在翻滚的羊肉汤，宋太祖即把碎馍泡在汤中，吃得饥寒全消。此时此刻，在这休士顿的饭铺里，我可比宋太祖幸福。主人送上连汤带馍，一碗荡尽多少凄凉与孤寂。

时光流转，曾几何时，这唐人街上那广东人最爱的茶市却是越来越少了，早年喜欢说粤语的人也开始喜欢说普通话了。唉，什么时候能叫我痛痛快快地说说俺的陕西话！ 嗨， 别说， 这一天还真就来了。

五月端午过后， 周末闲来， 电话铃炸响， 又是陌生人， 绝对的陕西口音， 说是要请我吃正宗的老孙家羊肉泡馍。 错不了！ 二话没说， 开车狂奔， 地点却在中国城对面的一个破旧公寓。

登梯上楼， 推门一股热气， 眼镜上立刻两片雾。 终于看清楚了， 是一群男人， 有十来个， 个个脸色黝黑， 身上油漆斑斑， 待张口说话， 恍若回到当年的西安解放路， 间杂着还有火车道北的河南口音。 他们告诉我， 这一群陕西人来休士顿两年， 主要从事装修和餐饮。 其中一个戴白帽的小伙子正在锅台上忙碌， 大家指着他说："这小子从前在老孙家干过， 煮羊肉最地道！ 但他一年才从外地回来一次， 专门给大家露一手， 所以叫你这个记者来尝尝， 看看咋样？" 我不知是心里热还是身体热， 汗淋淋地坐下。 招呼我的领头听说是刚从梯子上摔下来伤了腰背， 猫着腰急急端给我一大碗， 嘴里说："这羊肉泡馍比啥都管用， 吃一顿能熬一年！"

还真是的， 老孙家的伙计每年从外州回来一趟， 再吃羊肉泡的时候， 这群陕西老乡都在中国城里买了自己的大房子， 吃饭的人头也是翻了几倍， 不少汉子的老婆孩子都来团聚。 那年中秋， 几家住得近的， 干脆就在自家门口摆上摊， 烤羊肉串， 烙大饼， 手里握着啤酒蹲在地上， 烟雾里香气撩人， 俨然就是"陕西小吃街" 的架势， 馋得那些美国邻居不停地在门口咽着口水翘首张望。

"赶紧！ 赶紧！ 要登机了！ 再落地就能吃上羊肉泡了！" 又是前面的那几位关中汉子大声地呼叫。

想回家了！ 想羊肉泡馍了！

长安夜雨浥轻尘

九月，是入秋的日子。每年这个时候，我都会怀想当年长安城里的那第一场秋雨，城里城外的念书人都在纷纷地转回校园，刚刚有些凉丝丝的雨就开始淅沥沥地洒在学生们的头发和行李上。

2009年的9月13日，长安城里的第一场秋雨竟然就真的淅沥沥地落在了我的头发上。十八年过去，我这还是第一次又站在故乡的秋雨里，任那甜甜的雨丝亲吻着我的脸，微凉的秋风将我柔情地环绕。以往回乡多是在春夏，这次回来恰好是秋，真是好雨知时节！这秋雨从我飞机落地就开始纷纷扬扬，一连下了三天，丝毫没有想要停的意思。

走出中心钟楼附近的德发长饺子馆，看表是晚上的十点。略有些酒意，刚刚和四海来的文友吃完最后的告别晚餐。定神站在街边，手捂着电话等着父亲来接我回家。这次在西安开国际笔会三天，从曲江到灞河，从雁塔到唐苑，什么人都见了，就是还未见老父亲。两件随我万里飞行的大包小包正焦急地立在我的脚畔，灯火通明的长安城在雨夜里更显出梦里依稀的妖娆。

心里歉疚着，就看见父亲坐着一辆搭着雨篷的三轮车驰来，到了跟前才明白是因为离家太近，又是雨夜，出租车吃紧，老爸才叫了个三轮来接我。忽然想起那句古诗："斜风细雨不须归"，便对老爸说："叫师傅先拉着咱们到西大街转转吧！"

西大街，是我留在这个城市里最多记忆的地方。儿时的母亲常常带我来这里访亲，后来我读书，就在一箭之遥的城墙脚下。多少个夜晚，我的脚印几乎能将这条大街上的每家铺子的门槛都磨平。海外漂泊的日子，多少次梦回长安。

三轮车"嘎嘎"地上路，改建后宽阔的西大街我完全不认识了！两旁已是百货高楼、豪华酒店，街面上川流的人群时不时地从地下的商场里突然冒出来。唯有那久远的1路电车还是从前的样子，缓缓地停在了南广济街站的街口。我脱口大喊一声："停！"吓得三个车轮子都差点儿打滑。这个距市中心的钟楼不足千米的地方，曾经是我儿时的乐园。往事悠悠再现，记忆中胖胖的母亲每次都是牵着我的手在这里下车，然后走进路旁的一座深宅小院，那里有母亲的亲人，也有我的亲人。雨水灌进我的泪眼，天上的母亲哟，女儿今夜又看见你了！

四十多年前，母亲把我生在距长安城还有七十公里的一个小镇上。小时候听母亲说："妈本来是要把你生在西安城里的，都是为了你爸，我们才来到这个叫阎良的小镇。"后来我才晓得，师大毕业的父亲被贬谪在陕北的神木，将要担当国家级裁判的母亲为了救父亲归来，甘愿放弃了省城到了郊外飞机城新建的中学任教。可是母亲的心，好像从来都没有离开过那座她最爱的城市，夜深人静的夜晚，她的幻觉里总说能够听得到长安城里的钟声。

儿时的我，亲友们都说圆圆胖胖的很像那唐代壁画上的"仕女"。真的是一方水土养一方人，这长安城里的姑娘，总是长着长着，脸就多半圆起来，肤色虽不如江南女子的白净，但鼻眼却是格外地小巧，尤其是嘴巴，个个长得是樱桃般的红润。后来我看见满世界的姑娘们都迷恋穿那种露肩吊带的衣装，其实，早在一千多年前，长安城里的姑娘们早就是袒露着浑圆的肩臂，胸前一抹云纱！

早些年母亲经常带我进城，记忆中总是先绕过钟楼，向西到了鼓楼下，跨过马路，从广济街口拐进去几米，左手就是两扇大门，推开来里面是一个特别大的前后院子。这里住着母亲的娘家人。我见过的有外婆，有老姨，有母亲的表哥，还有我自己的一堆表哥。这个家族里数表舅长得最帅气，听妈妈说他早年从事地下党，结果爱上了地主的女儿，省城解放时，他本来是省长的候选人，但是怎么也找不到他当年的地下入党介绍人，后来又发现他的妻子竟然藏着许多的金银珠宝，从此表舅栽下了仕途。最喜欢的是能看见我的六个表哥，个个都是英俊的王子，有一次我偷偷跑去儿童公园，害得六个表哥沿着西大街叫喊，直到黄昏时把我抓住。

念书的时候父亲最爱教我唐诗，原来那诗里有许多的句子都是写长安城的。那时的我完全不懂古人的“长相思”，为何非得“在长安”，却喜欢在假期里，由父亲的自行车载着，寻找着当年的唐人留诗的地方。印象里当年李白为杨贵妃作诗的沉香亭还在，只是听说郊外贵妃墓上的香土全都被姑娘们拿去涂在脸上了。

正遐想着，父亲指给我看马路对面新建的城隍庙。那彩绘的楼门，曾是母亲生前的最爱，母亲喜欢缝衣裳，又总希望我穿得与别家孩子不一样，就常常到这里来搜寻那种领口上的花边或者小手绢和小袜子。每次买完针头线脑，母亲就拉着我往西走，到了桥梓口的回民街，先要一碟腊羊肉，再配上几个刚煎好的柿子饼，看我还想吃，就再到贾家叫一笼灌汤包，母亲多是看着我吃，自己却从旁边的铺子里端来一碗红油油的汉中米面皮子，慢慢地陪我。

街上的人开始少了，雨也小了。真喜欢就这样坐着三轮，秋风细雨里和老爸晃悠悠地在长安城里走街串巷。又想起了那句千年的唐诗：“长安一片月，万户捣衣声”。可惜这雨中无月，但长安城的灵魂，感觉就在这夜色里。今夜长安，细雨轻尘，清风无言。多少久远的记忆，多少迷离的故事，在这幽深的夜里泛上我的心头。怀念从前的青春日子，少男少女们结伴，朦胧的爱情，白杨树下的笑声。春天时我们南进终南山，踩着王维诗中的清泉石流，体味着古人的“终南捷径”。夏日里东临骊山，华清温泉，凝脂芬芳，“长恨”绵绵。跨过兵谏的五间厅，再越山腰捉蒋亭，遥看始皇陵，留笑烽火台。秋天时向西，那里有老子炼丹讲经的楼观台，天高云淡，风清气爽，看竹林摇曳，望仙雾飘缈，人与自然，如此和谐。冬日时再往北，涉水过咸阳，踏上五陵原，登乾陵无字碑，长长的汉唐龙脉一直向远方蜿蜒伸展。

那年秋天，我破格参加恢复高考制度后的第一次高考。母亲手捧着西北大学的录取通知书，笑容里满是眼泪：“苍天有眼，我们的孩子又能念书了！”开春上学，母亲带着我，走过她当年念书的大学校园，指给我看她和父亲常常约会的南郊宝塔。母亲描述着当年的怀想：“春天时摘下路边粉红的绒线花泡在水中当茶，夏日里折下白色的槐花拌在饭中，等到八月十五，落叶吹过街面，水晶饼、柿子饼就上市了！”我的眼前就出现了一幅最美的图画：待冬雪来临，细粒的雪花滚过路面，两辆对头驶来的公交车刹出辄印，右边下来的是爸爸，左边是妈妈，彩色的围巾包在母亲散着热气的脸上，父亲急迫地跨过马路，路边的烤羊肉小贩故意拉长了他吆喝的嗓音……

更难忘是西大校园的日子，桃花树下学葬花，紫藤阁里读《西厢》。真是七年“寒窗”不觉“寒”，春花秋月城楼外！傍晚时邀同学出了校门即可登上西南角的城墙，前方正飘来太白路上油泼辣子的蒜香。

都说古时八水绕长安，杜甫也赞“长安水边多丽人”。那恋爱的季节，总是牵着男友的手一路追寻着水波潋滟的去处。循着清流，就觅到了东城外半坡人的遗址，原来最早的长安人神奇的创造便是那汲水用的尖头陶罐，精美的鱼尾纹让今天的艺术家也惊叹不已。再去东南的郊外，小溪河畔蓦然就发现了戏里唱的王宝钏十八年望夫的寒窑，田野里真的就不见野菜，唯有红鬃烈马的塑像威然立在窑前。那年月，时光仿佛无限，秋风中去灞水折柳，故作情伤，惹来自己一襟眼泪。然后再牵手，约会在清凉的古刹碑林，碑刻环绕，青石叹息，幽谧中骇然一惊，原来眼前面对的竟是大文豪苏东坡豪迈奔放的手迹。

还记得那年入冬，母亲来校园看我。就在那个晚上，我对母亲说："我要走了，到很远的地方去，只因为我想早一天拥有一栋自己的房子！"岁末的大雪当中，我噙泪背起了行囊，寒风中感觉自己就像一株飘萍。暮色中挥手养育我三十年的故土，心里呼道：长安啊长安，让我离开你，才能永远地想你！亲爱的妈妈，女儿离开你，是为了更深地爱你！

唱着那首最通俗的歌："外面的世界很精彩，外面的世界很无奈！"长安，竟成为生命中遥远的旧梦。岁月蹉跎，思乡情切，每次回来，只要飞机在上空盘旋，长安城那古老的城墙便清晰可辨，我的泪水顿时就模糊了双眼。当初放我远行的母亲在九泉之下已不能再张开双臂，但长安城就是母亲，这里的每一棵树，每一块砖，都散发着母亲那温暖的气息！

十年前第一次回乡，五月的艳阳下，长安城铺撒着满地的花絮，我迫不及待地站在川流的街边，叫一碗白里透红的汉中米面凉皮，就着行人的尘土，我转过身，急切地送入口中，没有人发现我滴在碗里的泪水。华灯初上，我站在钟楼下新铺就的茵茵草地上，抚摸那青嫩的叶子，听千年的古钟，看那巍峨的鼓楼飞檐云天。熟悉的长安城我已完全认不出，母校门前的店铺林立，三环城外的科技楼群，那从前的老孙家羊肉泡馍馆竟然盖起了七层高的大楼。宵夜再走进豆花庄，吃过蘑菇火锅，再执一杯桂花稠酒，坐在南郊云霄端的电视塔楼上，俯瞰着熟悉的万家灯火，脚下的长安城车轮滚滚。

"快到家了！"父亲在拍我，三轮车已绕到朱雀门外。红灯正亮，父亲问我："这次回来又看了哪些好地方？"我登时激动起来："知道你喜欢大唐芙蓉园，但你知道就在南郊外有个唐苑吗？""什么？"老爹也激动起来。"唐苑就是当年皇帝狩猎的上林苑啊，现在可是柏树参天，百羊开泰，连园中的小路都是当年的古磨盘铺成的！""要去看看！要去看看！""还有东郊的口灞开发区，那里已变成江南的水乡，亭台楼阁，湖中鸟岛，听说要举办世界环保博览会呢！”“对了，还有一个新建的陕西民俗村，那里每个院落，都是从乡下的官邸人家搬来的，每一块砖，连那拴马的石柱都是关中历史的文物！”老爸已被我说得兴奋不已，三轮车在等着付钱，急得那师傅直喊：“赶紧，赶紧！”

我的小南门

走过万水千山，无数次地从空中接近一座城市，但只有这座城每次回来都让人心跳眼热。它叫西安，一个我出生长大的地方。多少次，我在心里对她说："离开你，是为了更好地爱你！"

我提着箱子，完全是手忙脚乱，催着出租司机："赶紧！"司机问："去阿达？""小南门！"出国二十年，每次回来，小南门就是我的家，因为父亲就住在那里。这让我想起诗人北岛一路漂泊、一路写诗，最后要写的还是他最爱的《城门开》，那个城，那个门，只要打开，活着立刻就有了意义。

终于又喝到父亲泡的浓茶。因为兴奋，因为时差，刚睡到天麻麻亮就起来，急切地拉着父亲，要去看小南门的早市。这些年，小南门的早市，多少次入梦，那混合着各种生命交响的市井声浪，竟完全胜过了铁马冰河。那小小的门洞，几乎就是我在异国他乡最深的盼望。

跨过了新修的环城南路，如今这条古城里最熙攘的路已经被分流在了地上和地下。踏上护城河桥，迎面一排琳琅满目的小地摊，先买双手工的鞋垫放在脚底，再把20元的长围巾挂在胸前，这一模一样的围巾在美国可要15美元一条，前年在意大利竟然卖20欧元。再买一顶手编的草帽戴在头上，我跟爸说：“在美国很少有这样家门口逛街的乐趣，买东西要开车到很远，而且也买不到这些最实用的小东西！”

早市上最好看的就是卖菜的风景，从城门洞开始，那带泥的葱，带刺的黄瓜，正在变红的辣椒，真是爱死人。这回是父亲开口：“你知道我为什么不去美国吗？就是舍不得这小南门每天的新鲜菜！听说你是买一回菜吃一个星期，真吓到我了！”

进了城门洞往里，就看见更热闹的场面，眼睛都不够用，从吃到用几乎应有尽有。驻足在一个衣物摊面前，竟看见一个中年男人在为他老婆买一条弹力裤，因为老婆不在场，就拿我比来比去，表情甚是可爱。那男人的爱完全写在脸上，因为这种便宜又暖和的衣裤肯定是买给自己不再年轻的老婆。

催着父亲赶快在街边的小凳上坐下，来一碗我最爱的豆腐脑，每年回来一定要吃！再顺着街走，油饼、油条、肉夹馍、水煎包，挨个尝过去，因为太早，还没有凉皮，走到最后，父亲的脚步再迈向老兰家的桌子，跟我说：“你还没喝最香的胡辣汤呢！”

父亲点的胡辣汤还未喝完，我一眼又看见外面的烤玉米和烤红薯，那可是我童年最美的味道，一定要吃！父亲拦住我：“小南门一口气吃不完，明天再来吧！”

吃饱喝足，顺道走进小南门外街边的几家服装小店，里面的衣服都是国际范儿，让人爱不释手。一问女老板是前些年从法国海归的，一面给我试衣服，一面给我看她女儿的照片，一个绝美的国际时装模特！

走在城墙根下，摸着那些厚重的砖瓦，父亲说：“你看，这个全世界闻名的古城墙就天天在我身旁！”是啊，在世界各地，有多少人渴望着来看一看西安的古城墙啊！北京的城墙已不复存在，南京的城墙也只有残垣断壁，但是西安这座古城，就这样被厚厚的城墙保护着，那一个个威武的城门洞，就是西安人心中守望的图腾！

要走了，要回到地球那边的另一座城。这边的城是我的父亲，那边的城连着我的孩子。一个是我来的地方，一个是我去的所在。宽阔的太平洋就如同桥梁，将两个半球相连，也把爱与梦想紧紧地融合在了一起。

上海的早晨

2008 年的秋末，怀揣着远赴上海文心笔会的巨大喜悦，启程上海。

对于十几个小时的越洋飞行，我从未觉得苦，因为喜欢在昏暗的灯光里看书，然后靠在舷窗上沉沉地睡，醒来了再读，读累了再睡，肆意地享受这平生里最爱的两件事。却苦了坐在我邻座的人，寂寞之极，每每欲言又止，最后终于忍不住："你是不是很久没睡过觉了？"

飞机落下，已是过了晚上。喜欢这样独自地在夜色中潜入一个城市，熟悉的或不熟悉的。上海，在我是如此熟悉又如此不熟悉，总感觉自己就是那北方沃土里浓黑的一滴油，无论怎样地跨越黄浦江，都只能是浮在"海"的水面上，无法触摸到那水底的潜流。

离开机场的大巴上塞满了人和行李，让我忽然回到从前。与从前不同的是满车的人都在打手机，除了我和几个外国人。暗夜中，有一对年轻人干脆就挤坐在巴士门口的台阶上，在摇晃的亲密中窃窃私语。巴士里的空气是如此熟悉，又如此陌生，售票的妇人问我："去哪里?"让我忽然结巴，只知道自己要进城，却不知哪一站离预订的酒店更近，就随口说："徐家汇吧？""十八元！"我呼哧松了一口气。

夜里的上海多晚其实都不算晚的，让我担忧的却是那出租司机。在徐家汇的大街小巷上，那师傅就是找不到天钥桥路的莫泰168酒店。他非故意，说自己是郊区刚进城的新手，二来也抱怨莫泰168酒店的门脸也是藏得有些隐蔽。我这才反应过来，感情莫泰就是“Motel”的意思。

终于登梯上楼，酒店的内装潢却有声有色，完全是大星级酒店的气派。明知夜深，还是禁不住要约见两位先行入住的文友。一位是这次上海笔会的地主，网名“大嘴巴”，复旦的博士，文章写得气势如虹，如今见真人，她倒有些腼腆，清爽的短发，不施脂粉的圆脸，细声细气的嘱咐，叫我的脑子与想象里对应了好半天。再一位是文心的掌门人，旗下打理着几百号人马，我叫她“雨姑娘”。

因为北美的时差，凌晨四点我就开始睁眼倾听着窗外的街音，挨到六点，电话叫“雨姑娘”，她说比我还醒得早。两人穿衣梳妆，相约到街面上去吃上海的小馄饨。可叹回国时没准备随意的便装，两个人只好一身洋装礼服地走进那小巷子里，迎面都是提篮买菜的大妈、大嫂，看得我们这两朵扎眼的“花儿”好不自在。

进得一家馄饨小馆，温度立即升高，那大嫂一面手里飞着馄饨皮，一面告知风扇坏了。我俩本来衣裳就穿得厚重，再加那现做的热汤混沌，汗就止不住流下来。顾不得擦汗，也顾不得油腻的桌子，两人只顾专注地享受那越洋跨海的小馄饨，实在是好吃，肉鲜汤鲜！“雨姑娘”抢先去付账，大嫂直起腰，掠了一下乌黑的短发：“六块！”她赶紧付上十二块。“两碗六块！”我俩出门吐舌头：“便宜死了！”

因为时差而起得太早，遂走进楼下的美发屋，立刻就有纤纤的少女小手温柔地笼在头发上。小姑娘来自四川，举目无亲地在上海闯下一方天地，毫无忧愁的脸上笑起来真如川西的芙蓉花，一口“大姐、大姐”地叫得我酥软。洗、剪、吹十元人民币，看着自己的头发飘起来，我真不忍心说出自己是哪儿来的，小姑娘还盼着我多多回头呢！

在上海坐出租车心里确有些堵，两旁的高楼似乎要压下来，前面的人流犹如断不开的河流， 车速慢到行人竟然扶着我们的车身走过。 换地铁吧， 尤其是上海的新地铁！ 我们几个女伴， 下到地铁就走不动了， 沿途都是商城， 让人一惊一乍， 挨个走过去。

走在上海的街头， 竟毫无秋深的凉意， 衣裳与身体愈发地粘乎起来。 沪籍的女友推荐香云纱的小褂， 真就买到一件， 咖啡的暗色。 对镜一照， 不仅身上凉凉的， 脸上的表情也立刻温良得就有了几分“老上海” 的味道。 想到晚上要穿着香云纱去喝蓝山咖啡， 然后去爱尔兰的酒吧， 中年的脚步便如少女般轻盈起来。

太仓的贵气

2011年的秋天，漫游在中国东海岸的我，实在是经历了太多的惊喜。最让我惊喜的却是那个我从来没有去过的小城——太仓。

记得在离开北京的前夜，接受采访。我激动地告诉他们：“此行回国，最难忘的记忆是走进太仓。今日的中国，感动我的并不是摩天高楼的崛起，也不是灯红酒绿的日新月异，而是太仓人的那种文化底蕴，她的那种富庶，她的那种胸怀，她的那种从身心里修炼出来的精神贵气！”

秋去春来，太仓就一直在心里，却不在笔端。实在是因为太仓的精致与博大。面对她，却让人有些无从下笔，因为我心里的太仓，并不是一山一水的局部胜景，而是一种从千年的江河湖海流淌下来的独家气韵，是我们这个优秀的民族来自于灵魂深处的那种大家气象。

喜遇兰花餐厅里的德国人

那日，从福州出发的动车到达昆山已是下午，前来接站的车子刚刚开进太仓，我的第一个感觉是太仓的马路很宽，人却不多。与中国的其他城市相比，太仓显得很安静，毫无喧嚣之感。我简直不能相信，这里距上海的虹桥机场乘车也只需三十分钟，距高铁的昆山南站也仅 20 公里。这才是上海真正的“后花园”，近可触及大都市的繁华，又能享受小城的静谧与安详。

晚餐安排在东仓路上的一家名叫兰花的泰式餐厅。黄昏时走进东仓路，眼前的风景让我恍惚，如此干净、闲适，且优雅，很像我在欧洲或在美国小城里的某个街道。在西方，泰餐是很受欢迎的，甚至超过中餐。泰式的餐馆通常有另一种东方风情。我喜欢太仓的静，因为静本身就是一种贵气。空气中有一种融融的气氛，街上完全听不到吵闹，路人的脸上满是平和。

兰花餐厅的菜好看又好吃，记忆中我们每个人都是吃了双份。店主却是一个年轻的小姑娘，笑笑的表情很亲切。就在我们享受佳肴的间歇里，餐厅里竟前前后后进来了 4 拨外国人，一问都是在这里工作的德国人，其中的两位还是娶了中国的妻子。访问中他们都说太仓的环境好，很像德国的小城镇：恬静、温馨、整洁、秀丽。夏天坐在这里的大街上喝啤酒，非常惬意。还有那河边的水杉树，就像是德国的黑森林。早就听说太仓是中国的“德企之乡”，这兰花餐厅的偶遇首先就让我见识到了德国人对太仓的热爱。

原来太仓有 160 多家德国企业，据说每 1000 个太仓人中，就有一个德国人！故事开始在 1993 年。第一家德资企业，著名弹簧制造商克恩－里伯斯（Kern—Liebers）首先落户在太仓的经济开发区，很喜欢太仓，回德国一传十，十传百，于是到太仓来的德资企业就像滚雪球一般越来越多，形成了今天的“德国谷”（German Valley）。如今，在太仓的经济开发区新区，已经汇聚了舍弗勒、慧鱼、托克斯、拜耳、西门子、通快、林德纳、宝适等众多世界知名的德资企业。在这些落户的德企中，有90%完成了增资扩产，投资总额已超过10亿美元，年产值100亿人民币，以精密机械、汽车配件制造、新型建材为三大特色产业群。

在太仓，很多的德国公司都有班车往返于上海和太仓之间，接送上下班的员工。德企厂房的色调和规模都依循着德国的风格，德国的酒吧、香肠店、洗衣店等等开始逐渐地搬进了太仓。在德国人的圈子里，太仓最有名的餐饮场所是“星期五商店”——一家小型的德国商店，出售以烤肠为主的传统德国肉食品。夜幕降临时，东仓南路上的欧式酒吧一条街聚集了众多德国人，他们品咖啡、喝啤酒，仿佛太仓就是自己的异国家园。目前太仓市已举办了三届啤酒节，并开设有德国的餐馆面包店等。正在施工中的德国风情街，很快就要举行开街典礼了！

要问德国人为什么喜欢太仓？德国驻上海的总领事海顿博士说因为“太仓是中国最干净的城市之一”。改革开放后的太仓，努力发展经济却绝不污染环境，太仓的人均寿命已达到81.5岁，全市户籍人口中，超过60岁者达11.3万，70岁以上5.4万，80岁以上1.59万，所以被授为“中国长寿之乡”。此外，太仓还被国家评选为“卫生城市”“园林城市”“环保模范城市”“国家生态城市”。另外还获得“国家人居环境范例奖”“中国最具幸福感城市”“中国民生成就最高荣誉大奖”“2011福布斯中国大陆最佳县级城市”等。注重生命意识的德国人当然会爱上太仓！

太仓江河入海流！

太仓的初夜，不能安眠。细细查了资料，原来“太仓”是指天子粮仓，它地处东海之滨，东濒长江，南邻上海，西接苏州。太仓的繁荣其实早于上海，它曾为元明时期的海上码头和鱼米之乡，享有“金太仓”的美誉。

说到太仓市的陆域面积是666平方公里，水域面积144平方公里，户籍人口47.1万，流动人口48.9万。全年GDP达867.5亿元，年财政收入226.5亿元，名列全国百强县（市）的前十位，是江苏省首批6个率先实现全面小康的县市之一，人均GDP早已超过1万美元。

到达太仓之前，在福州的海滨，我曾看到过郑和出洋的高大雕像。到了太仓才知道这里的入海口正是当年郑和出洋的起锚之地！我仿佛看见当年的郑和和他的200多条大小船只，2万多水手，正浩浩荡荡地下海远航。想想哥伦布的远航，要比郑和的首航整整晚了87年！

进入秋冬的太仓港口，劲风吹得人几乎站不稳。我的手紧紧抓住岸边的钢丝缆绳，看眼前的浩渺波涛滚滚入海的宏伟气势，真正感受到太仓吞吐江海的壮阔胸怀。

这个太仓港旧名刘家港，正是当年郑和船队下西洋的起锚地。沿长江边25公里长的深水岸线，水深12米，涨潮时可达14米，不淤不冻，边滩稳定，深水区如此开阔，200年来水文未变，能满足10万吨级远洋轮船回转。2010年国际国内航线总数已发展到83条，甚至远达美国洛杉矶。目前全年集装箱的吞吐量超过300万标箱，货物吞吐量超过一亿吨。这样的规模，已接近德国最大的港口汉堡，真是让人惊叹不已。

都说太仓是个传奇，因为它地处江河湖海的交汇之地。最难忘的是在这里竟然能同时吃到江鱼、河鱼、湖鱼、海鱼，那些少见的鱼类海鲜，真是鲜美无比，印象最深的当然是传为“太仓三宝”的鲥鱼、河豚、刀鱼。

那日吃河豚，我们都屏住了呼吸，为了这绝世的美味，感觉是要将生死置之度外。其实河豚的毒性并不高，每条河豚的加工去毒需要经过 30 道工序，一个熟练厨师也要花 20 分钟才能完成。吃河豚之前，用小刀割去鱼鳍，切除鱼嘴，挖除鱼眼，剥去鱼皮，剖开鱼肚取出剧毒内脏，再把河豚的肉一小块一小块的放进清水中将毒汁漂洗干净，才能烹饪。现如今，太仓的河豚大多人工养殖，可以放心大胆地享用。再说太仓的刀鱼，因体型薄而狭长，似尖刀而得名。刀鱼每年春天从大海游入长江产卵前，需要囤积脂肪，味道特别鲜美。

哈哈，想想太仓的鱼，那样的诱惑才真正是“舌尖上的中国”！

太仓风骨诗舞魂！

在太仓的贵气里，最令人景仰的还是“文人风骨”。走进太仓的历史时空，古城内正可谓书香四溢，名门中既有明代的“祖孙宰相”、“四代一品”的王锡爵，还有那“太师府”的南园。当然最著名的就是张溥，这位才华横溢、忧国忧民的明末知识分子，多少来自民间的年轻学子和朝廷内外的文武将吏朝拜在他门下，也难怪他撰写的《五人墓碑记》能够成为《古文观止》的压轴篇。

张溥的故居就坐落在县府西街的路南，与明代尚书文学家王世贞的弇山园隔街相对。张溥的了不起，是他不仅是个文学家，而且还是个社会活动家，由他组织的复社可以说是中国古代历史上影响最大的文人社团。

好喜欢这座 400 年前的文人院落，完好地保存了明代“尚书府第”的风貌，花窗、门雕、月梁、雀宿檐以及房梁上的枫拱纱帽翅都会让人浮想联翩。当年的复社成立于1629年，万历后期的朝廷日趋腐败，到天启年间更出现了阉党擅权的局面。张溥等人痛感“世教衰，士子不通经术”，所以联络四方人士，主张“兴复古学，将使异日者务为有用”，因名曰“复社”。复社的主要任务在于切磋学问，砥砺品行，但又带有强烈的政治色彩，并具有相当广泛的社会基础。它的成员多是青年士子，先后共计有2255人之多，声势遍及海内，许多复社成员相继登第，声动朝野，而许多文武将吏及朝中士大夫、学校中生员，都自称是张溥门下，“从之者几万余人”。当时的复社成员和活动已遍及十几省，顾炎武、黄宗羲、夏完淳等都是复社的成员。这是中国早期知识分子忧国忧民、参政议政的独立觉醒，是历史上“文人风骨”最具规模的充分表现。

那日去沙溪，一派江南水乡的情韵诗韵，石板街、石拱桥浑然天成，毫无雕饰，美得让人心里发颤。年轻的女副镇长竟然就是一位诗人，而且这沙溪还养育着舞蹈的精魂！

走在沙溪古老的石板街上，开浚于北宋年间的七浦河横贯全镇，街河之间的成排老屋既是住家也是商铺，我看到妇人们自家制作的围巾，以及孩子们穿的手工棉鞋，真是好看极了。经过一座欧式建筑的小楼，原来这就是中国新舞蹈艺术的创始人吴晓邦先生的故居，现在为现代舞蹈艺术的展示馆，记录着中国新舞蹈一路走来的步步印记，也让我们看到了“中国舞蹈一代宗师”“一代舞魂”的曾经风采。

太仓啊，你究竟深藏着多少生命如歌的故事，要向世人倾诉？

都说太仓地灵人杰，真是眼见为实！太仓的文化名人，仅宋元明清考取进士者就多至325人，其中状元3人。近现代的英才更是个个彪炳史册。就在美丽的浏河校园，我们拜谒了世界著名物理学家吴健雄的墓园。吴健雄1912年5月31日出生于浏河的书香门第，中央大学（今南京大学）物理系毕业，留美博士，1956年，吴健雄率先用实验证明了宇称不守恒定律，次年发现此定律的杨振宁和李政道荣获诺贝尔物理奖。从此，吴健雄被誉为“中国的居里夫人”“世界核物理女皇”，曾获得美国理工界最高荣誉普平纪念奖，当选为美国物理学会第一位女会长。身在异国他乡的吴健雄曾多次回国讲学，并为家乡的建设贡献力量。1997年2月17日，吴健雄在美国逝世，享年85岁。吴健雄的墓园就建在她父亲创办的、也是她启蒙就读的明德学校里。这位享誉世界的物理学家，长眠在她父亲栽种的紫薇树下。墓穴安置在9米直径的水池中。墓穴外部呈一斜面的圆柱体，斜面上镌刻着墓志铭。杨振宁和李政道分别题写了“吴健雄墓园”和碑铭。校门内的吴健雄雕像永远激励着太仓学子。吴健雄的丈夫华裔美国物理学家袁家骝（袁世凯之孙），去世后也同妻子葬在了一起。

据太仓作协主席凌鼎年先生编著的《太仓近当代名人》中介绍，在太仓，仅中国科学院和工程院的院士就有唐孝威等11人，1997年的诺贝尔物理奖得主朱棣文先生的祖籍也是太仓。

要向太仓告别的时候，我心里除了万千的不舍竟是深深的惭愧。因为在2011年以前，我从来都没想过要去看太仓，以为她就是依附在上海身旁的一个小城。如今走过太仓，才知道太仓是如此安静地面对这个浮躁喧嚣的世界，她珍爱环境，崇尚诚信，在历史的担当中低调地守护着自己高贵的精神家园。太仓之行，是2011年的中国给我的一个最深刻的“意外惊喜”，是我东南海滨之旅中最美的一页篇章。

邂逅丽江的男人

一直不想去丽江，就像一本时尚的书，大家都在翻，倒是少了兴趣。

暑期归国，被太多的记忆包围着，压迫着，连同那古城铅一样灰重的天空。忽然就想去一个陌生的地方，逃离一种熟悉，摆脱一种亲切，连同那密不透气的城墙。于是，才想到了深藏在彩云之南的丽江。

喜欢坐在飞机的舷窗边看窗外，晴天的时候感觉是自己在云里飞翔。沉沉地想起85年前，竟然有一个叫洛克（Rokek. J. K）的美国人，鬼使神差地走进了中国的彩云之南。那一天，他顺着茶马古道前行，忽然看见一座玉带缠绕的雪山，山下是一个凝聚在时光里岿然不动的古镇，那份庄严，那份祥和，那份深藏在青瓦小巷里的清丽文明顿时将他的灵魂震憾。这个对丽江一往情深的洛克在玉龙雪山下一住就是27年，他的足迹遍布泸沽湖畔、金沙江边、哈巴雪山以及中甸的草原，数千张珍稀的黑白照片开始走向西方，一部《中国西南的古纳西王国》的书让全世界知道了中国也有个香格里拉。

去丽江的瞬间冲动很大原因来自洛克，究竟是什么力量能让一个外国人抛妻别家20多年？据说晚年的洛克在美国一直难以瞑目，丽江成为他一生最爱的土地，他要把自己葬在那里，他渴望魂兮归去，他要与玉龙雪山永远相依。

而我，多年云游的心早就不再有惊艳的幻想，世间风物，随心情而变，早年的梦里千回，如今已化作中年听雨，随意的淡然中，唯期盼着人生的旅途能有一些意外的惊喜罢了。

走出丽江的机场，原来只有三条停机的甬道，规模显然太小。可头顶的蓝天，却是宝石一般地透明，张开双臂深呼吸，空气里立刻有清洌的香。车子接近古城，青砖古瓦迎面扑来。

对丽江的第一个印象是从夜晚开始的。与去年畅游的江南古镇周庄不同，入了夜，沁润在光色里的丽江才真正艳丽起来，而那细雨里的周庄则是弥漫着一股幽暗的雅静。但丽江有水，这水又来自雪山，比起江南的水韵却更多了几分清清的爽。

来丽江的人多爱酒吧，所以丽江给我的第一个感觉是酒色太重。犹如不喜浓妆，却偏要走近，遂找了一位熟谙当地的小说家陪同前往。这小说家姓赵，面容憨直而宽厚，说普通话略有吃力，一问是纳西族培养的文化领导。小赵先送我一本书叫《柔软时光》，说丽江的酒也是柔软的，还可以治病。然后信步引我踏入酒吧街。刚到街口，就听见轰然的喧嚣与骚动，小赵说："不要怕！声音也可以疗伤！"说话间，我的眼前就涌动着黑压压"疗伤"的人群，西装的、短裤的、浓妆的、素面的，摩肩接踵地拥在街上，竟然都放开着喉咙，无论会不会唱歌，都在与对街不相识的人群对歌。自己平生爱歌，但从未体验过这样的一种近乎"原生态"的粗嚎，没有人能辨别得出是谁的歌喉，也没有指挥，听到的是震耳欲聋的此起彼伏的杂音合唱。这合唱的队伍里，有人站着，有人蹲着，有人干脆就坐在酒吧的屋檐上，没有统一的伴奏音乐，有的只是各家酒吧里自制的放纵旋律。忽然置身在这超分贝的声色夸张里，我有些受不住，推着小赵希望疾走。他却笑了："你不知道在我们丽江有一句话叫'人啊，你慢慢走！'你想想，走得快了，匆匆的脚步又去哪里呢？只能是离坟墓越来越近。” 他的话让我赫然定住， 脚步顿时放慢， 时光也忽然被拉长。 脑海里蓦然想起普鲁斯特当年的一句口头禅“别太快！” 因为“活得太快会让人疏离了生命的意义”。

平生第一次与纳西族的男人喝酒， 原木的桌子是当年电视剧《一米阳光》 的拍摄场景。 多亏在二楼， 耳朵里的刺激柔和了许多。 入口的啤酒极新鲜， 下酒的菜是一盘丽江水里养育的高蛋白“虫子”。 小赵说：“丽江的酒吧如今是丽江的缩影， 现代人的苦闷和寻觅都写在这里了！” 我惊叹他对丽江的如此洞察， 他则谦虚地掏出一篇刚完成的小说：“这是《三个人的爱情》， 说的是两个女人和一个男人来到丽江后化干戈为玉帛的故事”。

丽江实在是应该进入小说的， 不知为什么， 在丽江， 每个人都充满了倾诉的欲望， 突然放慢的人生脚步触摸到那来自地心的暗伤。 记得去年在水乡周庄， 却让人沉默， 想回到自己的内心， 回到历史的远古诗篇。眼前的丽江， 喧嚣里似乎饱含忧伤， 古朴的色调里却充满现代的叛逆，似乎寻常的每一天， 却都在发生着不寻常的故事。

到了白日， 丽江立刻就少了几分感性的诱惑， 呈现着阳光下的开朗与理性。 庄严肃穆的木府前， 一面硕大的白壁上赫然书写着徐霞客的几个大字“宫宝之丽拟于王者”。 这位明代的云游大侠在鬓发苍苍时才到丽江，被丽江的幽秘所震憾， 也把向来在西南山脉里隐居的木府王爷吓了一跳，生怕自己的王者气派传到皇帝耳朵里去。 然而徐霞客欣赏纳西人的以书为贵， 钦佩木府王爷的包容情怀， 他更被丽江的涓涓清流所吸引。 于是，他成了木府大人最尊贵的客人。 就在那一年， 辛劳成疾的徐霞客瘫倒在丽江， 是木府大人派了六位青壮的纳西族汉子， 把徐霞客抬回了家乡， 使他完成了最后的《徐霞客游记》。

如今的丽江城， 水依然是那么清， 袅袅传来的纳西古乐里兼并着宫廷式的高贵和民间的绚烂， 只是聚集在四方街上的人群却多来自外地了。 感受丽江， 不能不感受外来者流浪的心。 街旁的店铺里常常看到三两个外地的小伙儿， 弹唱着流行的曲子， 还有姣好的女孩陪伴在侧， 想必是流浪至此寻找桃花源的。

一日黄昏，躲开了丽江的人流，驱车来到距丽江一箭之地的束河，也是一个古镇，大块的青石路面俨然是久远的古色，青苔的瓦檐也少有修缮，更显出历史的风韵。因为将晚，又将雨，街上就几乎没有人，但铺子都开着，正合了我的心意。散漫地走着，并无目标。靠近城边，忽然发现一处“幸福村”，门口放着一个竹篮，插着一把向日葵，屋里面挂着几件奇奇怪怪的T恤衫。我有些好奇，进去一探，出来一个帅气的青春小伙儿，白色的亚麻衬衫，水洗的牛仔裤，明亮的眼睛，嘴角的笑意，整个一个阳光大男孩。坐在一个堆满奇装异服的粗木条凳上，这才弄明白小伙子的生意是用电脑为客人设计自己的T恤图案。看墙上的那些图案，很有点儿野兽派的味道，小伙子立刻解释道：“我可以帮你设计任何你喜欢的图案！”看见他如此熟练地摆弄电脑，显然受过专业训练。果然，他在大学里念的就是电脑，毕业后云游四方，来到丽江，很喜欢，就留下了，开个铺子养活自己。他说这里很开心，天天交新朋友，钱不多，但能为别人也为自己创造一种个性的生活。说话间，就有周围的朋友来看他，男生或女生，亲热得很，个个都是天涯客。我坐在这一群“开心果”之间，小伙子看着我笑：“你猜我的家乡在哪儿？”我猜不出，他说：“海南岛！”

入夜，我站在高高的万古楼上，俯瞰丽江的温暖灯火，深邃而清浅，绚丽而质朴。那一个个神秘的院落，好像藏着久远的秘密，又好像欲言又止的无限心事。丽江有酒，有茶，有书，有艺术，她是如此真实，又是如此虚幻。街巷里飘来那首最新的歌：“曾经忧伤的你，在这里找回自己。”是啊，来丽江的人，究竟是寻找丽江，还是寻找自己？

站在张艺谋制作的“丽江印象”的巨大广告牌前，我找到了一位纳西族的出租车司机，听他说每看一次玉龙雪上脚下的这场露天演出都会流泪，于是就拜托了他驾车前往。去雪山的路开阔得让人激动，这位姓余的师傅娓娓地讲起玉龙神山的传说，还讲起洛克先生最终埋在雪山脚下的渴望。我惊讶地看着这位并没有读过很多书的纳西男人，瘦削的脸棱角柔和，眼神深情如水，贴身穿的是一件白棉布的农家短袖，外面罩着丝质的猩红色夹克衫，一派纳西人的淡定清爽。他告诉我纳西人最喜欢的一句话是“天雨流芳”，我不能懂，他说就是“好好读书”的意思。他还说纳西人好客，最有包容的情怀，说着，唱给我一首纳西族的歌，歌词不懂，曲调却抒情婉转，他说那歌名是《朋友》。

忽然看见《丽江印象》的天然剧场，心头一热，巍峨的玉龙雪山正是它雄浑的布景，峭壁悬崖则是它的舞台，成队的马帮在崖畔上奔驰，姑娘们的背篓在崎岖的山路上构成缤纷的彩霞。五百个当地的村夫、村妇，在震撼天地的音乐声中翩翩起舞，演绎着丽江人祖祖辈辈的生命故事。只见一个青壮的汉子，站在悬崖上昂首念道：“我们是天的儿子，是自然的兄弟。我们叫天，天答应，我们叫地，地回声，我们叫云，云过来……”，他的话音刚落，竟真有一块大云飘过来，眨眼间大雨如注。但是没有人离开座位，《丽江印象》是春夏秋冬都不会中止的演出，甚至风雨，甚至雪花。观众们披上雨衣，演员们却是在雨中演出，大雨中一排小伙子在崖顶上一字排开，敲着大鼓，那鼓声越大，雨就越大。最后，站在中央的那个男人举手向天，大声呼道：“太阳出来，我在；太阳落山，我在；朋友来了，我在；朋友走了，我还在！”回肠荡气的音乐声中，我的眼泪突如闸门顿开，那一刻，我真的爱上了丽江。

与丽江说再见是件很难的事。那位余师傅想要无偿地送我去看丽江的湿地草原，还有金沙江上的虎跳峡。拉市海湿地就在玉龙山脚下，几个马夫站在黄花铺就的草原上，余师傅上前用纳西语跟马夫说话，然后扶我上马。马夫先是牵着走，刚等我坐稳，就立刻撒了缰绳，让我自己前行。平生第一次独自骑马，沟沟坎坎吓得我不断尖叫，那马夫却在后面远远地看着，马儿竟然埋头前行，到后来，我真的能自己策马扬鞭了。

虎跳峡是丽江附近的名胜，两山夹一江，进到山口，就听到急流声。沿着峭壁凿出的小路走过去，让人心惊肉跳。待到虎跳峡，才发现并非是老虎能从两山间跃过，而是江心有一巨石，能让老虎垫脚飞过。那巨石有多少年不得考，虽有许多传说，但显然是由山上滚落，只是滚得如此巧妙，便让人称奇了。水色苍茫中，我忽然觉得自己就是那只幻化的虎，在人生的此岸与彼岸间徘徊眺望，沉舟侧畔，猿声相啼，正渴望一块垫脚飞跃的石头。

那是泸沽湖的女人

万没想到，去泸沽湖的路竟是如此艰难。车子已经在山里盘旋了五个小时，爬上一座山，又开始爬另一座山，颠簸到五迷三道。山路回望，曲折起伏，俨若就是人至中年的烟尘苦旅。我心底里后悔不该此行，无论它是什么样的仙湖，多么清的丽水，即便是梦了多年的情郎，疲惫挣扎如我，实在是不想再往前行了。

车子停在一座山顶，司机劝我下来看风景。紧闭的眼睛睁开来，外面竟有山野的凉气。极目远眺，重峦叠嶂，崎岖的山路正通向迷离的山外。忽然想，那神秘的泸沽湖许是不轻易给人看的，她天生丽质，却藏在深闺，怕是不想沾染了红尘的浊气，所以想要看的人须跋山涉水，且是那些执着的人才能看见她。

坚定了信念，路途竟短了。车子骤然刹住，说是到了。我踉跄站定，就在几步之外，泸沽湖就如绸缎铺在眼前，有点儿像梦。我奔向岸边，将手伸入水中，柔软冷傲的水就如同少女的身体，传导出我怦然的心脏：遥远的泸沽湖，我终于触到了你！

泸沽湖第一眼的惊艳，来得如此猝不及防。她浩浩渺渺地静卧在滇川交界的高原上，蓝得让人迷醉。湖水蜿蜒伸展，不是水绕着山，倒是山在绕着水。蓦然想起女儿国的传说：在这片土地上，是男人们围绕着女人，就如同这湖水的天然与浪漫。

爱上泸沽湖，就想走进她的身体里去。我坐进一条木舟，向湖心最大的一座小山丘驶去。划桨的正是一对摩梭男女，女子穿着白色的百褶裙，头上顶着彩色的头巾，眼神里是那种只有恋爱中的人才有的幸福笑意。这里的摩梭人据说来自古代西部的羌族，女人高鼻丰唇，男人浓眉大眼。那摩梭女子要给我唱歌，我问她是不是因为湖水太静，她说："是因为我们每天都在恋爱啊！"

几百年了，在这神秘的泸沽湖畔，没有战乱，没有忧患，甚至远离俗世，崇尚本真的摩梭人一代一代沉浸在自己的情感生活方式里，他们依恋着母系的力量，男不婚，女不嫁，过着永远恋爱走婚的日子。他们是大自然忠实的儿女，姑娘们用水照镜子，用花草装扮自己，用夜晚的歌声迎接着阿夏（情郎）的到来。嘎姆山升起的月亮啊，装点着每一个爱意绵绵的花楼。

站在湖心岛上，飘飘的旗幡之中，我看到自己离天很近。远眺仙湖之畔，星罗棋布着摩梭人的村寨，诱惑着我红尘数载蒙垢的心。顺着岸边的杨柳，找到了落水村一户摩梭人的家，院子异常的宽绰，四周由圆木垛成的木楞房弥漫着一股来自山野特有的松香。高大的祖母房门前挂着金黄的玉米棒子，筐子里晒着鲜红的小辣椒，灵俏的小孙女带我跨进那神圣的门栏，我一眼就看见了正屋当中那盆红红燃烧的火塘，心中蓦然一热，好像回到了远古时代，火是温暖，是希望，是活下去的激情。

火塘是摩梭人的最爱，在摩梭人眼里，女人是天地之根，所以老祖母骄傲地坐在火塘边，晚辈的男人、女人则分开围坐。到了晚上，只有未成年的孩子能够与老祖母同宿。最开心的莫过于13岁以上的女孩子，因为祖母会为她盖一间独有的花房，从此她就可约会情郎。每年的阴历七月十五，是摩梭人的转山节，举行过"成丁礼"的姑娘与小伙子们从一个山头拜到另一个山头，寻找着自己的意中人，然后在女神山下的温泉里男女公浴，或者到就近的密林里男欢女爱。寻找阿夏的机会很多，节日穿上盛装，交谈、对歌、跳舞等，再相约好去花屋的时间、地点和暗号。暗号有情歌，有学虫鸣鸟叫，还有扔石头等。白天是不能来花房的，只有到了夜里，男人们带上帽子还有一把小刀，不能走正门，要走后门或跳墙进来，除了讨好老祖母的狗，还要把帽子挂在门上以示后来者。阿夏在花房过夜，但必须在天亮前离开，完成神秘而刺激的约会。姑娘们第二天会向要好的女伴讲述晚上的浓情蜜意，越销魂荡魄就越会赢得女伴们的羡慕。

我问那灵俏的小孙女："你有自己的花房吗？"她笑得嘴角弯到了耳朵："已经有了两年了！"我说想去看看，她立刻就答应了。她的花房在二楼，小姑娘说身手不好的阿夏还爬不上来呢。花房里很温馨，没有花儿，却挂满了各色样的兽皮，姑娘说那都是阿夏们带来的礼物，他们在比试谁是真正的好猎手。我问小姑娘："那你最喜欢的是哪一个呢？"女孩看着墙上的琳琅满目，竟然说："为什么是一个呢？他们各有各的好啊！我又不属于任何人！"我登时被她的率真惊诧得说不出话来，这小小女子的随意表达却是说出了天地间的一个大真理：爱的法则，不是属于，而是自由地生长。

在阿夏婚姻里，没有私有观念，没有占有欲。摩梭人年轻的时候都有好些个阿夏，到了中年，才渐渐固定下来，但人数依然不等，男人和女人都拥有结交新阿夏的主动权和拒绝权。幸运的摩梭男人从来不需要为女人和孩子承担义务，唯一连接他们的纽带就是彼此相爱。女人们不会嫉妒，男人们不会抢夺，同母异父的孩子平等相待。

静夜里，我走在泸沽湖畔，听到远处隐约的笛声，是摩梭人在举行欢乐的篝火晚会。那些英俊的小伙子穿着织锦的短袍，姑娘们的裙摆沙沙作响，他们手拉着手，在火的激荡下翩翩起舞。我情不自禁地追逐着他们轻快的脚步，忽然发现这里才是我们人类的情感原乡，是我们早已忘却的童贞初恋之梦。我的心为摩梭人而敬畏，他们仿佛从遥远的时空走来，又仿佛要走进遥远的未来。

蓝蓝的冷月躺在湖心，颀长的猪槽船静候在水岸。在通往木楞房的小径上，我真的听见约好的情人正拨着口弦一问一答：

“你家的黄眼圈母狗叫得真凶，等你开门我好心慌！”

“上火塘的阿婆还没睡着，这时你还不能进来！”

“长脚蚊子叮得我真狠，等你开门我好心痒！”

“下火塘的阿婆还没睡着，你要悄悄地别弄出声响！”

今夜无眠，我的泸沽湖畔。

夜宿周庄

2009 年 9 月的我，正坐在一辆驶向江南的巴士上。窗外的风景逝去，勾起我重重的心事。谁料想，走过世界很多地方，年年在异国他乡飘游的我，忽然暗恋上一个地方，这个地方常常在午夜时将我唤醒，身体里似乎也浸润了那水气，思绪就飘向了远方。

心跳开始有些加快，因为我听到车厢里有人在大声地宣布："今晚，大家要夜宿周庄！"说这话的人是海外媒体赴江苏采风团的团长，尽管他的表情有着一种军人的严肃，但我的望穿秋水的喜悦已经明明白白地写在了脸上。

秋阳渐渐地换成了暮霭，夜色浓起来，周庄，真的就要到了。

说来也奇，我第一次与周庄相见也是在暗夜来临的时候。那是 2006 年，走过了千山万水的我竟忽然地站在了周庄的面前。那一刻，华灯初上，羞涩的水波向我慢慢地绽开了柔情的笑颜，大红的灯笼，蓦然间将我疲惫多年的心俘获。眼前的周庄，夜色里笼罩着一层温柔恬美的静，遮去了霓虹灯的耀眼，空气里弥漫着气韵和安详。记得那晚落脚的客栈是一个三进院的大宅子，跨进门槛的时候，感觉自己就像是那些背井离乡的儿女，有一天提着漂泊的行李，怀着感念亲人的心回来了。

知道周庄其实很早了。多少次从陈逸飞先生画的那幅举世瞩目的《故乡的回忆》上，想象着那石板砌成的“双桥”如何优雅地架在波澜不惊的古河上，缓缓地舒展着有关故乡的所有记忆。那晚，恍若初恋的我急步登高，脚下便是梦里千回的富安桥。站在桥上，遥看幽幽的河水，它已经淌过了整整九百年，水边悬挂的红灯笼，照耀着水上人家，也温暖着旅人的心。

最难忘拂晓时分，窗外忽然有丝丝的雨声，真的是江南的雨吗？我翻身跃起，晨曦里梳妆，穿上白衣黑裙，撑了一柄月白的绸伞，一步跨出去，就浸润在凉凉的细雨之中。周庄早晨的水气实在醉人，雨滴敲打在河面上，远处已看见船的影子。窄窄的小巷还在沉睡，静得只能倾听自己啪嗒啪嗒的脚步声。对面恰走过来一个人，是个有点儿风霜的中年男人，也撑着一把伞，脚步竟如我一样悠然，两个人将要擦肩，只好侧着伞让路，就近时会心一笑，那感觉正如望舒先生笔下的《雨巷》。

就在那个早晨，打着绸伞的我，寻寻觅觅地就闯进了名噪天下的三毛茶楼。我是多么喜欢当年那个不爱上学爱远游的三毛姑娘，她的可爱就在于把生命的点滴都化作了文学想象的优美，她的可叹也正是把生命的激情无法再交还给悲情的现实。我想，三毛进周庄的时候，与她走进撒哈拉沙漠时的心情肯定不同。在异域的流浪里，她需要猎奇。然而在周庄，她的感觉是回家。茶楼上悬挂着三毛饮茶的照片，她的头发总是长长地随意飘散，衣装上也是无拘无束。我的目光停留在墙上镜框里三毛当年写给茶楼主人寄寒先生的信上，清晰的笔迹，透出她修身又不羁的个性。遐想间，寄寒老人端着茶碗向我过来，他面容清癯，衣着古朴，浅浅地礼笑着，身上有文化人的仙风道骨。这位老人既是楼主，又是作家，与他握手的时候心里一阵发热，因为他的手曾与我心里的三毛在这里相遇。

每个地方都有自己独家的味道，周庄的味道无疑就是“万三蹄”的肉香。那烧得红亮红亮的大蹄膀，不仅仅是农家人富足的象征，也是对那位富甲天下的周庄人沈万三老人的纪念。万三先生的家就在水边的巷子里，后人盖的门楼并不高大，院落也并不怎么阔绰，可见他的家族已经学会了藏白内敛。中国的商人，一定要先懂政治。聪明绝顶的沈万三，虽然善交朋友，但他最后的厄运就是因为终不能明白皇帝的心。不过，他的悲剧倒是教会了周庄人从此磨了自己的锋芒，隐在青砖灰瓦之间。

说到周庄的歌还正是在小小的船上。那日行舟在水上，摇橹的是一位大嫂，朴实的脸，矫健的腿，让坐在舱里的我很是仰望。河面上飘来歌声，就请她也唱几句，大嫂绝不推辞，立马就对着河道唱起来，是那种江南的民歌，完全没有修饰过的民歌，她的声音原始而优美，真切而抒情，穿过蒙蒙的雨雾，飘向很远很远。我闭上了眼睛，一股久违的幸福感升起，感觉是躺在母亲的摇篮里，倾听着那守护我的歌声。

告别周庄实在是一件很难的事。向周庄挥手的时候，竟下起了小雨，千丝万缕，包裹住我的心，遮住我惆怅的目光。“周庄，我会再来，当我想家的时候！”

怎么也想不到，仅仅三年后，想家想得心痛的我，真的就奔驰在去周庄的路上。

奇妙的是，这次的与周庄相见又是在夜色之中。夜色，正掩饰着我的急切和慌乱，走过那熟悉的长长小巷，周庄引着我走进了她的心脏。那是一个硕大的院子，天幕下的原木方桌斟满了洗尘的清茶，正面的舞台上琴笛悠扬，婉转的昆曲正从历史的深处声声向我飘来。说话间，浓香扑鼻的“万山家宴”已经登场，我捧起青花的大瓷碗，大碗喝酒，大口吃肉，这才发现清秀的周庄也有豪气的底蕴。

如果说初逢周庄带给我的是那缠绵的微醺，那再次重逢，却为我展现了绚丽之夜。眼前的周庄，不朦朦胧胧，不再欲说还休，却是把我引到了一处天地水景的大舞台。最美的是一群春天的姑娘，在小巷里打着花伞舞蹈，将人与自然的美妙表现到极致。最让人开心的演出是看周庄人娶亲，那娶亲的队伍真是浩大，让观众席的小伙子们个个春情荡漾。

那是又一个不眠之夜，周庄，以她独有的诗画柔情，给渴望回家的人铺就了舒心的暖帐，让疲惫的人还有梦，让苍老的心再冲动，让无奇的人生又重新有了惊艳。

南昌行记

往事如烟。将近十年里，我曾经四次来到南昌。神奇的南昌城总是用她温暖的怀抱装载着我的梦想，以它崭新的绚丽安抚着我思乡的心。每次倾听着她浩然前行的鼓点，仿佛就是我人生里程中最重要的驿站。

记得那是2002年的10月，我作为北美华文坛的新移民作家代表第一次应邀回到上海参加世界华文文学国际学术研讨会，终于回到了梦寐的绿色海岸。遥想二十多年前，神州大地刚刚解冻，春江乍暖，我们这一群躁动的燕子，飞越了国门，朝着未知的海岸线飞去。岁月荏苒，历尽了风雨，我们开始写属于这一代人独有的故事，为自己，也是为了家乡的父老。重返自己精神的家园，这一天竟真的来了。

上海会议结束，国内很多大学纷纷邀请我们这几位“北美作家兵团”前去讲学。与复旦大学、苏州大学的师生见过面之后，来自江西南昌大学的陈公仲教授也热情地盛邀我们远赴南昌讲课。对我来说，这完全是一个意外的行程。然而，就是因为这次旅程，雄踞赣水的南昌，竟成了我们海外文学游子真正的“家”。那年我被聘为南昌大学的客座教授，与南昌大学结下了亲缘。与此同时，也奠定了我心中一个激动人心的梦想：

就是期盼着有一天海外各路新移民作家能聚首在南昌， 由此推动一个海外文坛新时代的到来。

就在两年后， 2004 年的 9 月， 由南昌大学、 江西省当代文学学会、《文艺报》 联合主办的首届国际新移民作家笔会在南昌隆重举行。 六十多位来自世界各地的一代新移民作家和大陆研究华文文学的知名学者， 终于聚首在赣江水畔。

南昌国际笔会， 犹如新世纪的一场及时春雨。 从此， 我们这一代游子不再是无根漂萍， 我们的翅膀开始与神州大地的落霞齐飞。 2005 年，我们即出版了《一代飞鸿——北美中国大陆新移民作家小说精选与点评》，成为海外大陆新移民作家的首本小说精选， 在学界引起了强烈反响。

2010 年 5 月 22 日。 我再回南昌， 春雨之中， 我看见了一个只有鲜花的舞台， 这次的鲜花和掌声是要献给“中国小说学会首届小说节”。 确切地说， 是献给“小说中国”。 那一刻， 我代表海外作家讲话， 心里真是热浪滚滚： 南昌啊， 从 2002 年我们第一次回家， 八年风雨， 八年收获。这里， 曾经是我们扬帆起航的地方， 今天， 我们带着自己的硕果又回家了！

告别南昌， 我眺望着滕王阁巍峨的飞檐， 呼吸着赣江清香的水雾，心里竟有千般的不舍。 虽然我已是“三下南昌”， 但都是人文意义上的学术之旅， 来也匆匆， 去也匆匆。 作为南昌城接纳的海外儿女， 我多么想深入地走进南昌的山水， 切肤地感受它历史文化的深刻底蕴， 尤其是渴望能够近睹它最新焕发的青春容颜。 令人惊喜的是， 仅仅在数月之后， 这个愿望就实现了。

2010 年 10 月 2 日， 由南昌市委、 市政府、 中国作协现代文学馆主办， 市委宣传部、 市文联、 南昌日报社等单位承办的“中国（南昌）第三届国际华人作家滕王阁笔会” 在南昌隆重开幕。 作为应邀嘉宾， 我终于开始了一次全方位的南昌山水的采风之旅。

记得有位政治家说过： “经济可以使一个国家强大， 靠文化才能伟大。” 在这个意义上，南昌确可称为是一个伟大的城市。它的伟大，不仅仅是因为它有着辉煌的革命历史，有着灿烂的人文古迹，而是因为今天的南昌正在追求着打造“金山银山，更要绿水青山”的文化梦想。

都说南昌是一个有梦的城市，在我的眼里，南昌的风情万种里最让我迷恋的是它的水文化之梦。这些年我在世界各地旅行，深深地感受到一个城市的灵魂就在于水。可以想象，当我们走进巴黎，如果没有那玉带般的塞纳河，巴黎的艺术瑰宝就会像散珠一样黯然失色。在伦敦，如果没有泰晤士河上的清风，那雾都的城堡将会是怎样的阴郁肃然。曼哈顿岛上的纽约，如果没有哈德逊河的开阔，则会令人无从遥望。埃及的开罗啊，如果没有尼罗河，历史将会死亡。还有罗马的泰伯河，正是那鲜活的流动将一个个废墟点化成雄伟的殿堂。如今，我站在南昌的水边，水气撩人，忽然之间，就听见浑然的音乐从天空传来，眼前升起了彩色斑斓的水柱。这水柱布成的巨大方阵，随着天籁般的音乐起伏跳跃，或者冲上云端，或者婀娜摇摆，变幻莫测，俨然就是世界上最恢宏的“水”的交响乐！我曾经在美国拉斯维加斯观赏过音乐喷泉的绝世表演，但那赌城之水又怎能比得上赣水之畔如此辉煌的色彩，如此激动人心的水的畅想！

沿着举世闻名的红谷滩秋水广场，再走进赣江公园文化长廊，那设想之壮美、那内涵之丰富、那表现之逼真真是如诗如梦、荡气回肠。这多达几公里长的文化长廊上，历代与江西有关系的名人的雕塑和书法镌刻的诗词碑林一字儿排开，震撼人心。

夜已深，我漫步在赣江水边，看着那高耸的摩天轮，心里想象着：如果登上去，缓缓上升，就能俯瞰碧水环绕的南昌，欣赏那湖在城中、城在湖中的胜景。南昌有水，有水就有生命。今天的南昌人，为了子孙后代，正在建设着一个“以人为本”的“绿色之都”！正是带着这个坚定的梦想，南昌正在向世界走来。

后记

不做游子，何解乡情？

陈瑞琳

我是一个“虎妞”，因为属虎，不怎么解风情，但我喜欢在崇山峻岭中野游。好在我嫁的男人非常懂我，因为他也属虎。

记得六岁那年，母亲回到渭北的外婆家接我，我正在村东头的碾子上津津有味地啃着烤麻雀。那时候，最开心的事是去小林子里找知了蜕下的壳，再添一撮平时攒下的长头发，跟村口常来的货郎担子换糖吃。有时饿了，或者去菜地里摘豇豆，或者在后院的矮墙上手持长杆打树上的枣儿。我至今还记得，黄昏的炊烟中，蹲在门槛上，看着手中大瓷碗的面汤上漂着绿绿的红薯叶子，还有舍不得一口吃掉的鸡蛋一样金黄的南瓜花，觉得那是世界上最最好吃的东西。

小时候，我跟乡下孩子唯一不同的是常常自己一个人躺在暖暖的麦秆堆里想妈妈。静静的午后，只有知了在鸣叫，我的心里空空的好怕，眼泪淌在熟睡的脸上。小小的我，就在盼望着将来有一天要走得远远的，一直走到天尽头那看不见的地方！儿时的寂寞，我刻骨铭心的童年记忆。从那时起，我就向往热闹。也许命运早就注定了我要走向天涯，直到生命的终点。

三十岁以前，我生在关中、长在关中，常常觉得自己很像唐代壁画上的人物，有时也默默地想要是在武则天那时候说不定还能考个上官婉儿那样的工作。每次出门远游，一回到西安古城，看到那厚实的城墙，心里就立刻踏实下来。没办法，一方水土养一方人，我知道，自己走到天涯海角都是这八百里秦川的女儿。

奇怪的是，我后来发现：自己越是离家，就越是爱家；离开母亲越远，越是想念母亲。

去美国前，我已经在大学里教了十年的中国文学。出国时已三十岁，三十岁其实是一个很尴尬的年龄。坐在飞机上我在想，古人说“三十而立”，而我是“三十而破”！在一个说英语的国度，有谁会需要听你的什么中国文学呢？我蓦然想起念研究生的最后一年，在去江南绍兴的火车上，同车厢的人们非要问我是干什么的，我说“是研究鲁迅的”，周围竟是一片怪异的目光，有一个老乡斗胆问道：“鲁迅是不是做过皇帝？”

波音747飞过太平洋的时候，我知道三十年青春的积累从此挥别。但我并不心痛！三十功名尘与土，而今迈步从头越。生命真的是渺小得一瞬即逝，而属于自己的也唯有那拥抱世界的万千体验。好在我心里有对世界足够的爱，包括对生命的爱、对人的爱、对方块字的爱。

喜欢思念的感觉，那是一种多么美好的享受，所以有了崔颢的“日暮乡关何处是”，有了李白的“举头望明月”。他们不远游，怎会有这样深刻的愁韵？古人尚懂得“置身异乡”的丰富体验，谁又能说，漂泊，不是生命里让人销魂的苍凉呢？

家是什么？余秋雨说：“家就是一种生活的殷切思念”；白先勇说：“家是他有关中国的所有记忆”；对于渺渺的我，“家”就是那个最初孕育了我身我心，塑造了我灵魂的地方。她，就是我的故园。

在美国，二十年一弹指。这些岁月是我一生中最刻骨铭心的。我曾经端着自己包的冻饺子在烈日下叫卖而欲哭无泪，我曾经在黑夜暴雨中的摩天高楼下迷路而不知所归。我也曾踏遍美国，南到白浪滔天的大西洋海明威的故乡，北到飞流直下三千尺的加拿大的边界，侠胆遨游，潇洒江湖。曾经出入高朋华宴，也曾在夜半收留无家可归的弃妇。曾经饿得舍不得买一个包子，也曾经一掷千金。生活，就是这样苦乐悲欢。

在异国他乡，我给家人写西部犹他州的绚丽，我跟朋友们分享加州高山迷雪的惊险。母亲来信为我的《餐馆辛酸》流泪，师友们传给我《晚报》上他们读“中国肚子”的慨叹。往事不是不堪回首，怕的就是麻木的心不能再回首。二十多年的游子岁月，无从立碑，却为我立下一个个看世界的彩色路标。

《去意大利》，是我继 1998 年《走天涯——我在美国的日子》（中国文联出版社）、2003 年《“蜜月”巴黎——走在地球经纬线上》（百花文艺出版社）、2009 年《家住墨西哥湾》（河北教育出版社)、2013年《他乡望月》(中国社会出版社)之后所推出的第五部散文精品集。我希望能够在更广阔的背景下表达自己游走在世界各地的文化感受,其中一个个行走的故事超越了一般意义的山水游赏,而是进入到新的文化理想的探索。一个东方女人,移居到北美墨西哥湾的海岸边上,倾听着来自加勒比海深处的涛声,亲历过东西方的花开花落,怀想着一个个悲欢离合的故事,在文学的意义上思考着“当东方遇到西方”这百年不解的话题。

域外的写作,如果说男性作家多喜欢以政治的视角来叙述和反映社会、道德、文化等宏大题材的话,那么女性则更倾向于表达“个体”与“外部世界”的关系。女性作家更擅长于从“文化之旅”中看到人生,从自我灵魂的成长中苦苦探索,在世界前进的脚步中追寻着人类文化的归宿。无论是“异乡”还是“原乡”,她们更看重的是“人”的本源意义。

当我完成这部书的时候,也许就是我告别散文写作的时候。人生有无数的可能性,写作也有其他的可能性。但无论我走向哪里,我都不会告别读者。人世间百媚千种,我独爱你那一种。

2015年10月17日于休斯敦